MW01526752

LA SAGE-FEMME
DE VENISE

Roberta Rich

LA SAGE-FEMME
DE VENISE

traduit par Michel Saint-Germain

ÉDITIONS FRANCE LOISIRS

Titre original : *The Midwife of Venice*

Édition du Club France Loisirs,
avec l'autorisation de MA Éditions

Éditions France Loisirs,
123, boulevard de Grenelle, Paris.
www.franceloisirs.com

Le Code de la propriété intellectuelle n'autorisant, aux termes des paragra-
phes 2 et 3 de l'article L. 122-5, d'une part, que les « copies ou reproduc-
tions strictement réservées à l'usage privé du copiste et non destinées à une
utilisation collective » et, d'autre part, sous réserve du nom de l'auteur et
de la source, que les « analyses et les courtes citations justifiées par le caractère critique, polémique, pédagogique, scientifique ou d'information », toute
représentation ou reproduction intégrale ou partielle, faite sans le
consentement de l'auteur ou de ses ayants droit ou ayants cause, est illicite
(article L. 122-4). Cette représentation ou reproduction, par quelque pro-
cédé que ce soit, constituerait donc une contrefaçon sanctionnée par les arti-
cles L. 335-2 et suivants du Code de la propriété intellectuelle.

© 2012 MA Éditions
© Roberta Rich 2011
ISBN : 978-2-298-07030-9

À Mimi Meehan
1920-2007

Chapitre 1

Ghetto Nuovo, Venise
1575

À minuit, les chiens, les chats et les rats règnent sur Venise. Le pont du Ghetto Nuovo tremble sous les sacs lourds de légumes pourrissants, la graisse rance et la vermine. Une matière informe, peut-être animale, flotte à la surface des eaux grasses du rio di San Girolamo. Dans la brume qui s'élève du canal résonnent les cris et les grognements des porcs en train de fourrager. Des rebuts suintants rendent la rue glissante et la marche périlleuse.

C'est par une telle nuit que les hommes vinrent chercher Hannah. Elle entendit leurs voix, écarta les rideaux et essaya tant bien que mal de regarder en bas, dans le *campo*. Le brasero au charbon n'étant pas allumé, un givre épais avait encroûté et voilé l'intérieur de la fenêtre. Elle réchauffa sur sa langue deux pièces de monnaie, dont le goût métallique et amer la fit grimacer, et les appuya avec les pouces sur la vitre givrée, jusqu'à ce qu'elles ouvrent une paire de judas par lesquels elle pouvait voir. Trois étages plus bas, deux silhouettes discutaient avec Vicente, dont la tâche consistait à verrouiller les portes du Ghetto Nuovo au crépuscule et à les déverrouiller à l'aube. Pour un *scudo*, il amenait des hommes chez Hannah. Cette fois, Vicente semblait argumenter avec eux, secouant la tête et ponctuant ses paroles, tout en brandissant à bout de bras un flambeau de pin qui jetait une lumière vacillante sur leurs visages.

Des hommes la réclamaient souvent le soir, car c'était dans la nature de son métier, mais ceux-ci détonnaient dans le ghetto, et pour l'instant elle ne pouvait dire pourquoi. Furtivement, à l'abri des judas, elle vit que l'un d'eux, grand, le torse puissant, portait une cape bordée de fourrure. L'autre était plus courtaud, plus corpulent, et vêtu d'un haut-de-chausse en soie bien trop mince pour la fraîcheur de l'air nocturne. En gesticulant vers l'édifice, le grand faisait virevolter la dentelle à son poignet telle une colombe qui se serait lissé les plumes.

Elle l'entendit prononcer son nom du fond de la gorge : le *h* d'Hannah sonnait comme un *ch*, on aurait dit un juif ashkénaze. Autour du *campo*, sa voix ricochait sur les édifices étroits. Mais quelque chose clochait. Il lui fallut un moment pour cerner l'étrangeté des deux inconnus.

Ils portaient des chapeaux noirs. Par ordre du Conseil des Dix, tous les juifs se devaient de porter le béret écarlate, symbole du sang du Christ qu'ils avaient répandu. Ces chrétiens n'avaient ni le droit de se trouver dans le ghetto à minuit, ni de raison de requérir ses services.

Mais elle les jugeait peut-être trop vite. Peut-être venaient-ils la chercher dans un but tout à fait différent, pour lui apporter des nouvelles de son mari par exemple. Ou bien, plût à Dieu, pour lui dire qu'Isaac était vivant et qu'il allait rentrer.

Quelques mois plus tôt, quand le rabbin lui avait annoncé la capture d'Isaac, elle se trouvait au même endroit que ces hommes à présent, près de la margelle du puits, à tirer de l'eau pour la lessive. Elle s'était évanouie, et le seau de chêne lui avait écrasé le pied. En tombant en cascade sur les pavés, l'eau avait arrosé le devant de sa robe. Debout à côté d'elle, à l'ombre du grenadier, son amie Rebekkah avait rattrapé Hannah par le bras pour lui éviter de se cogner la tête sur la margelle. Sa peine était si forte qu'elle avait mis plusieurs jours à s'apercevoir que son pied était cassé.

Les hommes s'approchèrent. Debout sous sa fenêtre, ils frissonnaient dans le froid hivernal. Dans le *loghetto* d'Hannah, l'humidité laissait des taches gris-brun sur les murs et le plafond. Le couvre-lit qu'elle avait agrippé pour amortir la fraîcheur de la nuit l'enveloppait et lui détrempait les épaules. Elle remonta sur elle ce tissu lourd de ses cauchemars, de l'odeur d'Isaac et du parfum des peaux d'orange. Il aimait bien manger des oranges au lit et les partager avec elle pendant qu'ils bavardaient. Elle n'avait pas lavé la couverture depuis qu'il était parti faire le commerce des épices au Levant. Un soir il allait revenir, se faufiler dans le lit, l'envelopper de ses bras et l'appeler encore son petit oiseau. Jusque-là, elle allait rester de son côté du lit, en attente.

Avec l'économie de mouvements d'une femme habituée à se préparer à la hâte, elle revêtit son ample *cioppa*, remit en place le couvre-lit et le caressa comme si Isaac était encore endormi dessous.

11

En attendant le bruit sourd des pas et les coups à la porte, elle alluma le charbon du brasero, les doigts si engourdis par le froid et la nervosité qu'elle eut peine à frapper la pierre du briquet contre la boîte d'amadou. Le feu couva, puis éclata et flamba, réchauffant la pièce, et elle ne vit plus les nuages de son propre souffle dans l'air immobile. De l'autre côté du mur, elle entendit le doux ronflement de ses voisins et de leurs quatre enfants.

Épiant par les judas qui fondaient maintenant à la chaleur, elle braqua les yeux sur les visiteurs. L'homme de grande taille, à la voix stridente, tourna sur ses talons et marcha à grandes enjambées vers son immeuble. Le corpulent qui trottait derrière parvenait à le suivre avec le double de pas. Elle retint son souffle et supplia intérieurement Vicente de leur dire qu'ils demandaient l'impossible.

Pour s'apaiser, elle se caressa le ventre, qu'elle trouvait trop plat, et sentit la pointe délicate des os de son bassin à travers sa robe de nuit. Elle eut une légère nausée et, un bref instant de joie, ressentit un éclair d'espoir : elle aurait cru qu'un enfant remuait. Toutefois, ce qui lui dérangeait l'estomac, ce n'était pas la grossesse, mais l'odeur du pot de chambre et de la moisissure des murs. Elle avait ses menstrues et, la semaine prochaine, elle irait se purifier dans le *mikveh*, le bain rituel qui retire toute trace de sang.

Elle sentit bientôt vibrer les marches branlantes et entendit s'approcher des marmonnements. Hannah prêta l'oreille et serra les bras sur elle-même. Lorsqu'ils l'appelèrent en frappant à la porte, elle eut envie de plonger dans le lit, de s'enfouir la tête sous les couvertures et de rester étendue, raide. De l'autre côté du mur, sa voisine, qui avait mis au monde des jumeaux l'année précédente et qui avait besoin de repos, cogna quelques coups pour réclamer le silence.

Hannah tordit sa chevelure noire pour la nouer derrière sa tête et la fixa avec une épingle à cheveux. Avant qu'ils poussent la porte avec violence, elle l'ouvrit d'un grand coup avec l'intention de demander secours à Vicente. Mais sa main se plaqua sur sa bouche pour écraser un cri de surprise. Entre les deux chrétiens aussi pâles qu'un bout de parchemin se tenait le rabbin. Hannah recula dans sa chambre.

Le rabbin Ibraiham se baisa les doigts et tendit la main vers la *mezuzah*, la boîte minuscule contenant un morceau d'Écriture sainte, accrochée au montant droit de la porte.

— *Shalom Aleichem* et pardonne-nous, Hannah, de te déranger.

Le rabbin s'était habillé à la hâte ; la frange de son châle de prière pendait inégalement devant ses genoux, sa kippa était de travers.

— *Aleichem Shalom*, répondit-elle.

Elle allait poser la main sur le bras du rabbin, mais s'arrêta juste à temps. Une femme ne devait pas toucher un homme qui n'était pas de sa famille, même lorsqu'elle n'avait pas son écoulement menstruel.

— Ces hommes veulent te parler. Pouvons-nous entrer ?

Hannah détourna les yeux comme elle le faisait toujours en présence d'un autre homme qu'Isaac.

13

Ils ne devaient pas s'avancer. Elle n'était pas convenablement habillée ; sa chambre n'était pas assez grande pour eux tous.

D'une voix plus grêle que d'habitude, elle demanda au rabbin :

— Votre femme va mieux ? J'ai entendu dire qu'elle souffrait de la goutte et qu'elle était au lit depuis le dernier shabbat.

Le rabbin avait le dos voûté, et ses vêtements dégageaient l'odeur vieillotte d'un homme qui n'avait pas une femme en bonne santé pour les aérer et l'empêcher de passer la nuit penché sur des livres, à la lueur des chandelles de cire d'abeille. Hannah se dit que Rivkah avait peut-être fini par aller vivre dans le quartier juif de Rome avec son fils aîné, mettant sa menace à exécution.

Le rabbin haussa les épaules.

— Les mains et les pieds de Rivkah sont toujours immobiles, mais, hélas ! pas sa langue. Ses paroles sont toujours aussi tranchantes qu'une épée.

— Je suis désolée de l'apprendre.

Dans le ghetto, les problèmes conjugaux du rabbin n'étaient un secret pour aucun de leurs voisins. En quarante années de mariage, Rivkah et lui n'avaient connu aucun moment paisible.

— Messieurs, voici Hannah, notre sage-femme. Qu'elle soit bénie entre toutes les femmes.

Le rabbin s'inclina.

— Hannah, cet homme est le comte Paolo di Padovani, et voici son frère Jacopo. Que Dieu les protège et leur accorde longue vie. Le comte a insisté pour que je te l'amène. Il nous demande de l'aider.

« De l'aider, nous ? », se demanda Hannah. Est-ce qu'elle faisait des sermons ? Est-ce que le rabbin mettait au monde des bébés ?

— J'ai expliqué au comte que c'est impossible, précisa le rabbin, que tu n'as pas le droit d'aider des chrétiennes à donner naissance.

Dimanche dernier encore, à la place Saint-Marc, Fra Bartolomeo, le prêtre dominicain, s'était répandu en injures contre les chrétiens qui recevaient des traitements médicaux des juifs, qu'il qualifiait d'ennemis de la croix.

Le comte tenta de lui couper la parole, mais le rabbin leva un doigt.

— La dispense papale, vous allez me dire ? Pas pour une humble sage-femme comme Hannah.

Cette fois, le rabbin semblait prendre le parti d'Hannah. Ils faisaient cause commune face à la requête du comte.

Le comte donnait l'impression d'être dans la cinquantaine, au moins le double de l'âge d'Hannah. La fatigue se lisait sur ses joues creuses et le faisait paraître aussi vieux que le rabbin. Son frère, mou et moins bien fait, avait peut-être dix ans de moins que lui. Le comte inclina la tête en direction d'Hannah et pénétra dans la pièce en bousculant le rabbin et en se penchant pour éviter de se heurter au plafond incliné. Il était grand, comme les chrétiens, et rubicond à force de manger de la viande rôtie. Hannah tenta de ralentir son souffle. La pièce ne semblait pas contenir assez d'air pour eux tous.

— Je suis honoré de vous rencontrer, dit-il en retirant son chapeau noir. Sa voix était grave et agréable, et il parlait le sifflant dialecte vénitien.

Son frère, Jacopo, était soigné, joufflu et bien poudré, et nulle tache de boue ne souillait son haut-de-chausse. Il entra avec méfiance, posant un pied devant l'autre, s'attendant peut-être à voir céder le plancher grinçant. Il s'inclina à demi devant Hannah.

Le comte défit sa cape et jeta un coup d'œil dans le *loghetto*, embrassant du regard le lit de sangles, les murs tachés, la table en pin et la *menora*. Un moignon de bougie en cire d'abeille coulait dans le coin, projetant des ombres dans la petite chambre. Manifestement, il ne s'était jamais trouvé dans un logement aussi modeste et, à en juger par sa raideur et sa façon de s'écarter des murs, il n'y était pas à l'aise.

— Qu'est-ce qui vous amène ce soir ? demanda Hannah, qui pourtant le savait très bien.

Le rabbin n'aurait pas dû guider ces hommes jusque chez elle. Il aurait dû les persuader de partir. Elle ne pouvait rien faire pour eux.

— Ma femme est en couches, répondit le comte.

Il se balança d'une jambe sur l'autre. La bouche étirée, il avait les lèvres serrées en une fine ligne blanche.

Son frère Jacopo accrocha une chaise avec un pied et la traîna vers lui sur le plancher. Il donna un petit coup de mouchoir sur le siège, puis s'assit en gardant une fesse en l'air.

Le comte restait debout.

— Vous devez l'aider.

Hannah avait toujours trouvé difficile de ne pas porter secours, que ce soit à un oiseau blessé ou à une femme en couches.

16

— Il est fort injuste de refuser, monsieur, lui dit-elle en lançant un regard au rabbin. Si la loi le permettait, je serais heureuse de rendre service. Mais le rabbin l'a expliqué, je ne peux pas.

Le comte avait les yeux bleus, aux contours hachurés par un filet de fines rides, les épaules larges et le dos droit. Il paraissait si différent des hommes du ghetto, pâles et voûtés à force de se pencher sur leurs vêtements usagés, leurs pierres précieuses et leur Torah.

— Ma femme est en couches depuis deux jours et deux nuits. Les draps sont ensanglantés et l'enfant tarde à naître.

Il fit un signe désespéré de la main.

— Je ne sais plus vers qui me tourner.

Il avait le visage d'un homme tourmenté par la douleur de sa femme. Hannah ressentit un élancement de compassion. Les accouchements difficiles lui étaient familiers. Les heures de contractions. L'enfant qui arrivait les épaules en premier. L'enfant mort-né. La mère emportée par la fièvre lactée.

— Je suis si désolée, monsieur. Vous devez beaucoup aimer votre femme pour vous aventurer dans le ghetto et venir vers moi.

— Ses cris m'ont chassé de chez moi. Je ne peux plus supporter d'être là. Elle implore Dieu d'abréger son supplice.

— Souvent, après deux jours, les couches ont une fin heureuse, dit Hannah. S'il plaît à Dieu, elle ira bien et vous donnera un fils en bonne santé.

— C'est le cours naturel des choses, dit le rabbin. La Genèse ne dit-elle pas : « Tu enfanteras dans la douleur » ?

Il se tourna vers Hannah.

— Je lui ai déjà dit que tu refuserais, mais il a insisté pour l'entendre de tes lèvres.

Il allait continuer, mais le comte lui fit signe de se taire. À la surprise d'Hannah, le rabbin obéit.

— Les femmes se parlent de bien des choses, dit le comte. Ma femme, Lucia, m'assure que, malgré votre jeunesse, vous êtes la meilleure des sages-femmes de Venise, chrétiennes ou juives. Que vous avez une façon d'amener doucement les bébés entêtés à sortir du ventre de leur mère.

— Ne croyez pas tout ce que vous entendez, dit Hannah. Même une poule aveugle trouve bien quelques grains de maïs ici et là.

Elle vit les grosses mains du comte se serrer ner-veusement pour ne pas trembler.

— Certaines sages-femmes chrétiennes sont tout aussi habiles que moi.

Mais il avait raison. Il n'y avait pas à Venise d'autre *levatrice* aussi douée qu'elle. Les bébés sor-taient rapidement et les mères se rétablissaient plus vite lorsque Hannah s'occupait de leurs accouche-ments. Seul le rabbin en comprenait la raison, et elle pouvait lui faire confiance : il allait se taire, sachant que si quiconque découvrait son secret, elle serait dénoncée en tant que sorcière et soumise à la torture.

— Bon, vous l'avez entendu de sa bouche, dit le rabbin. Allons-nous-en. Elle ne peut pas vous aider.

Il fit un bref signe de tête en direction d'Hannah.

— Je regrette de t'avoir dérangée. Retourne te coucher.

Jacopo battit des mains comme si elles s'étaient couvertes de crasse, se leva du tabouret et se dirigea vers la porte.

— Partons, *mio fratello*.

Mais le comte resta.

— Je prendrais sur moi la douleur de Lucia si c'était possible. Je donnerais mon sang pour remplacer le sien, qui est en train de se déverser en flaque sur le plancher de sa chambre pendant que nous perdons du temps à parler.

Les yeux d'Hannah arrivaient à la hauteur des boutons de sa cape. Le comte vacillait de fatigue. Elle recula d'un pas, craignant qu'il ne s'effondre sur elle. À voix basse, elle demanda au rabbin, en yiddish :

— Est-il impensable que j'y aille ? Même si l'on interdit aux médecins juifs de s'occuper de patients chrétiens, ils le font souvent. Les chrétiens qu'il faut purger ou saigner ferment les yeux sur l'édit du pape. Bien des médecins juifs sont appelés à la faveur de la nuit et esquivent les portiers endormis. Le doge a un médecin juif…

— Une telle tolérance ne serait jamais consentie à une femme, répondit le rabbin. Si un bébé chrétien devait, à Dieu ne plaise, mourir en naissant après le recours à une sage-femme juive, c'est elle qui serait blâmée. Et avec elle tout le ghetto.

Le rabbin se tourna vers le comte et dit en *veneziano* :

— Il y a bien des sages-femmes chrétiennes à Venise. Chacune d'entre elles serait honorée de vous aider.

Paolo di Padovani parut pâlir dans la faible lumière de la chambre.

— Vous êtes mon dernier espoir, insista-t-il d'une voix douce. On prétend que vous faites des miracles.

Il prit les mains d'Hannah et les serra. Ses mains à lui semblaient froides, avec des paumes aussi lisses que du cuir de daim. Celles d'Hannah étaient rêches, à cause de la lessive et de l'eau dure du puits.

— C'est vrai?

Gênée et secouée, elle retira ses mains.

Le rabbin se pencha vers elle et dit, en yiddish :

— Est-ce bien ce que tu veux, Hannahlah? (Il utilisait son surnom d'enfance.) Qu'une nuit ton corps soit jeté d'un chaland dans cette partie de la lagune où il est interdit de pêcher et où personne ne peut tirer d'eau potable?

Une femme prudente n'aurait pas répondu. Mais Hannah ne sut retenir sa langue.

— La souffrance d'une chrétienne est-elle différente de celle d'une juive?

— Dis à cet illustre comte que tu n'as pas le droit de l'aider. Que la mort de sa femme soit imputée à quelqu'un d'autre qu'aux juifs.

Le rabbin ignorait ce que voulait dire être femme : avoir des enfants mort-nés, souffrir de la fièvre puerpérale, entendre bruire les ailes de l'ange de la Mort au-dessus des berceaux et des tabourets de naissance. Hannah respira à fond et plaida :

— Rabbin, j'ai un talent. Dieu veut sûrement que je m'en serve.

— Je maudis le jour où tu m'as apporté ton… ton… (Il peinait à trouver le mot juste.)… ton appareil en me demandant une *brokhe*, une bénédiction.

20

Hannah le regrettait aussi. Si seulement elle avait gardé le secret sur son invention !

— Il est riche, poursuivit le rabbin. C'est un marchand et un chrétien. Si cet enfant meurt sous tes soins, chaque homme, femme et enfant du ghetto va en payer le prix.

— S'il y a un problème, à Dieu ne plaise, je peux la protéger, lui répondit le comte. Je fais partie du Conseil des Dix et j'ai des amis dans les Tribunaux de l'Inquisition.

Il s'efforça de sourire, sans y arriver.

— Préparez-vous, Hannah, et venez avec moi à la faveur de l'obscurité, dans ma gondole. Personne, en dehors de ma maison, ne sera au courant de votre présence.

— Hannah, murmura le rabbin en yiddish, tu ne connais pas le monde autant que moi. Ça ne va pas bien se passer. Oui, maintenant il veut ton aide. Oui, maintenant il va te protéger. Lui et son noble Conseil des Dix. Mais ne crois-tu pas qu'il va se ficher éperdument de toi si sa femme meurt ?

Hannah essaya de déglutir, mais sa gorge était trop sèche. Le comte s'était aventuré sur les canaux dans la nuit, s'était exposé aux dangers des bandes de voyous errantes, avait soudoyé Vicente pour qu'il déverrouille les portes et avait tiré le rabbin de son lit. Peu de maris se seraient donné autant de mal. Elle regarda le rabbin, qui la fixait avec réprobation de ses yeux noirs, coiffés de sourcils broussailleux qui grimpaient sur sa tête chauve. Il bloquait la porte, planté debout devant elle avec l'air d'un homme qui ne s'écarterait pas pour Dieu en personne.

Lorsque Jessica, la sœur d'Hannah, s'était convertie au christianisme, le rabbin avait, en accord avec la loi juive, ordonné à la famille de tenir une *chiva*, le rituel traditionnel de deuil des morts, et de ne plus jamais prononcer son nom.

— Jessica, que son nom soit effacé et que ses dents pourrissent dans son crâne, avait-il dit alors qu'Hannah pleurait et que son père couvrait le seul miroir de la famille. Le rabbin avait interdit à quiconque au ghetto d'être dorénavant en contact avec Jessica.

Elle habitait à seulement quelques canaux de là. En courant au marché du Rialto à l'aube, Hannah avait souvent croisé sa sœur qui rentrait d'une fête ou d'un bal costumé, vêtue d'une robe de soie somptueuse ornée de paillettes ou portant un masque. Chaque fois, obéissant à l'injonction du rabbin, Hannah penchait la tête et détournait ses pas.

Un an plus tard, une apprentie de la sage-femme était arrivée aux portes du ghetto, essoufflée d'avoir couru pour appeler Hannah au chevet de Jessica. Le rabbin avait interdit à Hannah d'accompagner l'apprentie et l'avait chassée.

Le rabbin s'adressa au comte.

— Sauf votre respect, les autorités ne peuvent pas toujours protéger les juifs lorsque les prêtres trament des difficultés. Vous et moi n'aurions pas à réfléchir longtemps pour songer à des exemples : lorsque la peste se déclare, lorsque les pirates infidèles s'emparent de vaisseaux vénitiens…

S'il entendait le rabbin, le comte n'en montrait aucun signe, car il se débarrassa de sa cape pour la poser sur le seul espace disponible, le lit. Une expression lui traversa le visage et, un moment, Hannah se dit qu'il allait l'envelopper dans sa cape, la hisser sur son épaule et la porter dans la nuit.

— Comte, dit Hannah, je ne fais pas de miracles et il n'y a pas de magie dans mes mains.

— Vous devez essayer, répondit-il.

Jacopo tira le bras du comte.

— Venez. Allons-nous-en. Nous avons eu la bêtise de croire qu'une juive nous aiderait. Sainte Mère de Dieu, Paolo, je partirai sans vous s'il le faut.

Il plaqua son mouchoir sur son nez.

— L'odeur de cette pièce me donne la nausée. Paolo, concluez cette affaire. Offrez-lui de l'argent. C'est tout ce que comprennent les juifs.

Hannah aurait dû avoir l'habitude de telles remarques, elle en entendait assez souvent. Mais elle se tourna brusquement vers lui, prête à dire la première chose qui lui viendrait à l'esprit, pour le maudire en le traitant de sale cochon et de fils de pute. Elle se racla plutôt la gorge et s'adressa à son frère.

— Comte, payez-moi deux cents ducats et j'irai voir votre femme.

Jacopo s'étrangla de rire.

Hannah garda les yeux rivés sur le comte, qui ne riait pas. Les sourcils froncés, il réfléchissait à la demande. C'était une somme exorbitante. Deux cents ducats, cela suffisait pour acheter cent rouleaux de soie imprimée, une cargaison de bois de construction ou la vie d'Isaac. Personne, pas même un noble, n'allait verser une telle somme pour ses services. Son tarif habituel, c'était quelques pièces d'argent.

Cela allait mettre fin à la discussion et renvoyer le comte à son *palazzo*. Le rabbin avait raison. Si Hannah échouait à sauver la comtesse, l'Inquisition allait la soumettre au supplice de l'estrapade. On allait lui lier les mains derrière le dos et la laisser tomber d'une certaine hauteur.

— Mon mari, dit Hannah, est prisonnier à Malte, esclave des chevaliers de Jérusalem. Cette somme, c'est la rançon qu'ils exigent. Je vais essayer de sauver la vie de votre femme si vous sauvez celle de mon mari.

Maintenant en colère, le rabbin prononça, d'une voix lente et ferme :

— Hannah, je te l'ai expliqué, la Société de libération des prisonniers va financer la libération d'Isaac. Ce n'est qu'une question de temps.

— Le temps presse, dit Hannah.

Le rabbin lui brandit au visage un poing dur et veiné de bleu.

— Ta première obligation consiste à ne rien faire qui puisse mettre le ghetto en danger. Isaac n'est qu'un juif, le ghetto en compte trois mille.

Il était si proche qu'Hannah sentit son souffle lui chauffer le visage.

— Je suis ton rabbin et je te l'interdis. Un point c'est tout.

Ces mêmes mains l'avaient bénie bien des fois, avaient circoncis ses frères et tenu à ses lèvres la *kiddouch*, la tasse d'argent, aux dîners du Séder.

— Rabbin, je ne me suis pas trouvée sous le dais de mariage avec trois mille juifs. Je me suis tenue sous la *houpa* avec un seul homme, Isaac.

24

Son mari, voulut-elle ajouter, qui l'avait épousée même sans dot et avait continué à l'aimer en dépit de son infertilité. À la synagogue, elle avait entendu le rabbin assurer à Isaac que la loi allait le dégager d'un mariage sans enfants. Le rabbin l'avait pressé de divorcer pour prendre une femme qui lui donnerait un fils. Isaac avait resserré son châle de prière sur ses épaules et secoué la tête. La plupart des maris n'auraient pas montré une telle patience, car un enfant n'est-il pas le *takhlit*, la raison de vivre de toutes les femmes ?

Et comment avait-elle récompensé ce mari qui, lorsqu'elle était courbaturée après avoir passé des heures penchée au-dessus du lit de sangles d'une femme en couches, prenait les *bankes* de verre à même l'armoire de cuisine, les chauffait au-dessus d'une chandelle et les lui appliquait sur le dos ? Dans la semaine qui avait précédé l'embarquement d'Isaac, elle lui avait lancé un arsenal de paroles blessantes, lui disant que s'il l'aimait il n'irait pas naviguer jusqu'au Levant en quête de richesse et de prospérité, qu'il ne pensait qu'à lui-même en l'abandonnant. Il avait riposté avec des paroles aussi tranchantes que des couteaux. Il l'avait traitée de souris du ghetto, timide et timorée, disant qu'il mettait sa vie en péril pour elle, pour qu'ils aient une vie meilleure. Puis, le silence était tombé entre eux. Ils ne se regardèrent pas et dormirent fort éloignés l'un de l'autre dans le lit. Elle refusa de lui dire au revoir sur son bateau, *La Dogaressa*. À présent, elle ne pouvait supporter de songer qu'il se trouvait seul à Malte, à croire qu'elle ne l'aimait plus. Si le comte voulait payer, elle le suivrait. Le rabbin pouvait se fâcher autant qu'il le voulait.

— Voulez-vous donner ce que je vous réclame ? demanda-t-elle au comte.

— Je vais payer cette somme extravagante. Vous pourrez vous embarquer pour Malte et verser la rançon de votre mari avant qu'ils ne le tuent au travail dans les carrières de pierre.

Il reprit sa cape.

Hannah n'eut pas le temps d'être ébahie par son assentiment. Sous les yeux de Jacopo et du rabbin, elle se couvrit les cheveux d'un foulard et chaussa ses minces sandales de cuir. Le rabbin était silencieux, mais son frêle et vieux corps était raide de furie.

— Amenez-moi jusqu'à votre femme, dit Hannah.

En hâte, elle rassembla son équipement : un tablier, un couteau de fer, de la gaze propre, des fioles, des langes, des bottes d'herbes médicinales, et aussi une amulette d'argent, une *shaddaï* gravée de l'étoile de David, que l'on accroche au-dessus des berceaux des nouveau-nés. *Pourvu qu'il ne soit pas trop tard ; pourvu qu'elle puisse servir ce soir.* Elle plaça ses fournitures dans un sac de lin écru. Mais avant de tirer le cordon de fermeture, elle souleva le couvercle de son *cassone* en marqueterie aux couleurs vives. Elle y plongea la main et en sortit rapidement un objet étroit et long, enveloppé dans du tissu. Un coin de l'étoffe tomba et la lueur de la bougie saisit l'éclat de ses cuillers d'accouchement, deux louches d'argent retenues par un pivot. Le bol de l'une d'elles refléta son visage blanc aux traits tirés. Avant que les hommes ne remarquent les instruments, elle les fourra au fond de son sac, sous les langes.

Ses cuillers d'accouchement pouvaient sauver des bébés, mais également en estropier. Lors d'une naissance récente, en exerçant une trop grande pression, elle avait écrasé le crâne du bébé au lieu de le faire sortir en douceur. La mère n'avait plus qu'un tout petit cadavre bleu à serrer dans ses bras. Si Hannah commettait la même maladresse ce soir, on allait la dénoncer comme étant une tueuse de nouveau-nés.

— Mon frère, dit Jacopo, vous êtes idiot et je ne serai pas témoin de cela un moment de plus. Je vais prendre congé.

Il s'inclina à partir de la taille, autant que le lui permettait sa corpulence.

— J'ai besoin d'air frais. Je vais rentrer seul.

Les marches grincèrent sous ses pas et la porte d'entrée claqua. Hannah s'étonna du fait que Jacopo mettait sa vie en péril en pleine nuit. On rencontrait souvent des bandes errantes de voyous. Un homme bien habillé risquait de se faire dépouiller de ses vêtements, puis précipiter du haut d'un pont dans les eaux fétides du canal. Mais elle ne dit rien.

— Venez, dit le comte. Dans quelques instants, nous pourrons arriver à la ca' di Padovani. Ma gondole est amarrée au rio di San Girolamo.

Le rabbin remonta son châle de prière sur ses épaules. Hannah attendit qu'il s'écarte de l'embrasure de la porte, mais il ne bougeait pas. Il la regarda d'un air furieux. Lorsqu'il souleva lentement ses mains décharnées vers le visage d'Hannah, celle-ci pensa un instant qu'il voulait la frapper. Il fit de lents cercles au-dessus de la tête de la jeune femme, alors qu'il priait en se balançant à partir de la taille, et dit en yiddish :

— Que Dieu dans sa Grandeur te guide. Fais honneur aux juifs et à toutes les femmes, Hannah. Ne nous apporte pas la ruine.

Le rabbin s'écarta ensuite pour la laisser passer avec le comte.

Une fois dehors, le comte lui couvrit les épaules de sa cape, qui sentait la fumée de suif et la sueur.

— Il fait humide sur les canaux, ce soir.

Elle ployait sous le poids de la laine garnie de fourrure.

Serrant sur sa poitrine le sac de lin contenant ses cuillers d'accouchement, elle s'avança d'un pas énergique vers la gondole, à la suite du comte. Le rabbin suivait de près. Elle ne put s'empêcher de se rappeler l'incident survenu à la dernière fête de Pourim, dans une maison de la calle del Forno. La sage-femme qui s'occupait de la naissance n'avait pas pu tourner le fœtus dans la bonne position. Afin de sauver la vie de la mère, elle avait utilisé un crochet pour percer le crâne du bébé, et un cordon de soie pour séparer les bras et les jambes du corps, afin de l'extraire. De tout petits membres jonchaient la chambre à coucher de la femme, jetés là par la praticienne en panique. Hannah pria pour ne pas être accueillie par ce spectacle.

Chapitre 2

La Valette, Malte
1575

Isaac avait parié avec le destin et il avait perdu. Le commerce entre Venise et le Levant était si lucratif que l'on pouvait faire d'immenses profits, parfois de plus de trois mille pour cent, en achetant et en vendant des épices, du bois de construction et de la soie imprimée. Ainsi, il avait lourdement emprunté pour acheter un plein entrepôt de soie qu'il voulait revendre à Constantinople. Avec les profits, il envisageait d'acheter des épices pour les négocier à Venise. Il n'avait pas prévu que son bateau serait attaqué et que des mercenaires à la solde des chevaliers de Malte, puant l'alcool, la sueur et la religion, se hisseraient sur le bastingage en hurlant et en brandissant épées et mousquets.

Ils étaient une vingtaine, des brutes, des sauvages hirsutes arborant cœurs et crucifix, éclatants de haine envers les infidèles et de cupidité devant leur riche cargaison vénitienne. L'air était rempli de l'odeur de la poudre à fusil de leurs tromblons. La plupart de ses compagnons de voyage furent tués avant d'avoir pu rassembler leurs esprits et demander pardon à Dieu pour leurs péchés. Isaac se dit qu'il allait bientôt voir son propre sang se coaguler sur le pont avant. Mais Dieu avait d'autres visées à son égard. Au cours des mois suivants, il apprit à quel point sa punition était redoutable.

À présent, il se trouvait à La Valette, capitale de Malte, bastion des chevaliers. Au cours des longues nuits et des jours sans fin en prison, Simón, autre juif ashkénaze et compagnon de geôle, expliqua à Isaac que Charles Quint, roi d'Espagne, avait en 1530 accordé cette île de pierre et de vent aux chevaliers de Saint-Jean, en échange de quoi ils protégeraient l'archipel contre les Turcs infidèles. Les chevaliers parvenaient à défendre le territoire de la rapacité des Ottomans mais, au fil des ans, ils étaient devenus cupides. Ravis de leurs victoires et sous prétexte de défendre leur île, ils attaquaient non seulement les navires des infidèles ottomans, mais aussi les vaisseaux chrétiens, saisissant leurs cargaisons et réduisant à l'esclavage tout le monde à bord, riches ou pauvres, marchands ou serviteurs, femmes ou enfants. Ils se disaient chevaliers, mais en réalité ils étaient des pirates, devenus riches au moyen de crimes sanctifiés au nom de la sainte croisade.

Dans l'espoir de fortes rançons, les chevaliers avaient épargné les vies d'Isaac, de Simón et de quelques autres. On les avait ligotés et jetés à fond de cale, où ils avaient eu peine à rester debout à force de glisser sur les excréments de rats. Pendant des jours et des nuits, la protestation régulière des cordages et le raclement des lourdes voiles avaient rendu leur sommeil impossible. Isaac avait eu la nausée à force de sentir l'odeur infecte de la poix de pin et des poutres pourrissantes. Le mouvement du bateau l'avait fait vomir, car le tangage était plus fort dans la cale.

Après leur arrivée à Malte, il avait langui dans une cellule de pierre, pas plus grande que le lit qu'il avait l'habitude de partager avec Hannah, avec un sol en terre battue et une fenêtre grillagée presque opaque, même à midi.

Pire que la nourriture avait été l'attente : des semaines de réclusion dans l'infecte garnison, à craindre la mort et à l'espérer. Maintenant, enfin, l'attente était terminée. Il serait vendu aux enchères au plus offrant, sur la grand-place. Ensuite, il devrait essayer de rester en vie jusqu'à ce que la nouvelle de sa capture arrive à Venise et que le Parnassim dos Cautivos négocie sa rançon.

Par la fenêtre grillagée, Isaac vit le corridor, désert à l'exception des grains de poussière qui se déposaient sur le plancher. Comme toujours, il songea à son plan d'évasion. Enchaîné au mur de sa cellule, il n'avait pas beaucoup réfléchi à autre chose.

Il entendit des pas et le cliquetis d'un trousseau de clés. La porte de sa cellule s'ouvrit d'un coup et deux gardes entrèrent brusquement. L'un d'eux l'empoigna et le redressa d'un coup sec. L'autre examina ses fers, l'arracha à la cellule et l'entraîna dehors en le portant à moitié. Isaac serra les paupières pour contrer les piques de lumière du soleil. Ils le firent marcher de force avec d'autres prisonniers, dont son ami Simón, du palais du grand maître à la grand-place, où était érigée une estrade. Le garde le poussa jusqu'en haut des marches.

Lorsque ses yeux se furent ajustés, Isaac remarqua que l'estrade, d'une hauteur de quelques mètres, était entourée d'une foule d'hommes et femmes qui se bousculaient en s'étirant le cou pour les examiner, lui, Simón et les autres prisonniers de *La Dogaressa*. Au loin, par-delà les remparts du fort Saint-Elme, des navires se balançaient à leurs amarres.

Une main rugueuse le poussa vers l'avant et, derrière lui, une voix cria en maltais – un ragoût primitif d'italien, de sicilien et d'arabe qu'Isaac commençait à comprendre, après avoir passé des semaines à écouter les conversations des gardes :

— Qu'est-ce que qu'on offre pour ce juif ? À peu près trente-cinq ans, de Venise, capable de travailler, sans choléra ni rachitisme.

L'adjudicateur prit un bâton et lui tapota l'arrière des membres. Les pieds d'Isaac, gonflés là où il avait reçu cinquante coups de bâton, cédèrent à ce contact et il perdit l'équilibre. L'un des gardes l'empoigna et le redressa. L'adjudicateur lança le bâton à son assistant et commanda à Isaac :

— Ouvre le bec. Laisse-nous voir tes dents.

Saisissant Isaac par la mâchoire, il lui enfonça un doigt sale dans la bouche, puis se retourna vers la foule en claironnant :

— Une impressionnante collection de broyeuses blanches et fortes. Combien d'entre nous peuvent en dire autant ?

Il sourit, révélant deux trous à la place de ses canines. La foule hurla de rire.

— Qui a des dents peut manger, et qui peut manger peut travailler.

L'adjudicateur palpa les membres d'Isaac.

— Ni fracture, ni dislocation, ni éparvin, les os ne sont pas soudés.

Faisant signe à Isaac de montrer ses mains, l'adjudicateur lui examina les paumes.

— Des mains tendres et délicates. Ni calleuses ni musculeuses. C'est un marchand ou un gentil-homme, et il rapportera une bonne rançon aux chevaliers. Entre-temps, l'heureux acquéreur aura le bénéfice de son travail.

Le soleil chauffait comme un cercle de feu l'anneau de fer qui cerclait la cheville d'Isaac. Dans la foule, il entendit crier un homme trapu :

— Dites-lui d'enlever sa chemise ! Je veux voir s'il est assez fort pour moi.

Le visage de l'homme était parsemé de cicatrices de petite vérole. Sa dent en or brillait au soleil.

Isaac avait entendu dire par ses compagnons de geôle que des fermiers harnachaient des hommes à des charrues, comme des animaux de trait, et les tuaient à la tâche. *S'il te plaît, mon Dieu, par tout ce qui est saint et grand, pas dans une ferme !* pria-t-il. L'adjudicateur lui fit signe de se plier à la demande de l'homme. Isaac n'avait pas à enlever sa chemise, presque en lambeaux : sa poitrine et ses bras musculeux détonnaient en blanc à travers les loques, mais il tira le reste du haillon par-dessus sa tête.

L'homme hocha la tête en signe d'appréciation et demanda :

— Mais s'il est vraiment juif, où est sa barbe ?

Isaac leva la main pour se frotter le menton. Il avait toujours porté la barbe, depuis qu'il était en âge d'en avoir une. Chaque juif faisait de même, car « l'ornement du visage d'un homme est sa barbe », dit la Torah. À présent, son visage lui semblait aussi vulnérable que celui d'un nouveau-né.

À son arrivée à Malte, l'un des geôliers avait insisté pour la couper.

— Pour limiter les poux, avait expliqué le barbier en passant sur sa tête et son visage un rasoir émoussé qui laissait des estafilades sanglantes sur son menton et ses joues.

Lorsque sa barbe avait recommencé à pousser, on la lui avait rasée de nouveau.

Le geôlier lui avait également enlevé tout ce qu'il possédait : ses vêtements de rechange, son châle de prière, ses mille ducats destinés à l'achat de cardamome et de clous de girofle à Constantinople. Tout sauf un minuscule sac de tissu, pas plus gros qu'une coquille de noix et rempli d'œufs de *Bombyx mori*, le ver à soie fort apprécié. Un autre prisonnier sur le bateau, un vieux Turc qui savait qu'il n'allait pas se rendre à la terre ferme, avait refermé les doigts d'Isaac sur le sac de tissu en l'implorant, en échange, d'écrire une lettre à sa femme, restée à Constantinople. Isaac cacha le sac dans la chemise d'un prisonnier mort qu'on avait laissé se putréfier pendant des jours. Puis, il reprit le sac à la dérobée, juste avant que les chevaliers ne fassent glisser à la mer, du pont arrière, le corps du pauvre homme. Il avait dissimulé le sac sous la ceinture de son haut-de-chausse, bien ajusté contre son *shmekele*. À présent, c'était là son seul bien. Même s'il ne connaissait rien à l'élevage des vers, il savait la valeur de la soie imprimée et l'attrait qu'elle exerçait sur les femmes bien nées de Venise. Un jour, peut-être, ses vers lui seraient fort utiles sur cette île de pierre et de moines soldats.

L'adjudicateur se retourna vers Isaac, l'examinant pour déterminer ses autres qualités marchandes. Debout à côté de lui, Simón oscillait dans la chaleur du soleil d'après-midi. Le silence s'étirait, et la foule commença à s'écarter. Isaac imaginait ce qui confondait l'adjudicateur : sa large poitrine était maintenant si dépourvue de graisse que ses muscles le faisaient ressembler à un Christ exsangue. Ses jambes, jadis dures et droites, n'étaient pas plus larges que les pattes d'une table.

Isaac murmura quelques mots à l'oreille de l'adjudicateur. L'homme fit un signe de la tête et cria :

— Cet esclave est non seulement un juif, mais il est aussi instruit. Il sait lire, écrire et calculer.

L'homme trapu se mit à chahuter.

— Comment savoir s'il est instruit s'il n'a pas de barbe ? N'est-il pas vrai que les juifs tirent leur intelligence de leur menton velu ?

Isaac leva la tête et parvint à dire à son persécuteur, d'une voix enrouée par manque d'usage :

— Si l'on jugeait l'intelligence des hommes à leur barbe, alors ce bouc, là-bas – il fit un signe de la tête en direction de l'enclos à bétail, de l'autre côté de la place – serait le plus sage d'entre nous.

Il sentit la douleur cuisante du bâton à l'arrière de ses jambes. Il chancela et faillit tomber de l'estrade. Des rires s'élevèrent dans la foule.

— À quoi me servirait un beau parleur ? cria l'homme. J'ai besoin d'esclaves pour des galères qui vont au Levant et en reviennent.

« Et à quoi m'a jamais servi ma langue futée, se demanda Isaac, sinon à m'apporter des problèmes ? »

Des mouches se rassemblèrent autour de ses yeux. Il n'avait pas la force de les écarter.

Simón lui chuchota :

— Ne te mets pas celui-là à dos. Il s'appelle Joseph. C'est un « mangeur de juifs ». À l'arrivée des galères, les esclaves sont plus morts que vifs, à cause de la faim et des coups. Ce salaud laisse crever les pauvres hères et les remplace par de nouveaux esclaves. Les quartiers-maîtres cherchent si désespérément des membres d'équipage qu'ils achètent n'importe qui.

« Si je me tuais, Dieu comprendrait, pensa Isaac. Dans de telles circonstances, ce ne serait pas enfreindre la loi. À Massada, les juifs ne s'étaient-ils pas donné la mort afin d'enlever ce plaisir aux soldats romains ? » Mais alors lui revint le souvenir d'Hannah. Hannah avec sa taille étroite et ses yeux noirs, qui l'attendait à Venise. Il s'efforça de se redresser. S'il se pendait dans sa cellule par les manches dépenaillées de sa chemise, Dieu pourrait comprendre et pardonner, mais Hannah non. Isaac chassa de son esprit la pensée du suicide, de même qu'il avait écarté le souvenir de leur querelle et de leur malheureuse dernière journée ensemble. Lorsque leur amour était fort, ils auraient pu dormir ensemble sur un lit de la largeur d'une gerbe de blé. Cette dernière nuit, un lit de soixante coudées n'aurait pas suffi.

Il fut ramené au présent par la voix rugueuse de Joseph, qui hurlait à l'adjudicateur :

— Je n'offrirais pas dix *scudi* pour ce juif imberbe, mais rassasiez ma curiosité, adjudicateur. Lui avez-vous aussi rasé les parties intimes ? Est-ce que ces poils lui manquent, en plus de son prépuce ?

Un gros éclat de rire collectif s'éleva de la foule. Encouragé, l'homme poursuivit :

— Ce n'est peut-être pas du tout un vrai juif, mais un marrane de l'Espagne : chrétien à l'extérieur, juif à l'intérieur, hein ? Demandez-lui d'enlever ce haut-de-chausse merdeux.

Celui qui tolère les insultes s'expose aux blessures, se rappela Isaac, et le rouge lui monta au visage. S'il ne répondait pas, la foule allait s'y mettre et il allait bientôt subir une grêle d'oranges pourries, ou pire. Quelle abomination que d'être tourné en ridicule par un rustre illettré qui signait sans doute son nom avec une empreinte graisseuse du pouce et dormait avec ses cochons dans une meule de foin ! Il sourit à Joseph et cria :

— Je ne peux pas vous rendre ce service, monsieur. La vue de mon membre exciterait l'envie dans le cœur de tous les hommes présents et le désir dans le cœur de toutes les femmes.

La foule se pressa, se bousculant pour approcher de l'estrade. L'un des gardes fit un pas vers Isaac et leva son bâton. Isaac maudit mentalement sa riposte peu judicieuse et se raidit, prêt à sentir la brûlure des coups.

À son grand soulagement, l'adjudicateur dit, en secouant la tête :

— Les chevaliers le veulent vivant jusqu'à ce qu'ils reçoivent la rançon.

Il fit signe au garde de se retenir, mais lança à Isaac un regard d'avertissement.

Joseph rit et cria à l'adjudicateur :

— Il m'amuse. Il me servirait peut-être d'appât pour mes pièges à rats !

Il secoua légèrement les pièces de monnaie dans ses poches.

— À bien y penser, qu'est-ce qu'on peut faire de mieux d'un juif?

De plus en plus d'hommes s'étaient avancés d'un pas tranquille pour se joindre à la foule, attirés par les railleries et les huées d'approbation. Joseph fit face à la foule qu'il salua bien bas, avant de se tourner vers Isaac pour lui demander :

— Est-ce que je devrais t'acheter, juif?

— Non, répondit Isaac.

— Pourquoi pas?

— Monsieur, comment pourriez-vous me prendre pour esclave après m'avoir pris pour conseiller ?

La foule hua.

— Toute la chrétienté sait que ton peuple a tué le Christ et doit être puni à jamais! hurla Joseph.

— Ça suffit!

L'adjudicateur leva une main.

— Que diriez-vous de cinquante *scudi*, monsieur? Vous en aurez pour votre argent. C'est-à-dire avant qu'il meure d'épuisement.

L'adjudicateur souleva son marteau.

— Qu'est-ce que vous en dites? Je vais vous l'adjuger?

— Voici dix *scudi*, adjudicateur. Je vais l'acheter pour le plaisir de le voir mourir de faim.

— D'autres offres?

L'adjudicateur balaya la foule du regard.

— Non? Très bien. Vendu à Joseph.

Il donna un coup de marteau sur la planche qui se trouvait devant lui et fit signe au garde.

— Faites-le descendre.

Alors qu'Isaac passait en trébuchant devant Simón, son ami murmura :

— Que Dieu te protège.

Le garde poussa Isaac jusqu'au bas de l'escalier, où l'attendait Joseph qui martelait la poussière de ses bottes. Celui-ci lança une pièce de dix *scudi* à l'adjudicateur, qui la prit en le remerciant.

L'adjudicateur désigna Simón.

— Voici maintenant un juif de Leghorn, négociant en pierres précieuses.

Lorsque Joseph prit Isaac par l'épaule pour le tourner vers une charrette poussiéreuse, au milieu de la place, une forte voix de femme cria du fond de l'assistance :

— Adjudicateur, attendez !

Les hommes se séparèrent pour la laisser passer. Elle était bâtie comme l'un des parapets du fort Saint-Elme. Ses robes étaient recouvertes d'un tablier saupoudré de farine. Sur sa poitrine, elle pressait un petit chien, dont le blanc contrastait avec le brun de son scapulaire. Il était difficile de savoir si l'animal était blanc de nature ou de farine. Elle prit Isaac par le bras. En maltais, elle plaida :

— Cet homme ne survivra pas deux semaines sur les galères. Libérez-le. C'est un meurtre pur et simple.

Elle secoua un doigt vers Joseph.

— Vous êtes abominable.

— Les enchères sont terminées, lui cria l'adjudicateur.

— Joseph le fera attacher à une rame, assis dans l'eau glaciale jusqu'à la taille. Vous le savez bien, adjudicateur ?

— Je me contente de vendre des esclaves, sœur Assunta, je ne prédis pas leur avenir.

L'adjudicateur tourna son attention vers Simón mais, avant qu'il puisse continuer, la religieuse dit :

— Une fois brossé et épouillé, il me sera bien utile, à nettoyer et à travailler dans le jardin du couvent.

Saisissant Isaac par l'autre bras, Joseph se tourna vers la religieuse.

— Sauf votre respect, ma sœur, cet homme a été acheté et payé. Maintenant, laissez-nous passer.

L'adjudicateur baissa le regard vers la religieuse, avec une expression contrite.

— Désolé, sœur Assunta. Vous arrivez trop tard.

Isaac examina le visage de la femme, son rugueux habit de serge, ses mains rouges et ses larges hanches. Le *soggolo*, une guimpe, dissimulait sa mâchoire et une partie de sa joue. Elle plongea la main dans sa poche et en retira dix *scudi* qu'elle agita devant le visage de Joseph.

— Tiens, Joseph, va-t'en. Va tuer quelqu'un d'autre.

— Laissez-moi passer.

Joseph commença à traîner Isaac en direction de la charrette à cheval arrêtée non loin de la foule.

Isaac ne put s'empêcher d'imaginer la paix d'un couvent, avec peut-être une oliveraie et un rucher. Il s'arrêta.

— Si tu refuses de marcher, dit Joseph, je vais te soulever et te hisser sur mes épaules telle une carcasse de chèvre.

La religieuse tenta de fourrer les pièces de monnaie dans la poche de Joseph, qui esquiva.

Isaac se sentait comme un vivaneau que se disputaient deux ménagères au marché aux poissons du Rialto.

— Ce juif m'appartient. Si vous n'aimez pas ma façon de traiter mes esclaves, dénoncez-moi au grand maître, dit Joseph.

D'une poussée, il fit monter Isaac dans la charrette et y grimpa à sa suite, et la religieuse finit par relâcher sa prise.

— Par la volonté de Dieu, il m'appartient, Joseph. Vendez-le-moi et achetez cette brute, là-bas.

Elle fit un geste en direction d'un grand Nubien debout à l'arrière de l'estrade.

— Il vous durera plus longtemps que celui-ci. Laissez-moi le juif.

Joseph prit les rênes de son cheval.

— Laissez-moi passer, ma sœur.

Dans la foule, un homme s'écria :

— Sauvez votre âme, Joseph ! Laissez-le au couvent. Les religieuses ont besoin plus que vous des services d'un homme au long membre.

L'homme se tordit de rire. Joseph rougit, claqua de la langue en direction de son cheval, sans toutefois faire claquer les rênes.

— Puisque c'est vous, sœur Assunta, donnez-moi quinze *scudi* et il vous appartient.

Il montra le chien qu'elle tenait dans ses bras.

— Après, vous pourrez le bichonner comme votre petit chien.

La sueur dégoulinait le long des jambes d'Isaac et il sentit le sac de tissu contenant les vers à soie glisser dans son haut-de-chausse. Le tirant furtivement le long de sa jambe, il le pressa sous sa ceinture. Joseph et sœur Assunta continuaient de se chicaner.

— Prenez mes dix *scudi*. C'est tout l'argent que j'ai. Mon couvent est pauvre.

Elle tenta de nouveau de placer les dix pièces dans la main de Joseph, mais, la mâchoire serrée, il secoua la tête.

Sœur Assunta grogna de frustration. Relevant le bas de sa jupe, elle grimpa énergiquement sur l'estrade d'encan et, d'un coup de coude, écarta le garde. Elle s'adressa à la foule.

— Mesdames et messieurs, il me faut un don de cinq *scudi* pour le couvent. Si quelqu'un a pitié de ce juif et veut attirer sur lui la lumière de Dieu, qu'il ouvre sa bourse, dit-elle d'une voix retentissante.

Assis dans la charrette, Isaac, raide, attendait que quelqu'un s'engage, mais pas une âme ne s'avança.

Dieu n'avait pas fini de chier sur lui.

Chapitre 3

Venise
1575

À la pleine lune, des courants invisibles circulaient dans les canaux, caressant les murs en ruine et mouillant les marches visqueuses du ghetto. À marée haute, *acqua alta*, le *campo* entier disparaissait sous une couche de vase. Ce soir, c'était le cas. Avec Hannah qui soulevait ses jupes, le comte et le rabbin se dirigèrent vers les barrières, le premier tenant Hannah par le coude pour l'empêcher de glisser sur le limon. Là-haut, dans l'immeuble où habitait Hannah, des volets s'ouvrirent. La lueur minuscule et vacillante d'une bougie apparut à la fenêtre, puis les volets se refermèrent avec fracas. Hannah frissonna lorsqu'un rat bondit dans le canal, laissant dans l'eau des vaguelettes graisseuses.

Le rabbin leur souhaita une bonne nuit et se dirigea vers son *loghetto*. À part le bruit de leurs pas sur les pavés, le silence fut complet.

Lorsqu'ils atteignirent les lourdes portes de bois, le garde Vicente, son chapeau retourné au cas où le comte voudrait y laisser tomber quelques *scudi*, déverrouilla la grille d'entrée qui menait au pont des Agudi. Le comte et Hannah atteignirent en hâte la barque sur le rio di San Girolamo. Avec ses bruyants ronflements, le gondolier avait fait fuir les porcs qui farfouillaient du groin dans les ordures qui bordaient la *fondamenta*. En les entendant approcher, il se réveilla d'un coup, offrant son avant-bras à Hannah pour l'aider à franchir le plat-bord. Il écarta les lourds rideaux de brocart de la *felze*, la cabine de la gondole, jusqu'à ce que la jeune femme soit installée sur une chaise. Le bateau tangua et se balança lorsque le comte grimpa à bord. À l'intérieur de la *felze*, il faisait aussi noir que dans une caverne, ce qui dissimulait Hannah aux yeux de quiconque l'épierait de la rive. La réclusion aurait dû lui donner un sentiment de sécurité, ce n'était pas le cas.

Lorsque le gondolier appareilla, elle voulut bondir de la barque et se retrouver sur la terre ferme. À la proue, les six dents de fer du *ferro*, dont chacune symbolisait un *sestiere*, un quartier de la ville, fendaient l'eau. Personne ne parlait. Tandis qu'ils glissaient sur les eaux noires, on n'entendait que le bruit de la rame. Aucune lumière ne se reflétait des maisons de Cannaregio.

Lorsqu'ils atteignirent le Grand Canal, presque plus aucun flambeau de poix de pin ne chuintait en vacillant sur les quais des splendides *palazzi*. La cape du comte était lourde sur les épaules d'Hannah. À présent, elle ne la réchauffait pas plus que le piège d'un chasseur ne réchauffe la caille qui s'y est prise. Elle s'efforça de rester droite. Inutile de montrer au comte à quel point elle avait peur. Elle devait dégager de la confiance. Isaac lui avait enseigné cela.

La chair d'une noble chrétienne n'était-elle pas formée comme celle d'une juive? se demanda-t-elle. Ne saignaient-elles pas, ne gémissaient-elles pas et ne peinaient-elles pas de la même façon? N'avaient-elles pas, elles aussi, un ventre maternel tendu qui refusait d'expulser son contenu, et un bébé qui se présentait par le siège? Par la ruse, elle avait amené des bébés réticents à sortir de mères juives à moitié mortes; elle allait faire de même pour une chrétienne. C'était pour Isaac qu'elle risquait de se retrouver dans une cellule humide sous le palais des doges et de se faire étrangler à minuit. Elle revoyait son beau visage, son nez aquilin, sa bouche sensuelle et son sourire.

Dans la cabine de la gondole, qui gîtait d'un côté sous le poids de sa charge, le comte lui parla d'une voix si basse qu'elle dut lui demander de répéter.

— Ma femme, Lucia, est fragile. Elle crache du sang depuis des années. Malgré cela, elle a connu de nombreuses couches. Aucune n'a donné d'enfant vivant.

Il la scruta dans le rayon de lune qui pénétrait les rideaux à demi fermés.

— Vous êtes jeune, mais je suis sûr que vous avez déjà vu des cas semblables.

À chaque inspiration, le comte semblait pomper tout l'air de la petite enceinte, sans lui en laisser.

— Je ferai de mon mieux.

— Je le crois, ma chère. Comme la plupart des hommes, je ne sais rien de la façon dont les enfants viennent au monde. Mais écoutez bien mes paroles: si vous devez faire un choix entre la vie de ma femme et celle de mon enfant, sauvez mon enfant.

Hannah ne put se retenir :

— Mais les sages-femmes juives apprennent à privilégier la vie de la mère.

Voyant le visage troublé qui lui faisait face, elle ajouta :

— Si Dieu me vient en aide, je n'aurai pas à faire un tel choix.

— J'adore Lucia, mais le testament de mon père m'oblige à produire un héritier avant mes cinquante ans. Sinon, la fortune familiale ira à mon frère Jacopo. Je vais célébrer mon cinquantième anniversaire le mois prochain.

Ce n'était pas la première fois qu'Hannah entendait de telles confidences. Les futurs pères étaient souvent dévorés par la *maninconia*, un mélange de détresse et d'anxiété qui leur faisait révéler des choses qu'ils n'avaient aucun intérêt à dire à des inconnus.

— Jacopo et mon frère cadet, Niccolò, sont ineptes. Ils vont ruiner les entreprises familiales. Si la fortune leur tombe entre les mains, cela aura un effet dévastateur pour la famille. Niccolò a déjà dilapidé une petite fortune au jeu. Jacopo m'inquiète pour des raisons que je ne peux exposer à une femme.

Qu'avait-elle à voir avec le testament de son père et les entreprises familiales ? Rouler la pâte pour le pain azyme, elle comprenait. Mettre au monde des bébés, elle comprenait aussi. Mais les lois d'héritage des riches chrétiens ?

Il ne serait pas délicat de lui dire ce que savait toute sage-femme : que sur cinq enfants qui naissaient, il en mourait un ; que sur dix mères en train d'accoucher, une serait emportée avant de pouvoir allaiter son enfant. Hannah avait déjoué ces sombres éventualités au moyen de l'appareil caché dans le sac de lin qui reposait à ses pieds.

Un jour de shabbat, elle était en train de servir de la soupe de betteraves, si chaude et fumante que ses cheveux se hérissaient en bouclettes minuscules. D'une main, elle avait plongé dans la soupière une louche en argent, au ventre concave et au manche courbe. Lorsque ce dernier était devenu trop chaud, elle avait laissé tomber la cuiller, qui avait glissé sur le côté du bol pour se poser contre le fond recourbé. Une idée s'était formé dans son esprit ; elle avait pris une louche identique dans l'armoire et, les mains encore tachées du rouge des betteraves, l'avait croisé avec l'autre pour former la lettre X. Un tel instrument, s'était-elle dit, pouvait servir à tirer la tête d'un enfant dans le canal de naissance et à accélérer les accouchements.

Elle avait fait une esquisse grossière, que l'orfèvre utilisa pour façonner l'instrument, en creusant davantage le bol de la cuiller de naissance et en allongeant les manches. Un pivot retenait les deux cuillers par le milieu pour qu'on puisse les ouvrir et les fermer telle une paire de ciseaux. Au départ, elle s'était exercée en privé à extraire des oignons de l'orifice de poulets crus. Lorsque sa dextérité s'améliora, elle s'en servit lors d'accouchements, en dissimulant sous un drap les genoux repliés de la mère pour qu'elle ne puisse pas voir et en écartant toutes les autres femmes de la pièce. On envoyait des sages-femmes au bûcher pour moins que cela, et Hannah savait qu'elle devait rester circonspecte.

— Sachez, dit le comte, que je ne suis pas un homme dépourvu de sentiments, obsédé par ses propriétés, ses chevaux, et le nombre de ducats que peut lui rapporter chaque transaction commerciale.

— Je sais que vous vous souciez de votre femme, sinon vous n'auriez pas pris le risque de venir me chercher, répondit Hannah.

Le comte lui tapota la main.

— Mon frère vous a parlé durement parce qu'il doit aux prêteurs. Jacopo est aussi prodigue qu'un teinturier.

De longs moments plus tard, avec un craquement et un bruit sourd et étouffé, la gondole glissa le long du quai d'un *palazzo* à la façade de pierre et aux fenêtres cintrées. À la dernière courbe du Grand Canal, le *palazzo* surplombait le *campo* de Saint-Samuel. Sur le quai, un domestique en livrée attrapa la corde du gondolier et l'attacha à un poteau d'amarrage peint aux couleurs de la famille, or et vert. Le comte aida Hannah à sortir et l'escorta à l'intérieur. Un valet de chambre leur ouvrit la porte et leur souhaita une bonne soirée. Elle suivit le comte à travers le *pianoterra* où se déroulaient les transactions commerciales de la famille. Ce rez-de-chaussée, qui servait d'entrepôt à en juger par les caisses de bois, était lourd des odeurs de cardamome, de cannelle et de sacs de laine brute. Il semblait aussi grand que tout le Campo del Ghetto Nuovo.

En essayant de suivre le comte, elle remarqua la grande taille de sa tête. Si sa femme était petite, ce n'était pas de bon augure. Quand la femme était délicate et le mari d'une taille substantielle, la tête du bébé était souvent trop volumineuse pour bien passer entre les os du bassin.

Avant d'avoir atteint l'entrée principale, Hannah remit sa cape au comte et se sentit plus légère. Une servante les accueillit, ses cheveux noirs collés au visage par la transpiration et le tablier taché de sang.

— Hannah, voici notre sage-femme, Giovanna.

Hannah sourit et fit un signe de la tête, mais la femme ne répondit pas.

— Giovanna, je te présente Hannah. Amène-la à la comtesse. Pas un mot. Elle est venue aider, dit le comte. Des changements depuis mon départ?

— Je crois que vous devriez appeler un prêtre, monsieur, dit Giovanna les yeux baissés.

Hannah recula vers la porte. Un prêtre verrait, à son écharpe rouge et à sa robe modeste, qu'elle était juive. Si un prêtre arrivait, elle devrait partir, sinon son arrestation allait suivre aussi sûrement que le sang dégoulinait vers le bas.

À son grand soulagement, le comte répondit :

— Nous attendrons de voir ce qu'Hannah peut faire pour elle.

Il avait dû sentir la nervosité d'Hannah, car il se tourna vers elle et dit :

— Ne vous inquiétez pas, vous aurez votre chance. Dépêchez-vous, maintenant.

Giovanna fit une révérence devant le comte et précéda Hannah dans un large escalier dont les murs de pierre suintaient d'humidité. Comme Hannah était habituée aux escaliers enclos et bringuebalants du ghetto, cette masse de pierre lui donna le vertige. Au milieu des marches, elle s'arrêta et serra la rampe froide. Pour retrouver l'équilibre, elle regarda en bas et vit dans une alcôve deux hommes qui buvaient à une table, un flacon de vin posé entre eux, un épagneul endormi à leurs pieds. L'un d'eux était le frère, Jacopo, encore rouge d'avoir marché dans l'air de la nuit. L'autre, supposa-t-elle, était Niccolò, le frère cadet. Il était beau, avec des cheveux noirs et ondulés et l'air ébouriffé d'un homme qui vient de se réveiller.

Jacopo prit dans ses mains une paire de dés en ivoire, souffla dessus pour la chance, puis les jeta sur la table. Les sandales de cuir d'Hannah grincèrent légèrement sur l'escalier de marbre et Niccolò leva les yeux, lui envoyant une salutation railleuse avec son verre.

Rien, dans ce *palazzo*, ne lui paraissait familier ni sûr. Elle se sentait comme un petit animal dans un champ entouré de prédateurs. Trop d'espace et nulle part où se cacher. Dans l'humble *loghetto* qu'elle habitait, avec ses murs humides et son brasero fumant, le comte avait dû ressentir une semblable impression d'inconfort, celle qu'elle avait maintenant entre les rideaux à glands de soie, l'argent luisant et les plafonds à caissons du *palazzo*.

En continuant de monter les marches, elle sentit le froid de la pierre irradier à travers les semelles de ses sandales, et essaya de ne plus penser aux deux hommes. Elle était certaine d'une chose, une seule : la comtesse serait comme n'importe quelle autre femme, avec un bassin, un ventre et un utérus.

Hannah avait entendu dire que les chrétiens remplissaient leurs grandioses *palazzi* et leurs églises d'images du corps humain. En effet, au palier qui dominait les marches apparut une fresque aux couleurs vives montrant deux femmes en train de laver les pieds du Christ. Hannah rassembla ses jupes et marcha tête baissée. La Torah interdisait le culte des images. Elle songea à la belle *shul* du ghetto, avec sa chaire en bois sculpté du haut de laquelle le rabbin livrait ses sermons, une Sainte Arche dorée qui soutenait la Torah, et une cloison filigranée séparant le rez-de-chaussée, réservé aux hommes, de la galerie des femmes, située en haut. Elle semblait austère par rapport à ce *palazzo*.

Elle suivit l'ample postérieur de Giovanna dans le couloir recouvert d'un tapis aux motifs de rubis, d'émeraudes et de topazes. La lune qui luisait à travers les hautes fenêtres à claire-voie jetait des ombres rhomboïdales sur les couleurs des joyaux.

En parcourant le couloir, Hannah n'eut pas à se faire guider par Giovanna jusqu'à la chambre à coucher de la comtesse. Les cris de la femme l'amenèrent jusqu'à une pièce si grande qu'elle ne trouva le lit qu'en écoutant. Hannah fit une pause dans l'embrasure de la porte, éblouie. Cette pièce renfermait plus d'or que les mines du roi Salomon. La lune brillait par les fenêtres avant et arrière, et la lueur des lampes et des chandelles remplissait la chambre. Partout la lumière dansait : dans les glaces aux cadres dorés, les miroirs et les bronzes. Même le plancher de *terrazzo* rutilait, lisse comme du verre et composé d'un agrégat de couleur incrusté de pierres semi-précieuses. Les fenêtres étaient ornées de rideaux de taffetas soyeux tissé d'une trame de brocart doré formant des boucles qui accrochaient les rayons de lune.

Au-dessus du lit était accroché un petit tableau pieux représentant la Madone et l'Enfant. Vêtue d'une longue robe couleur lapis, la Madone présentait un sein à Jésus avec un air de ravissement sur son visage lisse. Pour les chrétiens, c'était une scène tendre, mais Hannah sentit son estomac se contracter de révulsion. Dieu seul pouvait créer un autre humain. Il était malveillant de vouloir l'imiter avec des images. Si seulement elle pouvait demander à Giovanna de l'enlever pour la remplacer par sa *shaddaï* d'argent battu ! Hannah détourna les yeux et posa son sac sur un fauteuil.

Dans le coin se trouvait un berceau d'enfant élaboré, identique au lit de la comtesse, à plus petite échelle. Pourvu qu'il soit bientôt rempli ! songea Hannah. Les cris de la femme l'attirèrent jusqu'au lit dont les quatre piliers soutenaient un baldaquin.

La comtesse y était étendue, pâle, presque translucide. Autour du lit, on avait tracé un cercle de sel, destiné à protéger la mère et l'enfant du mauvais œil. Sans aucun doute une initiative de Giovanna. Il serait utile pour se mettre à l'abri de Lilith, la tueuse de nouveau-nés. Hannah aurait voulu avoir son amulette, la *shaddaï*, dans sa main plutôt que dans son sac sur la chaise. Au début des contractions, Lilith entendait les cris et rôdait tout près pour savourer l'odeur du sang. Plus l'accouchement se prolongeait, plus elle devenait audacieuse. Humble *loghetto* ou *palazzo*, cela ne faisait aucune différence. Lilith n'avait de respect pour aucune classe sociale.

Elle s'approcha du lit et prit la main de la comtesse Lucia, ses doigts frais et cireux. Ses yeux bleus étaient gonflés et ses cheveux emmêlés, trempés par la sueur. Ses joues étaient trop rouges, ses yeux trop brillants. N'eussent été sa toux et la fine veine bleue qui battait sur son front, Hannah l'aurait crue morte.

Elle dit : « Comtesse, je m'appelle Hannah. Je suis venue vous aider à donner naissance à votre bébé. M'entendez-vous ? »

Penchée au-dessus du lit, Hannah sentit un bruissement d'ailes et, en guise de réponse, elle crut voir bouger le chapelet accroché à la tête du lit. Elle murmura une rapide prière.

Hannah mit les bras autour de la comtesse et la remonta en position assise pour qu'elle ait plus de facilité à tousser. Ses omoplates s'enfoncèrent dans les bras d'Hannah. Du sang pointillait le mouchoir que Lucia tenait à sa bouche.

— Vous devez m'écouter. Je sais que c'est difficile. Vous avez longuement et durement peiné, sans résultat. Je dois vous examiner.

Hannah scruta le visage de sa patiente. C'était bien ce qu'elle craignait : le comte avait attendu trop longtemps avant de requérir son aide. Si seulement il était allé la chercher à l'aube, avant que Lucia ait perdu autant de forces, il aurait pu y avoir de l'espoir. Maintenant, il était passé minuit et la comtesse paraissait trop faible pour pousser un chaton miaulant, sans parler d'un bébé.

Lucia la regardait d'un air interrogateur entre ses paupières à moitié closes, comme pour tenter, malgré sa douleur, de déterminer qui était Hannah.

— Est-ce que je vous connais ?

— Votre mari est venu me chercher. Je suis une sage-femme. Je suis venue vous aider.

Après quelques instants, Lucia cligna des yeux et vit une sorte d'apparition en *cioppa* bleue, avec un châle et un foulard.

— Hannah, oui. Toutes les femmes parlent de vous.

Elle s'efforça de sourire.

— Elles disent que vous faites des miracles. C'est ce qu'il me faut.

« À moi aussi », songea Hannah, mais elle la prévint :

— Il ne faut pas compter sur les miracles.

Maintenant que la quinte de toux était terminée, Hannah remit la comtesse en position étendue et retira les couvertures trempées de sueur et de sang.

— J'irai doucement, mais je dois tâter votre ventre pour voir si l'enfant est dans la bonne position.

— Donnez-moi mon chapelet.

Hannah voulut répondre qu'il était interdit aux juifs de toucher les objets religieux des chrétiens, mais elle s'arrêta. Dieu allait faire une exception. Réconforter, tendre un chapelet à une mourante serait une *mitsva*, et non une infraction à l'édit rabbinique ou à la bulle papale. Hannah décrocha le chapelet de la tête de lit et le tendit à Lucia. Les grains paraissaient plus chauds et plus vivants que les doigts de Lucia. Celle-ci les porta à ses lèvres et les embrassa.

— Vous êtes juive ?

— Du Ghetto Nuovo.

— Merci, Hannah, d'avoir eu le courage de venir. Quel que soit mon sort ou celui de mon bébé, je vous suis reconnaissante.

Lucia resta étendue, immobile, et ses paupières se fermèrent lentement.

— Vous avez touché les grains comme si vous me tendiez un serpent.

— Vous avez remarqué ? Tant mieux pour vous. Il y a encore de la vie en vous.

Elle lissa les cheveux humides en les écartant du front de la comtesse. Elle se tourna vers Giovanna, en train d'essuyer ses mains sur son tablier.

— Quand ses douleurs arrivent-elles ?

— À seulement quelques *Pater noster* d'intervalle, depuis trois heures. Elle a commencé il y a deux jours, mais elle n'a fait aucun progrès. Maintenant, vous le voyez, elle est épuisée et elle a perdu beaucoup de sang. Je lui ai dit de pousser. Mais elle est trop faible.

Un moment, Giovanna scruta Hannah, arrêtant son regard sur le foulard rouge et les cheveux noirs, puis elle dit :

— Vous savez aussi bien que moi qu'il est interdit aux juifs de mettre au monde des bébés chrétiens. Et si, à Dieu ne plaise, l'enfant exige un baptême immédiat ?

— Vous pourrez fournir ce service.

— Comme je l'ai fait pour tous les autres bébés qui lui sont nés, dit Giovanna, les sourcils froncés sur son large visage.

Il était dangereux pour un juif d'avoir des ennemis chrétiens. Elle allait devoir traiter cette sage-femme avec circonspection. Hannah se rendit à la cuvette posée au chevet, tordit un linge humide et le plaça sur le font de la comtesse.

— Donner naissance est un travail difficile, n'est-ce pas ?

Lucia hocha la tête pendant qu'Hannah lui palpait le ventre. Hannah n'aimait pas ce que lui disaient ses mains. Sans savoir à quel point Lucia pouvait comprendre, elle dit :

— La tête est de travers, coincée dans la matrice. Je dois essayer de la faire bouger.

Lucia ouvrit les yeux et lui lança un regard d'incompréhension.

— Imaginez que j'essaie de vous faire sortir par cette fenêtre en vous poussant.

Hannah fit un signe du menton en direction de l'étroite fenêtre à battants voisine du lit, par laquelle entrait un rayon de lune argenté.

— Je pourrais arriver derrière vous, vous donner une bonne poussée et, en un clin d'œil, vous plongeriez dans un grand éclaboussement dans le canal en dessous. C'est ce qui se passe si la tête du bébé est bien positionnée. Mais imaginez ceci : vous êtes à la fenêtre, vous êtes placée de guingois, ou accrochée par la main au rebord de la fenêtre. Même une grande poussée serait vaine. Si le bébé est dans une mauvaise position, les fortes douleurs et les poussées ne serviront à rien.

De nouveau, les yeux de Lucia se refermèrent ; elle n'avait probablement pas entendu un mot.

Hannah continua, autant pour visualiser la difficulté que pour l'expliquer à la comtesse.

— Mais supposez que je vous serre les épaules et que je vous place au milieu de la fenêtre, et que de l'extérieur, sur le rebord, je vous tire avec un instrument.

— Une telle chose est possible ?

La voix de Lucia était à peine audible.

Elle avait donc écouté.

— Avant de pouvoir répondre à cette question, je dois mettre mes deux doigts à l'intérieur de votre cavité. Je vais le faire maintenant, avant la prochaine contraction.

Hannah attira vers elle les bougies de la table de chevet. Elle fouilla son sac de lin, écartant les cuillers à accouchement en argent, pour extraire un flacon d'huile. Les mains posées au-dessus de la flamme de la chandelle, elle versa une cuillerée d'huile d'amande sur ses paumes et les frotta pour les réchauffer.

Trop épuisée pour invoquer la pudeur, la comtesse resta immobile. Hannah, penchée, serra contre elle l'une des jambes de Lucia et appuya l'autre contre un gros oreiller. Elle remonta jusqu'à la taille la robe de nuit de Lucia, en essayant de ne pas grimacer devant le sang rouge vif qui s'amassait sur les draps entre ses jambes. Si Giovanna ne pouvait l'aider, elle aurait au moins dû changer les draps. Le ventre de la comtesse était haut et rebondi mais, autrement, elle paraissait émaciée. Ses membres étaient maigres, comme si le bébé avait goulûment absorbé toute la nourriture sans lui en laisser. Hannah parcourut des mains le ferme monticule, essayant de vérifier si la tête était descendue dans le canal de naissance. Les fesses de l'enfant étaient bien au-dessus du nombril de Lucia. Hannah posa sa main entre les jambes de celle-ci.

— J'ai besoin de palper votre matrice, pour voir si elle est ouverte ou fermée.

Elle espérait sentir la douce et souple embouchure du ventre maternel et le sommet de la tête du bébé, tout en sachant que c'était peu probable, étant donné ce qu'elle avait senti du ventre. Si elle arrivait à toucher la tête du bébé, elle allait y poser ses deux doigts comme un compas, pour vérifier si elle descendait en ligne droite. C'était toujours une sensation merveilleuse que de toucher la tête et de sentir palpiter un pouls ténu dans le crâne.

— Ne poussez pas. Ce n'est pas encore le moment.

Des paroles inutiles. Le faible halètement de Lucia indiquait qu'elle n'avait sans doute pas la force de pousser.

C'était bien ce qu'elle craignait. La tête n'était pas dans la bonne position. Elle restait accrochée au-dessus des os du bassin, au fond de l'utérus, difficile à sentir, impossible à manipuler. Ses cuillers de naissance ne pouvaient servir que si la tête s'avançait davantage dans le col de naissance.

« Oh! mon Dieu! » Elle devait combattre son sentiment grandissant de panique, sa forte envie de s'enfuir avant que la femme meure dans ses bras. Jamais elle ne s'était occupée d'une femme aussi faible. Jamais elle n'avait été aussi certaine d'un résultat tragique. Hannah sentit s'accélérer son propre souffle et les battements de son cœur. Elle retira ses doigts d'entre les cuisses de la comtesse et les essuya sur une serviette propre.

Elle songea à la recommandation du comte : d'abord sauver l'enfant. Puisque Lucia était si près de la mort, ne valait-il pas mieux lui trancher tout de suite le ventre pour en extraire le bébé avant qu'il n'étouffe ? Sauver l'enfant, cela lui assurerait la gratitude du comte. Mais Hannah pouvait-elle ouvrir le ventre d'une femme qui avait tenté de lui sourire malgré sa douleur, qui avait même cherché à faire une plaisanterie ?

— Je veux que vous respiriez aussi profondément que possible. Profondément et lentement. Ensuite, nous verrons ce qu'il est possible de faire pour dégager de votre ventre ce bébé entêté.

La tête de la comtesse pendait en arrière, son visage aussi blanc que le rectangle mouillé de l'oreiller qui l'encadrait.

Hannah appuya de ses doigts sur le poignet de la comtesse et découvrit un pouls aussi faible que le battement de cœur d'une grive.

— Dieu me vienne en aide et guide mes mains, murmura-t-elle en yiddish.

— Sauvez ma pauvre maîtresse, dit Giovanna. Vous ne sortirez jamais ce bébé vivant. Utilisez le crochet.

Hannah fit signe à Giovanna de se taire, espérant que Lucia n'ait pas entendu ces paroles. Le crochet était un grappin acéré qu'on utilisait pour percer la fontanelle antérieure de la tête de l'enfant, afin que la sage-femme puisse insérer les doigts dans le crâne fracturé et, en tirant, extraire le fœtus mort. Non. Si elle devait utiliser un instrument quelconque, ce serait son couteau de fer. Tuer la mère, sauver l'enfant. Si elle allait à l'encontre des ordres du comte et sauvait la comtesse au moyen du crochet, elle ne pouvait s'attendre ni à être protégée de la justice ni à recevoir son dû. Mieux valait faire sortir Giovanna.

— S'il vous plaît, allez chercher des draps frais. Voyons ce qu'on peut faire pour qu'elle soit plus à l'aise.

Giovanna ne savait que démembrer le fœtus. Était-il étonnant que Lucia ait connu autant de couches infructueuses ?

Après le départ de Giovanna, Hannah s'aperçut qu'elle ne lui avait pas demandé si les eaux étaient percées. Elle souleva les couvertures et tapota les draps du lit. Il y avait du sang, mais pas d'eau utérine. Elle prit son sac sur le fauteuil, sortit le couteau de fer et le dissimula sous l'oreiller de Lucia. Il serait à sa portée si elle devait ouvrir le ventre.

Les yeux de Lucia s'ouvrirent en papillonnant et elle murmura :

— Est-ce que je vais mourir ? Ce serait une juste punition pour mes fautes. À quoi sert ma vie si je ne peux pas donner un héritier à mon mari ?

Sur ces mots, sa tête pencha de côté et elle parut sans vie.

De quels péchés avait bien pu se rendre coupable cette femme affligée de toux et de fièvre ? Hannah l'embrassa sur le front. L'odeur du suif en combustion se mariait à celle du sang et des autres substances en épanchement.

— Vous êtes fatiguée et découragée, mais il est trop tôt pour abandonner l'espoir.

Si, par quelque miracle, la comtesse survivait, ce seraient ses dernières couches. À son âge, les tendons et ligaments de l'utérus étaient robustes et ne cédaient pas de plein gré.

— L'enfant est-il vivant? Je n'ai pas senti de mouvement depuis un certain temps, dit Lucia.

Avant qu'Hannah puisse répondre, les yeux de la parturiente se fermèrent et elle grimaça en même temps que son ventre se durcissait et qu'elle se tordait de douleur. Le spasme dura un long moment, au bout duquel, exténuée, elle s'effondra de nouveau contre les oreillers.

— Qu'il soit vivant ou non, je ne pourrai le savoir avant d'avoir posé mon oreille sur votre ventre.

Si elle n'entendait aucun battement de cœur, elle allait prendre le crochet, démembrer l'enfant et l'extraire, un membre à la fois, du corps de la comtesse. À cette condition, la comtesse aurait peut-être une chance. Par contre, si le bébé était en vie, elle devrait ouvrir le ventre de Lucia, fouiller le flot de sang, et sortir l'enfant avant qu'il meure.

Elle prit la main de la comtesse et la serra sur sa joue alors que Lucia endurait un autre spasme. Lorsque le ventre se relâcha, Hannah y appuya son oreille, à l'affût des battements de cœur du bébé. Elle resta immobile et attendit. Descendant la tête sous le nombril, elle écouta de nouveau. Rien. Elle essaya ailleurs, plus haut, juste sous un sein. Elle écouta encore. Oui, il y avait peut-être un faible pouls. Elle n'en croyait pas son oreille. Était-ce son imagination? Non, il était revenu, le pouls ténu d'un petit être malléable. Mais il était si lent et si fragile! L'enfant était en train de mourir. La comtesse aussi. Hannah n'avait pas le temps d'hésiter.

Elle devait ouvrir le ventre de Lucia, y plonger la main et en sortir l'enfant glissant. Mais pouvait-elle se résoudre à étriper la comtesse comme le *cho 'het* abat l'agneau du printemps avant la fête de *Pessah* ? Si elle pouvait accomplir ce geste atroce, les deux cents ducats seraient à elle et Isaac reviendrait à ses côtés. Quelle importance avait pour elle la vie d'une chrétienne ? Le comte allait approuver ; la comtesse lui avait donné sa permission. Dieu ne serait pas sévère.

Mais Hannah pourrait-elle se pardonner ?

Elle sortit le couteau de sous l'oreiller de Lucia. Versant une goutte d'huile d'amande de son flacon sur la lame, Hannah fit pivoter le couteau, d'un côté puis de l'autre, pour étaler une couche d'huile sur la lame. De son sac, elle retira une pierre à aiguiser, y versa une goutte d'huile et, avec de rapides mouvements circulaires, aiguisa la lame. Le couteau grinçait sur la pierre. Hannah examina le visage de Lucia pour voir si elle avait entendu, mais Lucia resta immobile, inerte.

Hannah posa deux doigts contre le cou de Lucia, mais ne trouva aucun pouls. Sur une petite table de chevet, elle trouva un miroir argenté. Elle le tendit vers les lèvres de la comtesse. Aucune humidité rassurante n'embuait le verre. Lucia était morte. Il était inutile de tarder. Prenant de nouveau la bouteille d'huile, elle enduisit le ventre arrondi. Avec le bout du couteau, elle dessina dans l'huile une ligne imaginaire, du haut du nombril aux os du bassin. Puis, elle leva le couteau.

Giovanna entra dans la pièce et resta immobile, le regard fixe, une grande pile de draps frais dans ses bras.

— Je vous salue Marie, pleine de grâce, vous êtes bénie entre toutes les femmes, et le fruit de vos...

— Pardonnez-moi pour ce que je m'apprête à faire, *cara*, murmura Hannah.

Giovanna prit une inspiration et détourna le regard vers les fenêtres.

— Mon Dieu, tiens-moi la main. Ne me laisse pas trancher trop profondément, pour ne pas blesser l'enfant, ni trop en surface car le ventre resterait bien fermé et je ne pourrais pas atteindre l'enfant avant qu'il se noie dans le sang de sa mère. Aide-moi à ouvrir le ventre de cette femme aussi net qu'on sépare en deux une pêche blanche pour en dégager le noyau.

Son cœur battait la chamade.

Hannah s'adressa à Giovanna :

— Quand le sang jaillira de son ventre, utilisez une serviette de lin pour l'essuyer de mon visage, afin que je puisse voir clairement et saisir la tête et les épaules du bébé.

Soudain, Hannah entendit un bourdonnement dans ses oreilles et crut que toute la lumière avait disparu de la pièce. Elle eut un accès de vertige. Ses jambes refusaient de la soutenir.

— Que Dieu me pardonne, dit-elle, je ne peux pas.

Elle jeta le couteau sur le plancher de *terrazzo*, où il tomba avec un fracas métallique et dérapa jusque sous le lit. S'effondrant à genoux, Hannah s'enfouit le visage dans le couvre-lit de soie. Tout son corps tremblait, ses épaules étaient secouées par des sanglots.

Elle sentit quelque chose d'aussi léger qu'un papillon de nuit se poser sur ses cheveux. C'était Lilith, venue la repousser pour s'emparer de Lucia.

La main lui caressa les cheveux, mais c'était la main fine et chaude de Lucia qui repoussait les boucles d'Hannah derrière ses oreilles. La tension relâcha Hannah. Elle aurait continué ainsi, la tête enfouie dans le couvre-lit de soie, égarée, si Giovanna ne l'avait pas saisie par le bras pour la remettre sur ses pieds.

— Sainte Mère de Dieu! La comtesse est vivante! Faites quelque chose!

Le soulagement l'envahit. Hannah ajusta sa *cioppa* et respira profondément. Après avoir trempé ses mains dans de l'huile d'amande, elle inséra deux doigts dans le canal de naissance, espérant que le bébé se soit redressé. Les eaux ne s'étaient pas encore rompues; le ventre restait humide, une petite bénédiction. Avec le bébé en aussi mauvaise position, le manque d'eau l'aurait empêchée de le remettre en place. Hannah enfonça davantage la main entre les cuisses de Lucia, son index et son majeur lubrifiés par l'huile d'amande. Elle sentit le passage vers l'utérus mais, avant de pouvoir toucher l'embouchure du ventre, sa main se heurta à ce qu'elle craignait le plus.

Une toute petite main molle.

Chapitre 4

La Valette, Malte
1575

Un long moment s'écoula. Deux goélands hurlèrent dans le ciel, et la main de Joseph serra le bras d'Isaac aussi fort que le cercle de fer autour de sa cheville. Personne, dans la foule, n'aurait donc assez de pitié pour le sauver de ce butor de goy? La somme était ridicule, mais ayant perdu l'espoir de se divertir davantage, la foule se mit à s'éloigner.

Enfin s'avança une femme aux cheveux blonds, avec de larges pommettes anguleuses et des fossettes.

— Voici cinq *scudi* pour vos grâces, ma sœur, dit-elle.

Assunta les accepta avec un signe de la tête à peine perceptible. La religieuse lança les pièces à Joseph et tira Isaac de la charrette. Joseph écarquilla les yeux devant la blonde et parut vouloir la suivre, mais elle disparut rapidement dans la foule.

Sœur Assunta enfouit son chien blanc dans les bras d'Isaac.

— Tiens-le pendant que je vais chercher ma charrette.

Excité par l'odeur du corps d'Isaac, qui ne s'était pas lavé depuis longtemps, le chien frétilla et lui lécha le visage. Assunta retourna à l'avant d'une charrette défoncée, à laquelle était attelée une jument rouanne atteinte d'une tumeur osseuse au jarret. Isaac, le chien sous le bras, y grimpa.

Les poignets de sœur Assunta étaient aussi gros que les biceps d'Isaac, et son visage aussi dur et anguleux que Malte. À La Valette, l'eau claire, l'air frais, la prière et une nourriture substantielle donnaient de toute évidence une grande robustesse aux religieuses. Quelle sorte de femme était-ce ? se demanda Isaac. Avec ces mains, ces pieds et cette voix grave, était-elle de sexe masculin, féminin, ou d'une sorte de sexe intermédiaire possédant les aspects les plus désagréables des deux autres ? Hannah, avec sa voix douce et ses cheveux soyeux, était à l'opposé d'Assunta.

Après un trajet silencieux et cahoteux sur la route qui longe la côte, Assunta finit par emprunter l'allée d'un édifice impassible et sans grâce qui donnait sur la mer. Isaac respira profondément et regarda autour de lui. L'air embaumait les pins, les rosiers sauvages et l'air salin. Il se félicita de sa chance. Un vignoble bien entretenu couvrait la colline voisine. Un verger rempli d'orangers fleurissait dans le champ derrière la chapelle. Des poules dodues et autoritaires picoraient dans la cour. Assunta lança les rênes du cheval à une sœur qui attendait, et mena Isaac dans la cuisine du couvent. De pleins sacs de navets, de carottes et d'oignons étaient affaissés contre les murs. Un quartier de bœuf était accroché au plafond, en maturation. Il y avait pires endroits où attendre que la Société négocie sa libération.

Assunta se débarrassa de son châle, repoussa en arrière sa guimpe dont s'échappa un écheveau de cheveux bruns, et s'appliqua à mélanger de la pâte à pain en mesurant des poignées de farine dans un énorme bol, avec une spatule de bois, en incorporant de l'eau et du lait caillé. Elle remua et mélangea jusqu'à la bonne consistance, donna à la pâte la forme d'une boule de la taille d'un chevreau, la souleva au-dessus de sa tête et la fit tomber dans un grand claquement devant elle sur la table.

Debout, les bras ballants, Isaac essayait de trouver une façon de se rendre utile. La pâte semblait collante, il fallait peut-être y ajouter de la farine.

— Je vous remercie de m'avoir sorti de là, dit-il en traînant un sac de farine de l'armoire au centre de la cuisine et en le poussant à la portée de la religieuse.

— Vous m'avez sauvé la vie.

Pour la première fois depuis son arrivée à Malte, il croyait avoir une raison d'être reconnaissant.

— Dieu récompensera votre charité.

Cela faisait des mois qu'il n'avait goûté à du pain qui ne grouillait pas de charançons. Sur la table, au centre de la pièce, un bol débordait de raisins. Quant aux fruits, il n'avait pas mangé de pomme, même véreuse, depuis son départ de Venise.

Assunta ignora le sac de farine et cessa un moment de pétrir.

— Tu peux aussi remercier cette femme dans la foule si jamais tu la rencontres. Je crois qu'elle s'appelle Gertrudis.

D'une voix qui n'invitait pas à poser des questions, elle ajouta :

— Une femme d'une certaine notoriété.

Elle rangea sous sa guimpe une vrille de cheveux humides de transpiration.

— Ç'aurait été un péché de te laisser acheter par Joseph.

Elle pivota le torse avec raideur, pour le voir malgré sa guimpe. Un éclat apparut dans son œil.

— Joseph et moi, nous avons déjà croisé le fer. J'ai toujours eu le dessus.

— Quand votre ennemi tombe, ne vous réjouissez pas, dit Isaac, citant la Torah.

— Bien dit, répondit-elle. Mais c'est une injonction difficile à respecter.

Il aurait voulu qu'elle tourne la tête vers lui en parlant, pour qu'il puisse lire l'expression de son visage, mais son habit semblait gêner tous ses mouvements, comme si elle était enfermée dans une armure. Le dialecte maltais était fait de voyelles spongieuses et de rudes fricatives. Certains de ses mots ne lui étaient pas familiers, mais il pouvait en deviner le sens ; d'autres le laissaient perplexe.

— La Bible n'interdit pas l'esclavage, précisa Assunta. En fait, elle dit : « Esclaves, obéissez en tous points à vos maîtres terrestres, de bon gré, comme vous vénérez le Seigneur. »

Elle reprit son pétrissage, laissa encore tomber lourdement la pâte et poursuivit :

— Mais la Bible défend de ne rien faire lorsqu'on voit qu'un tort est sur le point d'être commis. Je savais que Joseph te tuerait.

Elle enfonça ses deux poings au milieu de la pâte, produisant un immense cratère.

— Tu devrais savoir, dit-elle en pointant un doigt enfariné en direction de la mer, que depuis des années, les chevaliers de Saint-Jean terrorisent les eaux autour de Malte. À présent, ils ne sont pas mieux que des brigands.

Du dos de la main, elle se frotta la joue, y laissant une traînée de farine.

— Oui, je t'ai aidé, comme j'en ai aidé d'autres.

Assunta pinça un bout de pâte et le laissa tomber dans la bouche rose que lui tendait son chien blanc.

— J'ai mes raisons.

Isaac parlait le *veneziano*, et s'il énonçait lentement, elle semblait le comprendre.

— Quel travail puis-je accomplir pour montrer ma gratitude ?

Il regarda par la fenêtre.

— Je peux élaguer vos vignes, aider aux récoltes. Une nouvelle paire de mains serait sans doute utile ?

— Ne me remercie pas de t'avoir acheté. Ce n'est pas par compassion, du moins pas celle d'une religieuse. Si je ne peux pas monter au ciel par la gentillesse, je le ferai en redressant des torts, et cela m'assurera le paradis le moment venu.

Elle rassembla les bouts de pâte épars, et, la main en creux, les fit glisser sur une assiette.

— Une *mitsva* est une *mitsva*, quel qu'en soit le motif, dit Isaac.

Elle frotta d'huile d'olive le dessus de la pâte et déposa celle-ci dans un bol de faïence pour qu'elle lève. Elle tapota le dessus.

— Du pain pour ce soir. Nous avons bien des sœurs, toutes affamées après avoir travaillé au jardin et dans les vergers.

Elle fouilla un sac de jute et en sortit un oignon qu'elle se mit à émincer.

— Je suis bon travailleur et j'apprends aisément, dit Isaac. Je suis versé dans la méthode vénitienne de comptabilité en partie double. Je peux tenir vos livres de comptes.

— Nous faisons des vœux de pauvreté, de chasteté et d'obéissance.

Elle remua le couteau devant son visage.

— Nous n'avons ni livres ni comptes.

Elle rit si fort de son propre mot d'esprit qu'elle se mit à tousser.

S'essuyant les mains sur son tablier, elle balaya la cuisine du regard, à la recherche de sa tâche suivante.

— Prends cette botte de romarin accrochée au plafond et hache-la pour moi. Sœur Caterina viendra bientôt m'aider à préparer le reste du repas.

Isaac prit le romarin, le roula entre ses doigts et le rapprocha de son nez. Cela lui rappelait des dîners de Séder et d'agneau rôti, et il ressentit une bouffée de mal du pays. Il saisit un couteau et se mit à hacher.

— Ma femme, Hannah, cultive du romarin en pot sur le bord de la fenêtre, dit-il.

Assunta regarda Isaac manier le couteau en taillant des sections irrégulières.

— Pas de cette façon. Il faut couper en petits morceaux, comme ceci.

Elle lui enleva le couteau, arrondit ses doigts et, le tenant d'une poigne ferme, hacha la plante en portions égales.

Pourquoi ses mains étaient-elles si habiles lorsqu'il s'agissait d'écrire, de tourner les pages d'un livre et de caresser sa femme, et si maladroites lorsqu'il exécutait une tâche qu'un niais pouvait accomplir ? Même le coq, arrivé de la cour, semblait se moquer de son incompétence. L'air sentait la levure, la pâte qui montait. Bientôt, elle allait cuire dans le four au-dessus de l'âtre. Il avait l'eau à la bouche.

— Quelles sont tes autres compétences ?

— Acheter et vendre des épices et du bois de construction.

— C'est plutôt difficile quand il n'y en a pas, fit-elle observer.

Par la fenêtre, il remarqua un mûrier qui poussait dans la cour, devant le couvent. Son sac d'œufs de vers à soie était rangé en sécurité dans sa ceinture. Bientôt, des vers avides allaient éclore, exigeant d'être nourris.

— Il y a quelque chose que je pourrais faire… avec votre aide. J'ai des œufs de vers à soie. Je ne connais rien à ces vers, mais la soie, elle, se vend à prix fort. Peut-être qu'ensemble nous pourrions trouver moyen de faire pousser mes vers ? Cette île aurait avantage à avoir un autre commerce que le trafic des juifs.

— Isaac…, commença-t-elle en levant les yeux de sa tâche assez longtemps pour s'assurer qu'il la regardait dans les yeux. Malte est une forteresse militaire. Les chevaliers et les soldats ne portent

71

pas de soie. Tu ne trouveras pas ici de grandes dames se pavanant en robe de bal. Nous sommes une île de gens simples. Tu aurais dû remplir ton sac de peaux de bœuf et de mouton plutôt que d'œufs à soie.

Elle se rendit d'un pas énergique vers le coin de la cuisine et prit une peau de mouton parsemée de boules de graisse.

— Ça, c'est utile.

Elle la lui secoua devant le visage, assez près pour qu'il sente l'odeur rance de la lanoline et la voie briller sur les doigts de la religieuse.

— La soie, c'est pour le grand maître qui règne sur cette île. La laine, c'est pour nous.

— Je sais lire et écrire, dit Isaac.

Il voulut développer, mais elle lui tapota le dos de la main, y laissant une légère tache de farine.

— Bien. Je vais te prêter une plume et un parchemin, et tu pourras coller un panneau « Défense d'entrer » sur ma porte de cuisine pour éloigner les poules. Entre-temps – elle fit aller son tablier – je vais les chasser moi-même.

Le coq déguerpit devant Isaac.

— Laisse-moi t'expliquer la véritable raison pour laquelle je t'ai acheté, dit-elle. Ma famille était originaire de Tolède, en Castille-La Manche. C'étaient des hérétiques, comme toi. Il y a quatre-vingts ans, ils se sont convertis au christianisme. Ce n'était pas par choix. Le roi Ferdinand et la reine Isabelle obligeaient tous les juifs à se convertir.

Un sentiment d'angoisse s'empara d'Isaac. Si ses ancêtres étaient des *conversos*, elle était plus dévote que la plupart des chrétiens.

— Oui, le décret de l'Alhambra, dit Isaac. La conversion ou l'exil. Mais les juifs ne se sont pas tous convertis. Beaucoup se sont enfuis à Venise. Le ghetto vénitien est rempli de juifs espagnols, les séfarades. D'autres se sont sauvés à Constantinople.

Elle fit mine de ne pas avoir entendu.

— Ignorer les voies du christianisme, c'est pardonnable, mais seulement si personne ne prend la peine de t'éduquer.

Assunta prit une pomme à même le bol posé sur la table, en coupa une tranche et la lui tendit avec la pointe du couteau.

— Mange. Elle vient de notre verger.

Il mordit dans la peau rouge. Le jus envahit sa bouche avec une telle douceur qu'il s'étrangla. Si seulement elle cessait de parler, il pourrait goûter le nectar au maximum.

Assunta mangea le reste de la pomme.

— Je me suis donné pour mission, avec le peu de sous qu'on m'accordait, d'acheter des esclaves juifs et de les persuader d'abandonner leurs croyances hérétiques. Un grand nombre de mes religieuses les plus dévotes, dont sœur Caterina, sont de nouveaux baptisés. Je vais faire de même pour toi.

Assunta polit une autre pomme sur la jupe de son habit.

— Alors, dit-elle en croquant dans la deuxième pomme avec ses dents blanches et carrées, parlons du salut de ton âme immortelle et de la meilleure façon d'accomplir ta conversion.

Sa conversion ? Pour les chrétiens, il ne serait qu'un marrane, un cochon fouillant à la recherche des restes. Parmi ses semblables, il serait considéré comme un traître et un lâche. Les chevaliers lui avaient tout pris : sa dignité d'homme libre, tous ses biens. Être juif et espérer revoir Hannah, c'était tout ce qu'il lui restait.

Le coq, qui picorait dans le coin de la cuisine, gloussa et sortit en courant. Isaac songea à le suivre, mais le bol de pommes était devant lui et la pâte qui levait allait bientôt cuire. Il n'avait pas goûté de pain frais depuis tellement longtemps !

— D'ordinaire, il serait inconvenant qu'un homme habite dans notre couvent, dit Assunta. Mais si tu acceptes que Jésus soit ton Sauveur et que tu te convertisses, je demanderai à l'évêque de faire une exception. Je te fournirai logement, nourriture et travail. Tu pourras balayer la chapelle et participer à la lessive. Tu es un bel homme, ou du moins tu le deviendras après avoir été nourri. Tu seras une tentation pour les novices, dont certaines, je regrette de le dire, ne sont pas ici par dévotion spirituelle, mais parce que leurs familles ne peuvent se permettre de fournir une dot. Alors, je te surveillerai comme un chien garde un troupeau de brebis. Tu dormiras dans le hangar des chèvres. Qu'en dis-tu ? Tu vivras dans le confort jusqu'à ce que ta rançon soit versée.

Sans attendre sa réponse, elle ajouta :

— Ou préfères-tu mendier dans les rues de La Valette ?

Vu son expérience avec les Maltais au cœur de pierre, il allait mourir de faim à mendier si elle le mettait à la porte.

— Mon peuple était fait d'esclaves au pays du pharaon. Les anciens Israélites se sont imposés. C'est ce que je ferai.

Même à ses propres oreilles, ces paroles semblaient un peu outrées.

— Que tu es bête! Convertis-toi. Tu ne regretteras pas ta décision.

Il n'avait pas à s'en faire une ennemie. Il se racla la gorge.

— Un jour, peut-être. Entre-temps – il souleva son couteau – je vais finir de hacher ce romarin.

— Tu ne comprends pas, dit-elle en lui enlevant le couteau. Si tu ne te convertis pas, tu ne peux pas rester ici. Tu profanerais un sol consacré. Je ne le permettrais pas.

Elle lui lança un regard sévère.

— Je te donne une chance de profiter de la vie, ici sur terre et au ciel. Comme l'a dit le Christ : « Suivez-moi et je vous donnerai la vie éternelle. »

— Je vous suis reconnaissant de tout ce que vous avez fait, ma sœur, mais je ne peux pas me convertir.

Cela n'aurait servi à rien de lui livrer le fond de sa pensée. Il voulait crier : « Je me convertirai quand mon prépuce repoussera », mais le mot *prépuce* l'aurait gênée. Les chrétiens étaient facilement dégoûtés par les questions corporelles, comme les prépuces et le flux mensuel des femmes, mais ils adoraient leurs tableaux de la crucifixion du Christ, ses mains et ses pieds dégoulinants de sang et son cuir chevelu tailladé par des épines. L'esprit des goys était impénétrable.

Ainsi, tel était le prix à payer pour la compassion chrétienne : on lui fournirait abri et nourriture, mais seulement s'il se convertissait. Il se sentit rougir. Il était esclave, donc mal placé pour être en colère. Sa tâche consistait à survivre. Peut-être pouvait-il distraire la religieuse comme on amuse un enfant.

— Voulez-vous que je vous lise la Bible? proposa-t-il. C'est peut-être une forme de travail plus utile que de déterrer des navets ou de s'occuper des chèvres.

— Où est-ce que je vais trouver une Bible? Il n'y a pas de livres au couvent.

Elle le regarda avec impatience.

— Je te fais un cadeau : la Vie éternelle.

Et, avec elle, le miracle de l'Immaculée Conception, le miracle des pains et des poissons, et celui de Lazare ramené d'entre les morts. Les goys étaient d'une crédulité sans bornes.

Devant le mutisme d'Isaac, le visage de sœur Assunta devint fixe et dur.

— Pourquoi t'accrocher à une religion aussi ridicule? Elle dit que manger du porc n'est pas bon pour les humains? Que j'offense Dieu si je prends un morceau de fromage et de viande au même repas? Que – et à ce moment elle rougit d'une façon qu'il trouva à la fois touchante et grotesque – chaque mois une femme doit se purifier avant de pouvoir retourner dans le lit de son mari?

Au moins, elle en savait plus long sur sa religion que la plupart des chrétiens.

— Je t'offre une chance non seulement d'avoir nourriture et abri, mais de renoncer à une religion qui recueillera toujours le mépris et la haine.

Isaac observa son visage déterminé et envisagea son propre avenir. Il devait rester en vie assez longtemps pour retourner vers Hannah. Pouvait-il faire semblant de se convertir ? Était-il capable d'agir avec duplicité dans un domaine d'une telle importance que la foi ? Beaucoup de juifs séfarades avaient été obligés de se convertir par le roi Ferdinand et la reine Isabelle, mais beaucoup avaient continué de pratiquer le judaïsme en secret. Pouvait-il le faire ? Un homme ne sait jamais ce dont il est capable avant d'avoir essayé. Dieu allait comprendre et pardonner. Il lui fallait au moins essayer.

Isaac s'appuya sur le bord de la table de cuisine et tenta de s'abaisser à genoux. C'était ainsi que priaient les chrétiens : agenouillés, tête baissée, mains jointes, tout cela pour signifier l'humiliation devant Dieu. L'homme n'est rien ; Dieu est tout-puissant. On aurait dit que ses articulations étaient aussi rouillées que les charnières des portes du ghetto. Il fut envahi par le souvenir du rabbin en plein *daven*, entonnant les prières du matin tout en se balançant d'avant en arrière à la vitesse d'un éclair d'été.

Isaac tendit la main à sœur Assunta. Il ouvrit la bouche pour réciter la seule prière chrétienne qu'il connaissait :

— *Notre Père, qui êtes aux cieux…*

Même si ses lèvres continuaient à bouger, les mots restèrent coincés telles des arêtes dans sa gorge.

Assunta s'agenouilla à côté de lui, prononçant les mots suivants afin de l'encourager :

— *Que votre nom soit sanctifié…*

Il tenta une fois de plus de répéter les mots, mais sa langue avait épaissi et refusait d'obéir. Il sentit naître sur son visage une noire bouffée de honte, aussi débilitante qu'une fièvre. L'homme le plus faible est le premier à se soumettre. Et il était là, à genoux, tenant la main d'une religieuse chrétienne. Il était le plus lâche des hommes.

— Ma sœur, je suis juif. Je ne sais pas faire autrement.

Il se releva en titubant et balaya de ses pieds des excréments de poulet desséchés.

Elle se releva.

— Dans ce cas, j'ai pitié de ta folie et je te souhaite bonne chance. Tu vas trouver la vie dure. Ce climat n'est pas agréable. Le jour, le soleil est cuisant. La nuit, sans vêtements ni couvertures, tu vas geler. Et au cours de l'hiver ? À cause du vent de la mer, beaucoup meurent de froid.

De l'étagère qui longeait un côté de la pièce, elle sortit un simple chapelet de bois et le lui tendit.

— Prends-le. Il va te rappeler mon offre. Maintenant tu rejettes l'idée de te convertir, mais après quelques mois, tu verras, tu vas me supplier de t'enseigner le catéchisme.

Il était impardonnable de ne pas accepter un cadeau, surtout de quelqu'un qui vous a sauvé la vie. Il le prit dans sa main.

— Je suis désolé, ma sœur, mais je n'ai pas le talent nécessaire pour être chrétien.

— On ne s'évade pas de cette île. Oublie ça.

— Je n'ai aucune intention de m'évader, mentit Isaac. La Société des Captifs, à Venise, est financée par une taxe que paient les juifs vénitiens selon la valeur de leurs cargaisons. Elle va verser ma rançon.

— C'est bien, car en te promenant dans la ville, tu vas voir les gardes des chevaliers parcourir les quais. Aucun capitaine ne voudrait risquer de mécontenter le grand maître en te prenant à bord. Si le capitaine se faisait prendre, on lui interdirait d'accoster ici pour prendre de l'eau et des provisions. Et aucun vaisseau naviguant vers le Levant ne peut faire le voyage sans aborder à La Valette. Nous sommes un port de ravitaillement. Prends ça.

Elle lui lança une peau de mouton, qui l'atteignit au torse.

— Elle commence à empuantir ma cuisine.

Elle se rinça les mains dans le seau du coin.

— Allons-nous-en.

Il accepta la peau, tout en se demandant à quoi elle pourrait bien lui servir. Si seulement elle lui avait offert un poulet à la place, même ce vieux coq maigre !

— J'aurai peut-être un jour l'honneur d'écrire une lettre en votre nom, dit-il. Vous êtes la seule personne sur cette île qui m'ait montré la moindre gentillesse.

— Isaac, tu ne vivras pas assez longtemps pour m'écrire des lettres poétiques, ni pour me lire des passages de la Bible. Aucun homme ne survit aux galères.

— Que voulez-vous dire ?

— Je te revends à Joseph. Le fait d'être attaché à une rame sur une galère va te donner une autre vision du monde.

Il la regarda.

— S'il vous plaît, pas Joseph.

— J'ai besoin de mes quinze *scudi*.

— La Société vous rendra vos quinze *scudi*. Laissez-moi seulement partir, je vais fouiller pour trouver de la nourriture. D'une façon ou d'une autre, je me débrouillererai.

— Je n'ai pas le temps de discuter.

D'un pas déterminé, elle sortit dans la cour où l'attendait sa charrette avec le cheval qui mangeait de l'avoine à même son sac de nourriture.

— Joseph devrait être aux quais, à présent. Allons-y.

En voyant l'expression de son visage, il savait qu'il était inutile d'argumenter. Il serra la peau de mouton et sortit avec la religieuse en jetant un regard au bol de pommes et à la pâte qui levait sur la table.

— Je vous remercie de votre aide. Une faveur, s'il vous plaît. Je n'ai aucun endroit où mettre en réserve ces œufs de vers à soie. Ils ne vous feront pas de difficultés. Lorsqu'ils écloront, envoyez quelqu'un me chercher.

Il essaya de lui remettre le petit sac de tissu.

— Je ne veux pas qu'ils salissent ma cuisine.

— S'il vous plaît, prenez-les. Vous n'avez qu'à les garder au chaud et au sec.

— Très bien, dit-elle en poussant un soupir de martyre. Je vois que tu es déterminé à m'encombrer avec ça.

Elle pinça les lèvres en une expression semblable à un sourire.

— Donne-les-moi.

Il fouilla dans sa ceinture et lui tendit la petite pochette. Elle la fourra dans les replis de son habit, et se retourna vers lui avec un regard sévère, la tête soudée au torse, avec sa rigidité coutumière. Puis, elle sembla se raviser. Par la porte de la cuisine, il la vit se diriger vers l'âtre, enlever une brique, glisser le sac dans la cavité et remettre la brique en place.

Isaac voulut grimper dans la charrette, mais elle secoua la tête et débarrassa la jument de son harnais.

— Ma pauvre petite jument est épuisée.

Assunta fit signe à Isaac de s'approcher. Elle lui mit l'attelage du cheval autour du cou et laissa pendre les guides à ses flancs.

— Ce n'est pas parfaitement ajusté, mais tu vas nous amener à la ville.

Elle fixa les harnais aux brancards de la charrette, prit la croupière et se pencha vers lui. Un moment saisi d'effroi, Isaac crut qu'elle allait la faire passer sous ses parties génitales, mais elle la rentra sous le timon.

— Mon cheval a besoin de repos. Et tu dois t'habituer aux durs travaux si tu veux survivre.

Elle grimpa dans la charrette et fit claquer les rênes sur son dos avec plus de force qu'elle n'en avait montré pour sa jument. Il s'efforça d'avancer, tirant la voiture sur quelques pas seulement avant la pente. Il s'arrêta brusquement, car la charrette menaçait de le tirer vers l'arrière et de les jeter dans un fossé.

Tout ce que possédait Isaac, c'était une peau de mouton dont la puanteur lui piquait les yeux, même à l'air libre. Le harnais lui creusait douloureusement le cou et les épaules. Cette épouse du Christ avait raison : il allait mourir avant la fin de la semaine.

Chapitre 5

Venise
1575

Hannah serra la main, priant pour qu'elle rentre dans le ventre maternel. Au début, elle la comprima aussi légèrement que possible, pour ne pas rompre les membranes qui retenaient les eaux. Faute de réaction, elle la serra encore, mais plus fermement, et sentit un ongle aussi menu qu'une semence de perle. En réaction, elle perçut un frisson presque imperceptible. L'enfant était vivant, mais faible. Elle pinça encore, la main bougea.

À la surprise d'Hannah, le ventre fut serré par une autre contraction. Elle retira ses doigts en attendant que la matrice se relâche. La crampe avait été faible. Oui, Lucia était vivante, mais pour combien de temps encore ?

Lorsque Hannah enfonça de nouveau ses doigts, elle chercha la main du bébé, mais celle-ci s'était retirée dans la sécurité de la matrice. Elle toucha le col intérieur de l'utérus ; il n'était pas assez ouvert pour laisser émerger la tête. Tant que la tête serait tournée, il serait impossible de dégager l'enfant vivant.

Giovanna était debout à côté d'elle, la pile de draps posée à ses pieds.

— Il y a de l'espoir, lui dit Hannah. La comtesse est vivante, l'enfant aussi, mais les deux sont faibles. Aidez-moi à soulever votre maîtresse. Placez-lui ces oreillers sous les fesses. Le ventre est trop contracté. Les crampes ne seront pas très fortes. Tenez-lui les cuisses en l'air afin que nous puissions redresser sa colonne vertébrale.

Giovanna empila les oreillers sous la comtesse sans rencontrer de résistance, tout en regardant Hannah du coin de l'œil.

— Vous semblez en savoir long. Avez-vous déjà mis bas ?

— À mon regret, non.

Elle se rappelait son optimisme chaque fois qu'elle et Isaac s'unissaient, après sa période de *niddah*, et son désespoir lorsque ses écoulements mensuels reprenaient.

— Il est étrange que vous ayez choisi d'être sage-femme sans avoir vous-même donné naissance.

Dans d'autres circonstances, ces paroles l'auraient blessée. « Les médecins ne fournissent-ils pas des médicaments pour des maladies dont ils n'ont jamais souffert ? » se dit-elle. Mais Hannah retint sa langue. Sous ses soins se trouvaient deux êtres suspendus entre la vie et la mort. Elle avait des soucis plus importants.

Giovanna continua :

— Est-ce que toutes les sages-femmes du ghetto mettent les doigts dans des brèches où elles ne devraient pas ?

— L'enfant peut se retourner si la colonne vertébrale est droite, dit Hannah.

Elle saisit la main de Lucia et se pencha à son oreille.

— Écoutez-moi, *cara*. Votre bébé est vivant, mais vous devez m'aider à le mettre au monde. Le moment venu, vous devrez pousser de toutes vos forces. Je sais que vous êtes fatiguée par ce travail sans fin, mais vous devez penser à l'enfant et faire de votre mieux.

Parfois, lorsque la mère était trop faible pour pousser, il suffisait d'une bouffée de poivre de Cayenne, et le furieux éternuement expulsait l'enfant. Mais ce n'était pas le cas.

Le visage de Lucia reprit de la couleur.

— Vous êtes certaine que l'enfant est vivant? Vous avez entendu le cœur?

Hannah fit un signe de tête affirmatif.

— La Sainte Vierge est miséricordieuse.

— Oui, mais il nous reste peu de temps.

Hannah caressa le front de la comtesse, repoussant une mèche de cheveux humides. Elle prit les deux mains de Lucia dans les siennes.

— Je suis en train de déverser ma propre force en vous. J'en ai assez pour nous deux. Sentez-la entrer dans votre corps et servez-vous-en.

Lucia répondit par une pression.

Hannah dégagea sa prise, fit un pas vers le pied du lit et glissa sur une flaque de sang. Elle se raccrocha tant bien que mal à l'une des colonnes du lit. Elle crut voir une forme sombre s'élancer du baldaquin et voltiger vers le plafond en poussant un faible cri. C'était peut-être une chauve-souris qui nichait dans les arbres fruitiers. Giovanna dut la sentir aussi, car elle pâlit et remonta son châle sur ses épaules.

D'une voix trop forte, Hannah dit :

— Dieu est de notre côté. Avec son aide, nous ne pouvons pas échouer.

Un vent flottant lui toucha le lobe de l'oreille, même si la fenêtre était fermée.

— Encore un moment, et nous verrons si ce bébé se retourne de lui-même, ou si je dois l'y obliger en manipulant votre ventre. Mieux vaudrait que l'enfant le fasse.

Si seulement il voulait bien se tourner, elle pourrait ensuite utiliser ses cuillers d'accouchement pour le sortir.

Tandis que Lucia, entre deux contractions, restait étendue, inerte et le ventre surélevé, Hannah courait dans la vaste chambre, ouvrant des tiroirs, des armoires et toutes les portes, dégageant les larges ceintures à glands qui retenaient les draperies, et soulevant les couvercles des coffres. Il était bien connu que cela facilitait l'ouverture du canal de naissance.

Giovanna, qui aurait dû accomplir cette tâche plus tôt, était maintenant dans le couloir et parlait au comte. Le murmure de leurs voix parvint à la chambre à coucher. Hannah entendit le comte s'enquérir du cours des choses auprès de Giovanna.

— Monsieur, quel bien peut faire une infidèle qui s'occupe d'une naissance ?

Hannah ne saisit pas toute la réponse du comte, mais elle entendit :

— Fais tout ce que tu peux pour le bébé. Hannah est mon dernier espoir d'avoir un héritier.

Avec une serviette humide, Hannah essuya le visage de la comtesse.

— Laissez-moi voir si le bébé s'est retourné.

Elle parcourut des mains le ventre de Lucia.

— C'est bien, la tête est descendue. Pas assez, mais mieux. Nous allons essayer, maintenant.

Hannah rappela Giovanna dans la chambre.

— Rendez-moi service, tenez-lui les jambes. Dépêchez-vous. Elle va pousser.

Giovanna s'agenouilla et prit la position d'Hannah au côté de Lucia. Hannah se rendit à l'extrémité du lit et dit :

— Maintenant, Lucia, de toute votre force, poussez. Oui, c'est ça. C'est bien, votre bébé veut naître. Poussez plus fort !

Hannah pria : « S'il te plaît, Dieu, ne laisse pas cet enfant tarder trop longtemps dans le canal de naissance. Fais que toute la sueur, la douleur et le sang de la mère ne soient pas destinés à un petit cadavre bleu. Ne m'oblige pas à prendre le couteau de fer et à enlever sa vie à Lucia pour l'amour d'un héritier. »

Le visage de la comtesse rougit pendant qu'elle poussait, grognant sous l'effort.

— Prenez-lui les jambes, Giovanna, tenez-les haut et vers l'arrière.

Hannah se pencha plus bas et regarda.

— Je vois la tête du petit, noire et humide. Juste quelques poussées de plus et il naîtra. Vous êtes forte et brave, *cara*.

Lucia retomba sur le lit, à bout de souffle.

— Reposez-vous jusqu'à la prochaine contraction, et nous allons réessayer.

Quelques minutes plus tard, le ventre serré, Lucia dit :

— Je suis prête.

Ses lèvres se tordirent sous l'effort ; elle grogna et poussa, mais pas aussi fort qu'auparavant. Elle s'affala contre les oreillers et Hannah craignit qu'elle soit trop épuisée pour aller plus loin. La tête du bébé disparut. Le passage fut obscurci par du sang. Hannah sentit durcir le ventre de Lucia avec une nouvelle contraction.

— Donnez-moi une autre poussée, *cara*. S'il vous plaît, pour l'amour de votre enfant !

Mais cela ne servait à rien, elle ne pouvait la relancer. Hannah prit le poignet de Lucia. Son pouls était faible. Elle appuya son oreille contre le ventre de Lucia, à l'écoute du pouls du bébé, mais n'entendit que le faible écho du cœur de la comtesse.

Il était temps d'utiliser les cuillers d'accouchement. Elle pria Dieu pour ne pas devoir briser en éclats le tout petit crâne, ni entailler le canal de naissance. Hannah plongea la main dans son sac et retira les cuillers des replis du tissu. Elle les passa rapidement par la lueur de la bougie afin qu'elles ne soient pas froides au toucher pour Lucia. L'argent vira au noir à la chaleur de la flamme, jusqu'à ce qu'Hannah ne puisse plus voir son propre visage anxieux se refléter dans les manches.

Giovanna regarda fixement les cuillers de naissance, comme si elle avait vu une sorcière. Si seulement Hannah avait pu la bannir de la chambre ! Mais elle avait besoin d'elle pour soutenir les jambes de Lucia et placer son ventre. Et puis, Hannah ne pouvait pas plus arrêter la langue de commère d'une telle femme que le *cho'het* étancher le sang d'un agneau égorgé.

Tout en frottant les cuillers d'accouchement avec de l'huile d'amande, Hannah répéta la prière qu'elle avait entendue de la bouche de médecins :

— Dieu, s'il te plaît, par-dessus tout, ne me laisse pas faire de mal.

Hannah glissa les cuillers dans l'étroit passage, lentement et doucement, les manœuvrant jusqu'à ce qu'elle sente leur prise sur les tempes du bébé. Dieu merci, Lucia était inconsciente.

Giovanna regarda Hannah manier les cuillers dans le passage de Lucia.

— Est-ce qu'elle n'est pas en train de mourir assez vite à votre goût ?

— S'il vous plaît, l'esprit d'une femme est instable durant ses couches. Ne parlez pas ainsi. Travaillons ensemble. Votre maîtresse a besoin de vous pour lui redonner espoir et confiance.

Hannah inséra les cuillers plus loin.

— Maintenez-lui les membres plus haut.

— Dieu vous pardonnera peut-être, mais pas moi. Ni mon maître, dit Giovanna, mais elle continua de tenir ouvertes les jambes de la comtesse, un genou posé contre son flanc. Mieux vaut lui ouvrir le ventre que de la torturer lentement. Même les inquisiteurs n'ont pas cet instrument.

Hannah n'avait pas le temps de répondre, mais pria plutôt en silence. « Dieu, s'il te plaît, fais que je n'aie pas le meurtre de cette chrétienne sur la conscience. »

— Allons, mon enfant, nous sommes prêtes à t'accueillir. Je vais te baigner dans de l'eau chaude et te frotter avec des huiles parfumées. Tu mèneras une vie joyeuse. Sors, viens rencontrer ta maman.

Elle attendit une faible contraction, et tira, mais ne sentit rien avant la prochaine contraction, elle tira avec plus de force, en prenant garde de comprimer les cuillers. La chair de Lucia se déchira, éclaboussant le lit de sang. Hannah tira parti de cette entaille aux bords déchiquetés pour glisser les cuillers encore plus profondément.

« Dieu, pose ta main sur la mienne. Donne-moi la sagesse de savoir quelle pression appliquer et quand tirer. » Lorsqu'elle tira de nouveau, avec une force lente et régulière, elle eut le bonheur d'apercevoir des cheveux sombres et humides. À la tentative suivante, la tête sortit, suivie d'une épaule. Elle relâcha les cuillers et les jeta sur le lit. Avec ses mains, elle dégagea l'autre épaule, qui était coincée sous les os du bassin.

Avec un dernier coup, le corps glissant lui tomba entre les mains.

La vue du bébé refroidit bientôt le soulagement relatif que ressentait Hannah. Il avait la couleur marbrée des prunes d'automne : d'un pourpre foncé, avec des taches de blanc là où aucun sang ne ruisselait.

— Vite, Giovanna, allez chercher deux cuvettes : une avec de l'eau chaude, l'autre avec de l'eau froide.

— Je ferais mieux d'aller chercher le prêtre, dit Giovanna. Ce bébé sera bientôt aux mains de Lilith.

Elle sortit de la chambre à la hâte.

Hannah tâtonna sous le lit, retrouva le couteau, et trancha le cordon ombilical, avec l'impression de couper un doigt sans os. Elle prit une chandelle sur la table de chevet et cautérisa le bout sectionné du cordon, qui fit *pfsst pfsst* lorsqu'elle y porta la flamme.

Ajustant sa bouche à celle du bébé, Hannah suça du mucus de son nez et de sa bouche, et le cracha sur le plancher. Le bébé demeurait mou.

Giovanna revint avec les cuvettes et dit :

— Contentez-vous d'utiliser une serviette humide. L'immersion n'est pas bonne pour un enfant. Il mourra et tout notre dur labeur aura été vain.

Hannah connaissait l'indifférence des chrétiens envers le bain. Un jour, le rabbin lui avait dit, peut-être à la blague, qu'au baptême d'un bébé chrétien, un vieux prêtre vêtu de robes noires et malodorantes lui verse sur la tête de l'eau d'un calice et déclare que l'enfant est à jamais délivré de la responsabilité de prendre son bain.

— Ce n'est pas pour le nettoyer, mais pour le ramener des abords de la mort.

Giovanna ne dit rien, mais regarda Hannah plonger la toute petite forme dans la cuvette d'eau chaude et dans celle d'eau froide, en alternance.

« Allons, respire, mon enfant ! Une vie aisée t'attend. De beaux vêtements, des tuteurs privés, des parents affectueux, un palazzo sur le Grand Canal. Tout ce qu'on te demande, c'est d'aspirer de l'air dans ton petit corps, puis de l'expirer. Essaie. Ce n'est pas si difficile. »

— Il faudrait baptiser l'enfant, dit Giovanna.

— Je vais lui souffler de la fumée dans les poumons.

Hannah prit la bougie qu'elle avait utilisée pour la cautérisation, la tint au-dessus du bébé, en prenant garde de laisser dégouliner le suif sur sa poitrine et, pinçant les lèvres, souffla la fumée vers le visage du bébé. Elle s'y reprit à plusieurs fois, mais l'enfant demeurait bleu, sans vie. Peut-être une soucoupe de romarin roussi sous le nez du bébé ? Mais on n'avait pas le temps. Elle le prit par les pieds et, le tenant la tête en bas, elle lui tapa le derrière et le dos, en veillant à garder le corps glissant suspendu au-dessus du lit.

— Je fais ma part, Dieu. S'il te plaît, aide-moi.

Elle fit un mouvement plongeant vertical avec le corps, comme si elle frottait des vêtements sur une planche à laver.

— Par tout ce qui est grand et bon, respire !

— Seul Dieu peut lui donner vie, dit Giovanna.

— Ce soir, il a besoin de mon aide.

— Vous blasphémez.

Hannah redressa l'enfant, qui n'avait pas pris de couleurs. Une fois de plus, elle plongea le bébé dans l'eau froide et, à cause de la couche cireuse, elle faillit lâcher le petit corps. Cette fois, le choc de l'eau glaciale provoqua un strident cri d'outrage. Les épaules affaissées de soulagement, Hannah posa le bébé sur le lit.

— Que tes cris se fassent entendre jusqu'à la place Saint-Marc !

La couleur du bébé en pleurs vira du pourpre au rose. Les cuillers d'accouchement, posées à découvert au pied du lit, avaient laissé de minuscules marques rouges de chaque côté de son front. Elle n'avait pas avantage à ce que Giovanna s'empare de l'instrument pour ensuite l'offrir en preuve à l'Inquisition. Elle les saisit et les poussa, collantes de mucus et de sang, dans son sac.

Elle entendit Lucia gémir faiblement, et dit :

— Votre enfant est vivant. Je vais m'occuper de vous dans un moment.

Reportant son attention vers le bébé, elle enleva la couche de crème cireuse avec une serviette rugueuse. L'enfant était gros, les parties génitales si marbrées qu'il fallut un moment à Hannah pour s'apercevoir que c'était un garçon. Les yeux bleus ardoise s'ouvrirent dans le visage ridé. Il allait être beau, s'il continuait de respirer. Voyant le petit abdomen monter et redescendre comme le doux ventre d'un chaton, Hannah sourit de joie. Il était dodu, avec des traits forts et réguliers, un front haut et des joues rebondies. Ses cheveux allaient devenir rougeâtres en séchant. Comme il était différent des bébés bistres et geignards du ghetto, qui venaient au monde rouges, en protestant, car ils savaient déjà qu'une vie de lutte les attendait ! Elle posa l'enfant sur sa poitrine et le berça tandis qu'il la toisait tout en serrant ses poings minuscules.

— Rapprochez la bougie, Giovanna. Laissez-moi examiner ce petit homme.

Giovanna s'exécuta et éleva la flamme de manière à éclairer la peau maintenant épanouie, rose de santé. Il était si beau qu'elle ne voulait pas le déposer. À présent, un enfant juif aurait été oint et enrobé de sel pour le protéger. Le huitième jour, il serait circoncis. On n'allait rien faire de tel à cet enfant de la noblesse.

Dans le coin se trouvait un berceau dont les quatre poteaux de marbre soutenaient un baldaquin de soie rouge brodé de faunes. Elle y déposa l'enfant et tira le couvre-lit jusqu'à son menton. Elle allait l'emmailloter après s'être occupée de la comtesse.

Le placenta, semblable à du foie de veau veiné, aurait dû sortir en glissant de lui-même et tomber dans la cuvette. Aux temps bibliques, une sage-femme juive aurait enfourché les cuisses de la mère, frappant de la tête le ventre de celle-ci jusqu'à ce que le gâteau de foie soit délogé. La méthode d'Hannah était plus douce. Elle tira doucement sur le cordon ombilical qui pendait du canal de naissance, mais le cordon, gorgé de sang, se brisa. Était-ce trop demander à Dieu qu'un seul petit détail se déroule bien ? Si Lucia avait pu, Hannah lui aurait demandé de se redresser afin que le gâteau de. foie tombe d'entre ses jambes, mais Lucia ne pouvait rester assise, pas plus que le bébé qu'elle venait de mettre au monde. Si le placenta ne sortait pas, il allait se putréfier. Il n'y avait qu'une chose à faire.

— Giovanna, tenez-la par les épaules. Il faut que je sente ce qui va de travers.

Hannah repoussa les manches ensanglantées de sa *cioppa*. Elle plongea l'avant-bras dans la chaude obscurité du ventre maternel, saisit le placenta résistant, s'arc-bouta, et tira doucement. Lucia arqua le dos, il y eut un bruit de déchirement, et Hannah recula en trébuchant, serrant un morceau d'organe sanglant. Elle le laissa tomber au plancher et replongea le bras, fouillant dans le ventre, saisissant encore de la chair spongieuse, tirant doucement, la tenant bien serré, et reculant en chancelant, serrant une autre poignée de chair pourpre. Son bras tremblant était lustré de sang rouge vif. Cette fois, Giovanna tint la cuvette pour qu'elle y jette la serviette. Le placenta fut extrait ; la matrice était dépourvue de tissus. L'écoulement du sang avait ralenti et n'était plus qu'un filet. À présent, selon la coutume juive, il fallait envelopper le gâteau de foie dans une serviette propre et l'enterrer. Pour des raisons qu'Hannah ne pouvait saisir, les chrétiens le conservaient dans un pot d'huile fine.

Un cliquètement attira l'attention d'Hannah. Lucia claquait des dents et tout son corps tremblait. Hannah prit un édredon de plume dans l'armoire et y enfouit Lucia. Elle posa une main sur son front. La comtesse brûlait de fièvre. Hannah pria pour qu'il n'y ait pas de torrent de sang impossible à étancher.

Hannah avait la vue embrouillée par la fatigue. Après avoir mis tant de force à extraire le placenta, elle avait les bras douloureux. Elle avait passé la nuit au chevet de Lucia et avait besoin de s'asseoir, de boire un bol de bouillon fort et de dormir, mais son travail n'était pas encore terminé. Elle tira une chaise et s'assit près de Lucia.

— C'est fini, *cara*, vous vous êtes bien comportée.

Elle prit la main de Lucia.

— Vous avez souffert, mais cela vous a donné un garçon magnifique. Un garçon avec une grosse tête, mais aussi, je n'ai pas besoin de vous le dire, les yeux bleus de votre mari. Attendez seulement de le voir.

Lucia serra les doigts d'Hannah. Faisant signe à la jeune femme de baisser la tête, elle murmura :

— Vous avez été si gentille. La Sainte Vierge vous protégera tous les jours de votre vie.

Ses yeux se fermèrent en papillonnant. Le repos et une nourriture reconstituante étaient ses seuls médicaments, à présent. Dans quelques mois, s'il plaisait à Dieu, elle serait rétablie.

— Nous devrions changer la literie, Giovanna.

Elles s'attaquèrent à la tâche en roulant Lucia d'un côté du lit à l'autre, sur les draps si trempés qu'elles auraient pu les tordre et remplir un bassin à lessive avec le sang. Mais la comtesse avait de la couleur aux joues et son pouls devenait plus régulier. De son sac, Hannah sortit une botte de fenouil et de la sauge sauvage, et elle tendit les herbes à Giovanna.

— Si vous les mélangez à du vin, du miel et de l'eau chaude, nous allons lui donner l'infusion. Celle-ci va refermer la matrice et faire cesser le saignement.

Quelques minutes plus tard, Giovanna revint avec une tasse de la mixture, qu'Hannah versa à la cuiller entre les lèvres sans résistance de Lucia, pendant que la servante lui tenait la tête droite. Du berceau vinrent les premiers cris du bébé. Lorsque Lucia eut avalé autant de liquide que possible, Hannah demanda à Giovanna une cuvette d'eau chaude et lava la nouvelle mère avec un carré de coton. L'eau vira au rose délavé. Hannah lui pétrit le ventre avec de l'huile d'amande jusqu'à ce que les bougies de chaque côté du lit s'éteignent et que Giovanna les remplace. Le massage allait refermer tout à fait la matrice et ralentir le saignement.

Giovanna regardait Hannah d'un air étrange, ouvrant et fermant la bouche, comme pour parler. Elle finit par dire :

— La comtesse est vivante, Dieu soit loué, mais son enfant a été mis au monde avec un instrument du diable.

— Pourquoi une sage-femme ne devrait-elle pas avoir ses outils ? Le maréchal-ferrant n'a-t-il pas ses clous et son marteau ? Le souffleur de verre sa *borsella*, ses pinces ? Mes cuillers ne sont pas plus un instrument du diable que ceux-là.

— L'accouchement est l'œuvre de Dieu. Nous ne sommes ici que pour couper le cordon et encourager la mère, et non pour écarter Dieu et lui prendre son travail.

Giovanna roula en boule les draps de lin sanglants et les lança dans un panier de jonc.

— Dieu m'a donné les cuillers et Lui, dans Sa Sagesse, dirige ma main pendant que je les utilise.

Giovanna était sur le point de riposter lorsque du berceau vint le cri incertain du bébé, de plus en plus vif à mesure qu'il prenait de la force. En réponse aux cris, deux taches humides apparurent sur le tablier de Giovanna.

— Vous avez du lait ? demanda Hannah.

Giovanna fit signe que oui.

— Ma fille est née il y a six mois.

Hannah ramassa l'enfant et fit signe à Giovanna de s'asseoir. Lorsque celle-ci se fut installée dans le fauteuil et eut défait son corsage, Hannah lui tendit l'enfant. Le bébé remua la tête de part et d'autre, cherchant le mamelon et, lorsqu'il le trouva, il s'y accrocha désespérément. La force de la succion fit tressaillir Giovanna. En réaction, Hannah ressentit une douleur aux seins. Elle voulait tellement tenir un jour l'enfant d'Isaac sur sa poitrine et sentir la traction rapide des lèvres d'un bébé qui tirerait son lait!

La chambre à coucher était devenue silencieuse, à part les bruits de tétée et de fouissement du bébé. Même le visage de Giovanna se détendit en allaitant, et les profonds sillons s'adoucirent sur son front. Hannah se rendit à la fenêtre à battants d'où irradiaient les flèches de lumière argentée de la pleine lune. Elle ouvrit toute grande la fenêtre, regarda le canal en bas, ne voyant que des eaux noires. Lorsqu'elle sentit des ailes sombres lui râper le visage et ses cheveux remuer dans la brise légère, elle eut la certitude que, pour l'instant du moins, la mort avait été vaincue. Elle referma la fenêtre, vite et fort.

Isaac aurait été fier d'elle. Elle avait sauvé la mère et l'enfant. Elle avait réussi là où la plupart auraient échoué. Bientôt, ils célébreraient ensemble son triomphe. Grâce à son habileté et à ses cuillers d'accouchement, elle avait également sauvé la vie d'Isaac. Si seulement il l'attendait à la maison, prêt à appliquer les *bankes* sur son dos endolori! Ces ventouses tireraient la douleur pour laisser Hannah détendue, prête à s'endormir.

— Le maître est dans le couloir, dit Giovanna. Laissez-le voir ce brutal enfant qui est en train de m'épuiser. Ensuite, vous pourrez percevoir votre cachet et vous en aller.

Chapitre 6

Venise
1575

Cette femme était une ennemie, mais pourquoi empirer les choses?

— Je vous remercie de votre aide, Giovanna.

Hannah se rendit dans le corridor. À la lumière de la fenêtre à claire-voie, le comte était affalé dans un fauteuil, assoupi, la tête posée sur son torse. L'aube était en train de dorer la ville. Les longs doigts de lumière du soleil illuminaient le *palazzo*. Cette lumière luisante était si différente de l'obscurité de sa chambre exiguë dans le ghetto, dans laquelle il fallait des chandelles même à midi!

Elle appuya tout son corps contre le mur et grimaça de douleur lorsque la moulure de marbre se planta dans son dos. Elle secoua l'épaule du comte et le réveilla.

— J'ai une merveilleuse nouvelle pour vous. Vous avez un beau bébé en bonne santé, avec tous ses membres et une calotte de fins cheveux roux.

Il la fixa, apparemment incapable d'assimiler ce qu'elle était en train de dire.

— Un enfant en bonne santé, répéta-t-elle. Dois-je vous le montrer?

Intriguée par son silence, elle demanda:

— Avez-vous passé la nuit ici ?

— Comment va Lucia ?

Il se frotta les yeux. Sa voix était basse, comme s'il s'attendait à une mauvaise nouvelle.

— Elle est vivante, mais elle a eu du fil à retordre.

— Mais elle va se rétablir ?

— Peut-être, si Dieu le veut.

— Je jure que si Dieu Tout-Puissant épargne ma femme, je ne coucherai plus jamais avec elle.

Il se remit sur pied et se secoua pour se réveiller.

Les juifs avaient de l'expérience dans l'art de la retenue. Les rapports conjugaux étaient interdits douze jours par mois, durant la période impure de la femme, et pendant quarante jours après la naissance d'un enfant. Mais les chrétiens, c'était bien connu, se contenaient très peu dans le lit conjugal.

— Vous êtes fatigué, dit Hannah.

Au risque d'être indélicate, elle posa une main sur son avant-bras et le tapota légèrement.

— À vrai dire, si elle reste en vie, je ne crois pas que votre femme concevra à nouveau. Ce sera votre seul enfant. Venez l'accueillir. Il est en train de prendre son premier repas.

— Vous avez dit un garçon ?

— Oui, Dieu soit loué, un beau garçon en bonne santé.

Le comte l'étreignit si fortement qu'elle sentit ses côtes se comprimer. Il la souleva du sol et la fit tournoyer dans le corridor. Les replis de sa *cioppa* bleue volèrent autour d'elle.

— S'il vous plaît, dit-elle.

Le comte sourit et la déposa.

— Dieu vous bénisse, Hannah. Après tant d'années, j'ai maintenant un héritier. Vous avez fait de moi un homme fort heureux.

Ils entrèrent dans la chambre encore imprégnée de l'odeur cuivrée du sang. La comtesse reposait sous ses couvertures, tremblotante. Il regarda le bébé qui tétait le sein de Giovanna, puis se rendit au chevet de sa femme et s'assit sur le bord de son lit. Il lui prit la main et la massa dans la sienne.

— Ma chérie, merci pour cet enfant. Que Dieu vous rende votre force et vous permette d'aller suffisamment bien pour danser à la fête du baptême !

Il se pencha et lui embrassa le front.

— Maintenant, dormez.

Même si Lucia tremblait encore de fièvre, ses paupières s'ouvrirent en papillonnant et elle lui sourit.

Lorsque le bébé sembla repu, Hannah le cueillit à même les bras de Giovanna et se rendit jusqu'au lit. Elle présenta l'enfant au comte, qui se pencha pour regarder le visage endormi du bébé.

— Le voyez-vous, ma chérie ? Un garçon. Un beau garçon rougeaud.

Lucia ne donna aucun signe d'avoir entendu son mari.

L'enfant referma une main autour du doigt d'Hannah et, de l'autre, salua la lumière de l'aube. Elle continua de présenter l'enfant au comte, en disant les paroles qu'elle avait prononcées plusieurs fois auparavant lors de couches.

— Merci, Dieu, d'avoir épargné la vie de ce bébé, et puisse l'enfant qui vient de naître devenir…

Elle s'arrêta, cherchant ses mots. Elle était sur le point de dire « un érudit de la Torah », mais se reprit à temps et conclut avec un léger bégaiement :

— … une bénédiction pour ses parents.

Toutefois, le comte ne tendit pas les bras à son enfant. Il baissa plutôt la tête et se détourna. Hannah entendit la saccade dans sa voix lorsqu'il parla.

— Il est plus fragile que de la porcelaine. Emmaillotez-le bien.

Hannah remit le bébé à Giovanna qui commença à envelopper l'enfant dans de longues et étroites bandes de tissu.

Le comte sortit un mouchoir de sa poche et se moucha.

— Vous me trouverez peut-être insensible parce que je ne prends pas mon enfant, mais je suis trop âgé pour une autre déception. Certains de nos autres bébés ont vécu aussi. Une fille deux semaines, puis un garçon pendant quelques jours. Je les adorais, c'était plus fort que moi. Mon amour pour eux a peut-être attiré la mort à leurs berceaux. Je ne montrerai pas encore mon affection, pour ne pas rendre Dieu jaloux. Lorsqu'il sera plus vieux et que je serai certain de sa survie, ce sera différent.

Il jeta un regard à Hannah.

— Est-ce qu'il restera en vie ? Il a la taille d'un chiot. Ai-je une raison d'espérer ?

— Je pense que l'amour, autant que le lait, les amulettes et les prières, garde les bébés en vie, dit Hannah. Il n'est pas naturel de retenir de l'amour à l'égard d'un enfant. Lorsque la mort le verra protégé par un père fort et affectueux, elle gardera ses distances. Et à Dieu ne plaise, si le bébé meurt, au moins il aura connu votre amour.

Hannah voulut prendre le comte dans ses bras et le réconforter. Mais même s'il avait été un juif du ghetto, cela n'aurait pas été convenable. Elle dit plutôt :

— Il est rose maintenant, mais il a trop chaud, peut-être à cause de la fièvre, ou de l'effort de naître. S'il reste en vie, il aura beaucoup d'endurance. Le caractère d'un enfant est formé par son arrivée dans le monde.

Giovanna acheva d'envelopper le bébé et, s'installant de nouveau dans le fauteuil, recommença à l'allaiter. Jacopo entra dans la chambre avec une soudaineté qui fit sursauter Hannah. Lorsqu'il se pencha pour regarder le bébé, l'enfant perdit sa prise sur le téton de Giovanna et commença à s'agiter.

Jacopo se redressa.

— Quelle petite merveille ridée et ratatinée !

Il s'installa dans un fauteuil à côté du comte, près du lit de Lucia.

— Félicitations, mon frère, vous avez un bien joli fils.

Hannah voulait qu'il parte ; sa présence la mettait mal à l'aise. De plus, il n'était pas convenable que cet homme, qui n'était pas le père de l'enfant, pénètre dans la chambre de naissance. Giovanna devait être d'accord avec elle, car elle lui lança un regard noir et tourna son corps pour protéger le bébé de sa vue.

— Jacopo, dit le comte, Lucia est épuisée. Vous pourriez revenir demain quand elle se sera reposée.

Mais Jacopo ne bougea pas de son fauteuil.

Ignorant son frère, le comte se pencha pour parler à Hannah. Le visage digne et noble avait disparu. Hannah ne voyait qu'un homme affligé.

— Dites-moi, Hannah, comment protéger cet enfant ? S'il y a moyen d'assurer sa sécurité, je dois le savoir.

Le comte se tourna de nouveau vers Jacopo et lui fit signe de partir, mais Jacopo resta sur place.

— Je veux entendre la réponse de cette juive, dit Jacopo.

— Dans mon sac, dit Hannah, j'ai une amulette d'argent censée écarter Lilith, la tueuse de nouveau-nés.

Elle fouilla dans son sac et en sorti sa *shaddaï* en forme de main de bébé.

— Elle m'a beaucoup aidée dans des moments semblables.

— Puis-je vous persuader de me la donner ? demanda le comte.

— Lorsque je vous raconterai comment elle m'est venue, vous comprendrez pourquoi je dois vous dire non.

C'était une histoire bien connue de tout le monde dans le ghetto.

— Il y a plusieurs années, chez nous, par une froide et glaciale soirée d'hiver, la femme d'un boulanger a trouvé dans un panier de jonc un bébé qu'on avait abandonné sous le *portego*, près du Banco Rosso. L'enfant bleu par le froid hurlait de faim. Ayant découvert le bébé un soir de semaine, alors que le ghetto était rempli de visiteurs goys venus emprunter de l'argent, acheter des vêtements usagés ou des pierres précieuses, elle ne savait pas trop si le bébé était juif ou chrétien.

Le comte se pencha vers elle, les sourcils rapprochés. Elle n'avait pas l'habitude de parler si franchement devant un chrétien mais, sous son regard attentif, elle baissa les épaules et les paroles affluèrent de sa bouche.

— Elle ne comprenait pas non plus comment le bébé avait survécu. Elle a examiné le linge de l'enfant pour chercher des indices sur son identité. À ce moment, la *shaddaï* est tombée des langes.

Hannah passa l'amulette au comte, qui la prit et la tint entre ses paumes.

— Et elle comprit que c'était cela qui avait protégé l'enfant des pluies glaciales de février et des rats de canal voraces.

Le comte laissa pendre entre ses doigts la *shaddaï* au bout de son mince cordon rouge. L'amulette, pas plus grosse que la main d'un nouveau-né, reflétait la lueur des chandelles et miroitait en bougeant.

Il leva les yeux vers Hannah, la tête inclinée, une main serrée sur son genou fléchi, comme s'il n'avait rien de plus important à faire au monde que de l'écouter.

— Et comment l'avez-vous obtenue?

— Ce petit bout de chou à moitié gelé, c'était ma mère.

À la surprise d'Hannah, les yeux du comte devinrent humides et, en réaction, les siens à elle aussi.

— Cette *shaddaï* a protégé tous les enfants de ma famille, y compris ma sœur, Jessica, née avec le cordon ombilical autour du cou. L'amulette a sauvé ma sœur, mais pas notre mère qui est morte de fièvre en couches une semaine plus tard.

— Nous avons cela en commun, ma chère, répondit le comte. Ma mère est morte en donnant naissance à mon frère cadet, Niccolò, que vous avez vu jouer aux cartes avec Jacopo en arrivant.

Il tendit le bras et lui tapota la main.

— Je comprends que vous la gardiez. Un jour, vous en aurez besoin pour votre propre bébé.

Il devait avoir présumé, en voyant sa demeure, qu'elle n'avait pas d'enfants.

— Puissent vos paroles se loger telle de la cire dans l'oreille de Dieu, répondit-elle.

— Mais puis-je emprunter votre amulette ? demanda le comte. Giovanna vous la retournera lorsque la période d'alitement sera terminée.

— Laissez-moi voir, mon frère.

Jacopo prit la *shaddaï* de la main du comte.

— Qu'est-ce que c'est que cette écriture ?

Hannah aurait voulu l'arracher des mains douces et manucurées de Jacopo, mais elle répondit plutôt :

— De l'hébreu. Elle est gravée des noms des trois anges qui protègent les nouveau-nés. Cela, c'est l'étoile de David, dit-elle en retournant l'amulette.

— Vous voulez nous faire croire qu'une amulette juive protégera un bébé chrétien ? demanda Jacopo.

Il se tourna vers le comte.

— Mon frère, je pense que c'est une façon de jeter un sort à votre enfant.

Que répondre à une telle remarque?

Avant qu'elle ait eu la chance de formuler une réponse, le comte lui demanda :

— Alors, vous croyez que nous prions le même Dieu?

Il tendit la main pour reprendre l'amulette, que Jacopo lui lança. Le comte polit la *shaddaï* sur sa manche.

— C'est le même Dieu pour les bébés juifs et les bébés goys, dit Hannah. La mère, par son sang, fournit le rouge de la peau, la chair, les cheveux et la rétine. Le père fournit par sa semence les parties blanches, les os, les tendons, les ongles, le blanc des yeux et la matière blanche du cerveau. Mais Dieu, et Dieu seul, insuffle la vie et l'âme dans un enfant. C'est ce qui fait de l'enfant un humain.

Jacopo ouvrit la bouche pour parler, mais elle continua.

— C'est le partenariat de l'homme, de la femme et de Dieu qui crée une nouvelle vie.

— Oui, je crois que vous avez raison.

Le comte paraissait épuisé.

— Mais vous n'avez pas répondu à ma question antérieure. Puis-je emprunter votre *shaddaï*?

Il pouvait être dangereux de la laisser dans cette maison, avec Giovanna et Jacopo. Mais elle avait le sentiment désagréable que l'enfant avait besoin de protection.

— Oui, vous pouvez l'emprunter.

— Dites-moi comment l'utiliser, dit le comte.

— Mettez-la sous les couvertures de votre enfant, et laissez-la avec lui à tout moment. C'est maintenant la période la plus périlleuse. L'amulette jouera son rôle, mais vous devrez jouer le vôtre. À tout moment, il faut garder l'enfant à l'intérieur, et fermer à l'air du soir les fenêtres de cette chambre à coucher. Vous voyez ce cercle de sel autour du lit de votre femme ? Tracez un cercle semblable autour du berceau. Remplacez-le chaque jour, pas les domestiques, mais vous-même. Cela le protégera contre Lilith. Et il faut tenir à l'écart tous les inconnus, surtout… Ce qu'elle avait sur le bout de la langue, c'était *les chrétiens*, mais à son soulagement, *les étrangers* lui vint à l'esprit et c'est ce qu'elle choisit. Elle voulut ajouter que de temps en temps, l'enfant devait être baigné dans l'eau chaude et frotté avec une serviette, mais elle savait qu'elle ferait meilleur usage de son souffle en éteignant les bougies de sa *menorah* à la Pâque.

Giovanna était assise en train de bercer l'enfant, si détendue qu'Hannah craignait qu'elle ne relâche sa prise et le laisse tomber sur le plancher de *terrazzo*. On aurait dit qu'elle était sur le point de faire un commentaire, mais elle se retint.

Comme s'il berçait une tourterelle en pleurs, le comte di Padovani entoura l'amulette de ses mains. Il se leva du lit de Lucia et se dirigea vers Giovanna. Doucement, il posa l'argent façonné sur le torse du bébé. En réaction, l'enfant bougea, relâcha le mamelon de Giovanna et poussa un petit cri.

— Voyez-vous les bulles de lait qui se forment sur ses lèvres ? *Che tesoro !* C'est une merveille, dit-il.

— Un ange au front baisé par le diable, dit Jacopo en montrant les marques rouges laissées par les cuillers d'accouchement.

— Vous dites des sornettes, Jacopo. C'est le baiser d'adieu de l'Ange de la Mort. Il sait qu'il a été vaincu.

Le comte plongea la main dans son haut-de-chausses et en sortit un ducat d'or.

— Prenez cela pour votre bon travail, Giovanna. Ne dites à personne ce que vous avez vu cette nuit. Ai-je votre parole ?

— Bien entendu, maître.

Giovanna déplaça le bébé d'un côté et déposa la pièce d'or dans la poche de son tablier.

Le comte se tourna vers Hannah, sortit une bourse de sous sa chemise et compta deux cents ducats. Les lui tendant, il déclara :

— Ce soir, Hannah, vous avez mérité non seulement mon argent, mais aussi ma gratitude. Personne d'autre que vous n'aurait pu sauver ma femme et mon bébé.

Hannah sentit son visage se réchauffer sous les louanges.

— Vous avez risqué votre vie et celle de vos semblables, poursuivit-il. Vous m'avez bien avantagé en me donnant quelque chose de plus précieux que des ducats d'or.

Peut-être parce qu'elle était fatiguée ou sous l'effet des douces paroles du comte, Hannah eut elle-même l'impression d'être une nouvelle mère. Elle avait tout misé pour gagner cet argent, comme Isaac avait tout risqué pour naviguer jusqu'au Levant. Si seulement il avait eu autant de chance qu'elle !

Le comte sourit.

— Maintenant, vous avez les moyens de sauver votre mari. Retournez chez vous. Vous êtes fatiguée.

Il sortit dans le corridor, ramassa sa cape qui était posée en tas sur le plancher, et revint vers la sage-femme.

— Vous m'avez prêté votre amulette, laissez-moi vous prêter cette cape qui vous protégera de l'air froid de l'aube. Mon gondolier vous ramènera chez vous en sécurité. Pardonnez-moi de ne pas vous raccompagner moi-même, mais le reste de la famille attend en bas pour que je lui annonce la nouvelle.

Il disposa la lourde cape autour des épaules d'Hannah et, une fois de plus, elle se sentit acca-blée sous le poids de l'étoffe.

La jeune femme glissa les ducats dans la poche de sa *cioppa*. Pas même Isaac n'avait jamais rem-porté une telle somme. Elle avait le cœur joyeux. Elle allait revoir son mari. Peu importe le désac-cord qu'Isaac et elle avaient vécu, il pourrait être réparé.

— Comment allez-vous appeler votre fils? demanda-t-elle.

Elle savait que les chrétiens n'attendaient pas quarante jours avant de nommer un enfant. Ils atti-raient l'attention vers les bébés sans défense en les baptisant immédiatement, afin que tout le monde, y compris l'Ange de la Mort, sache leur nom.

— Bruno, comme mon oncle préféré. Un homme robuste et en bonne santé qui, à soixante-quatre ans, s'est récemment remarié.

Le comte dut remarquer son regard, car il ajouta :

— Votre visage est le miroir de vos pensées, Hannah. Cela ne vous plaît pas ?

— C'est joli. Seulement, donner à un enfant le nom d'une personne vivante, est-ce bien sage ? L'Ange de la Mort pourrait se tromper et, en venant chercher votre oncle qui est vieux, prendre plutôt le bébé.

Il réfléchit un moment.

— Je vais l'appeler Matteo, en honneur de mon défunt père.

Si jamais Hannah avait un enfant, elle et Isaac avaient décidé de le nommer Samuel, comme son grand-père paternel, un marchand de biens d'occasion, violoniste et érudit respecté.

— Quand partirez-vous pour Malte ?

Elle n'avait pas eu le temps d'envisager la question. Elle devait emballer quelques vêtements, dire au revoir à ses amis et à sa famille, et trouver un bateau qui l'emmènerait vers Isaac. Elle ne savait aucunement comment accomplir cela, mais répondit :

— Dès que je trouverai une traversée.

— Allez voir mon ami Marco Lunari, qui habite à Dorsoduro. Son bateau, le *Balbiana*, partira bientôt pour Constantinople. Il fera escale à Malte pour y prendre de l'eau fraîche et des provisions. Je vous donnerai une lettre de recommandation.

Elle n'avait jamais vu un chrétien se donner autant de peine pour une juive.

— Vous êtes noble dans tous les sens du mot, dit-elle.

La veille, lorsqu'il était venu la chercher avec son valet, elle l'avait cru trop dévoré par ses propres difficultés pour se soucier des autres. Elle l'avait mal jugé.

— Bon voyage, ma chère.

Il lui tapota l'épaule et se tourna vers Giovanna. Il contempla encore le bébé, et passa un doigt sur la joue de l'enfant.

— Mon frère Niccolò est en bas et attend de voir l'enfant. Je vais aller le chercher pour que vous puissiez le rencontrer avant de partir.

Jacopo se leva et, au grand soulagement d'Hannah, suivit le comte hors de la chambre. Lorsqu'elles furent seules, Giovanna leva les yeux de l'allaitement de Matteo.

— Je n'ai pas parlé au comte de cet appareil que vous avez et de la façon dont vous vous en êtes servie pour torturer ma pauvre maîtresse. L'Inquisiteur serait content de prendre connaissance d'un tel instrument.

En entendant les paroles de Giovanna, Hannah sentit refluer sa joie.

— Mon appareil a sauvé la vie du bébé. Vous le voyez sûrement. Auriez-vous préféré que j'ouvre le ventre de la comtesse ?

— Vous avez donné à ce bébé la marque du diable. Il serait simple de glisser une note dans la bouche de lion, au palais des doges, dit-elle en reniflant. Cela me ferait grand plaisir.

Hannah se rappela une séfarade nommée Ezster, une femme du Ghetto Vecchio. Ezster revenait de chez elle après avoir acheté du poisson aux quais lorsqu'elle entendit les cris d'une petite fille qui s'était écartée de sa nourrice et était tombée dans le rio della Sensa. L'enfant, incapable de nager, était

111

prise de panique et étouffait dans l'eau sale du canal, pleurant et agitant les bras. Ezster saisit la rame d'une gondole vide et sortit l'enfant. Elle l'assécha et la ramena chez elle. Le lendemain, la petite fille mourut de la fièvre du canal. Sa mère, convaincue qu'Ezster était une sorcière, dénonça celle-ci. Ezster fut emmenée par deux hommes de l'Office de l'Inquisition et on ne la revit jamais. Une telle chose pouvait si facilement y arriver à elle aussi !

— Et que ferez-vous avec tout cet argent que le comte vous a donné ? demanda Giovanna.

— Est-ce l'argent qui vous pousse à me haïr ?

— Je vous déteste parce que j'ai vu ce que vous avez fait, cette invention que vous avez fourrée dans ma maîtresse comme une bêche dans le sol. Qui sait pourquoi les juifs font ce qu'ils font ? Peut-être qu'il ne vous suffisait pas de tuer Notre Seigneur. Peut-être que vous vouliez tuer aussi ce bébé.

Hannah traversa la chambre et prit Matteo des bras de Giovanna. Elle embrassa l'enfant, humant son odeur lactée. Elle posa la main sous sa tête et le contempla, imprimant son image dans sa mémoire. Elle n'allait le revoir qu'une seule fois, lorsqu'elle viendrait reprendre l'amulette de sa mère. Cette pensée l'attrista. Elle qui regardait évoluer les bébés du ghetto, elle n'allait pouvoir regarder celui-ci aller à quatre pattes, faire ses premiers pas, apprendre à attacher ses boutons et faire son alliance avec Dieu à treize ans. La vie de cet enfant allait être un mystère pour elle, et il en était plus cher à ses yeux.

— Puisses-tu devenir un bel homme, petit Matteo, murmura-t-elle.

Elle se tourna vers Giovanna.

— Nous avons travaillé ensemble à sauver votre maîtresse et son enfant, nous devrions nous réjouir ensemble.

Elle tenta de poser sa main sur la manche de la servante, mais celle-ci la retira, se signa et baisa son pouce.

Avec ses cuillers d'accouchement, Hannah était parvenue à l'impossible. Elle allait bientôt naviguer en direction d'Isaac qui exulterait en la retrouvant. Elle tendit Matteo à Giovanna. Le bébé commença à vagir.

Niccolò, regard trouble et odeur de vin aigre, entra dans la chambre en saluant Hannah d'un signe de la tête. Jacopo, qui l'accompagnait, surprit Hannah en se penchant sur le lit de Lucia et en le faisant rebondir un peu. Lucia grimaça. Jacopo ne parut pas le remarquer.

Il était étrange que les deux frères aient passé la nuit debout, à attendre la naissance de leur neveu. Ce n'était pas courant pour un père, encore moins pour des oncles. Mais ils étaient là, debout aux côtés de Giovanna, bâillant, les yeux rouges. Avec leur gilet de soie noire et leurs coudes collés à leurs flancs, ils évoquaient aux yeux d'Hannah deux vautours attendant que la vie quitte un agneau nouveau-né.

Niccolò se frotta les mains, en fit une coupe et souffla dessus, même s'il faisait chaud dans la chambre à coucher, et chatouilla le menton du bébé.

— Quel bel enfant ! Vous avez fait le bonheur de notre famille. Merci, Hannah. C'est du beau travail.

Elle hocha la tête et tenta de sourire, mais pour des raisons qu'elle ne pouvait formuler, elle était troublée par l'expression du visage de l'homme.

— Adieu, *cara*, dit-elle en s'approchant du chevet de Lucia. Je m'en vais.

À tâtons, Lucia avança une main qu'Hannah porta à ses lèvres.

— Vous avez de la chance d'avoir un bébé en si bonne santé et un si bon mari. Je vous souhaite de bientôt retrouver vos forces afin de pouvoir apprécier leur présence.

Un valet de pied entra, prit le sac de lin d'Hannah et l'aida à descendre le large escalier de pierre, vers le canal où attendait une gondole, solidement amarrée au poteau rayé. Le valet tendit son sac au gondolier qui lui souhaita *buon giorno*.

Hannah resta debout un moment sur le quai à rassembler ses pensées. Venise s'éveillait. Le soleil matinal jouait sur l'eau, donnant aux vaguelettes les couleurs luminescentes du verre de Murano. Le canal était rempli de bateaux qui se bousculaient pour passer. Des barges débordantes de pommes et de grenades, rondes et succulentes, glissaient paresseusement vers le marché du Rialto. De l'autre côté du canal, un poissonnier brandissait du vivaneau et du tilapia, leurs écailles argentées miroitant dans les premières lueurs du jour. Le long des ruelles, les boutiques grouillaient des premiers clients du matin. En traînant les pieds, les marchands d'eau revenaient du puits de la *piazzetta* avec leurs seaux d'eau clapotante.

Le gondolier, en livrée de la famille di Padovani, se mit au garde-à-vous. Il lui présenta son avant-bras et l'aida à monter dans la barque. À son sourire, elle sut qu'il avait appris la nouvelle. Lorsqu'elle se fut installée dans la cabine à tentures, il lui donna son sac, mais quand elle le prit, il lui sembla curieusement léger. Le secouant, elle chercha le cliquetis familier des cuillers d'argent contre les flacons de verre, mais n'entendit rien. Elle les chercha, fouillant jusqu'au fond.

Elle finit par tout déverser à côté d'elle, sur le siège : couteau de fer, gaze, flacon d'huile d'amande, cordelette de soie pour nouer le cordon ombilical, herbes, crème d'Anatolie et un flacon de poivre de cayenne. Elle saisit la chandelle à même l'applique murale de la *felze* et la tint en l'air. En vain.

Ses cuillers d'accouchement avaient disparu.

Chapitre 7

La Valette, Malte
1575

La charrette faisait des bonds sur la route qui longeait la côte, du couvent Sainte-Ursule à la ville. Souvent, ses roues glissaient dans des ornières, et Isaac s'efforçait de la soulever. Assunta, le visage en sueur et la guimpe trempée, lui criait des instructions sur la meilleure façon de faire bouger le véhicule aux roues de chêne. Personne ne leur offrait de l'aide, même s'il passait par là quelques conducteurs menant leurs maigres bovins au marché, et dont les attelages de chevaux avançaient d'un pas lourd. Ils faisaient un signe de la tête à Assunta, mais lorsqu'ils remarquaient l'anneau de fer à la cheville d'Isaac, ils gloussaient en direction de leur attelage et poursuivaient leur chemin.

Isaac avait le dos brûlant à force de soulever la voiture. Il avait mal aux jambes depuis les derniers coups du garde le matin. Il devrait laver ses plaies à l'eau de mer avant qu'elles ne deviennent purulentes. L'air était si poussiéreux que son crachat était brun.

À chaque secousse de la charrette, un essieu semblait sur le point de se rompre. À cause des profonds sillons, il était difficile de déterminer les

116

limites de la route. Plusieurs fois, Isaac tourna vers un sentier qui ne menait nulle part.

Avec la chaleur, la peau de mouton, qu'il avait lancée dans un coin de la charrette, commença à attirer les mouches. Isaac était sur le point de demander à Assunta de la lancer dans les buissons lorsqu'il se dit qu'elle pourrait plutôt servir à coussiner l'attelage. Il la lui demanda, la replia et l'inséra sous le cuir rigide de son harnais. À présent, les mouches se rassemblaient autour de son visage et lui bourdonnaient aux oreilles, mais au moins il arrivait à tirer la charrette de l'ornière.

Enfin apparut au loin le fort Saint-Elme, tour encerclée de murailles massives. À mesure qu'Assunta et Isaac approchaient du camp militaire écrasé sous le soleil, la voie publique devenait plus encombrée de charrettes à mule, de colporteurs avançant à grand-peine avec leurs marchandises sur le dos et d'un chevalier de Saint-Jean habillé en moine, mais armé d'un coutelas. La route serpentait le long de la mer.

Passant par les portes de la ville, ils virent, errant dans les rues, un certain nombre d'autres esclaves qui, comme Isaac, portaient des fers aux jambes. La plupart étaient des Maures nord-africains ou des Turcs du Levant.

— Arrête-toi pour te reposer, Isaac. Je veux te livrer vivant à Joseph.

Le juif se débarrassa du harnais et grimpa dans la charrette, s'assit sur le plancher, puis, se sentant faible, laissa tomber sa tête entre ses genoux. Il lui fallait mettre en œuvre son plan d'évasion avant de perdre toute sa force. Mais, pour cela, il devait manger.

Assunta lui tendit une bouteille d'eau et il but goulûment. L'eau fraîche dégoulina le long de son cou et sur sa chemise déchirée.

Quelques minutes plus tard, en se dirigeant vers le port, à l'écart de la charrette bringuebalante, il épia à quelques pas une voiture remplie de rutabagas tachetés de terre. Il fut sur le point d'en voler un à l'arrière pour le dévorer cru. Le conducteur consacrait son attention à battre son pauvre cheval atteint de l'éparvin.

— Je crois que c'est le meilleur endroit où trouver Joseph, annonça Assunta. Il s'arrête toujours ici à ce moment de la journée.

Elle désigna la cour de la taverne, où des hommes étaient assis à boire et à jouer des coudes sur de longs bancs étroits. Isaac tira la charrette dans la cour et accrocha le harnais à la branche d'un arbre. Tandis que le soleil cognait dur sur eux, Assunta balayait la route du regard, à l'affût de Joseph.

Bientôt, il s'approcha avec un autre homme, conduisant un cheval qui tirait un travois chargé de toiles et de tonneaux de chêne. La religieuse s'avança à grands pas dans leur direction, tirant Isaac derrière elle. Joseph, trapu, sa dent en or luisant au soleil, paraissait plus amène que le tortionnaire impudent qu'Isaac avait rencontré à la vente aux enchères de la veille.

Il parlait à son compagnon.

— Giorgio, je suis fou d'elle, mais elle m'ignore.

L'homme qui menait le cheval ressemblait suffisamment à Joseph pour être son frère. Il portait un haut-de-chausse rugueux et une chemise de

118

coton tachée. Ses cheveux étaient emmêlés, il était presque entièrement couvert de saleté et de graisse de chandelle.

Giorgio murmura à Joseph :

— Vous voilà ensorcelé. Savez-vous qu'une femme est très semblable à une autre ? Celle-ci est en train de vous changer en veau égaré.

Joseph serrait sous son bras un panier de raisins et d'oranges. L'odeur des oranges chauffées au soleil parvint à Isaac. Les raisins violet foncé avaient un soupçon de levure blanche. Joseph était un salaud, un tueur d'esclaves, un butor, un rustre, un mangeur de juifs, mais Isaac n'avait d'obsession que son panier de fruits. Il avait tellement envie d'enfoncer ses dents dans une orange, de la mettre en morceaux, un quartier à la fois, et de sentir le jus lui couler sur le menton ! Il voulait mordre les raisins, en séparer les pépins de la peau avec ses lèvres et sa langue, et se délecter de leur goût sucré.

Joseph regarda Isaac, puis Assunta. Un sourire se dessina sur son visage.

— Le juif ne se convertit pas si facilement, ma sœur ? Qu'allez-vous faire de lui, maintenant ? L'emmener au bord de l'eau et le donner à manger aux oiseaux de la frégate ?

— Vous le revendre. J'ai besoin de mes quinze *scudi*.

Joseph se mit à rire.

— Jamais. Et puis, d'après mon souvenir, c'était dix.

— Dix de moi, et cinq de cette femme dans la foule.

— Vous arrivez trop tard. J'ai suivi votre conseil et acheté ce Nubien que vous m'avez recommandé.

Je l'ai déjà revendu au capitaine de la *Madre de Dios*, qui appareille aujourd'hui pour Chypre. J'ai fait un joli profit.

— Eh bien, il faut que quelqu'un achète cet homme. Le couvent a besoin de récupérer son argent.

— Essayez chez ce tavernier, là-bas.

Joseph fit un geste vers un panneau de bois qui disait *Reniera e Soderina*.

— Il se rendra peut-être utile à essuyer le vomi collé au plancher sous les clients et à verser le vin, même s'il paraît avoir à peine assez de force pour pousser une vadrouille. Je suis trop occupé pour m'intéresser à ces broutilles.

Il montra du doigt le travois chargé.

— J'ai avec moi une série de voiles de rechange pour le *Salvatore*, qu'on voit là-bas.

Il souleva son menton en direction du trois-mâts amarré dans le port voisin.

Le quai était bondé de vaisseaux marchands, de galions et même d'un *fluyt* hollandais. Assunta était distraite par cette activité. C'était l'occasion pour Isaac de courir se cacher. Ensuite, à la faveur de l'obscurité, il pourrait se faufiler à bord de l'un des bateaux en se repliant derrière un tonneau d'eau. Un passage des Psaumes lui vint à l'esprit : *Oh ! si j'avais les ailes d'une colombe, je m'envolerais et trouverais le repos !*

Mais s'il se sauvait maintenant, un seul cri d'Assunta et il aurait affaire à une foule prête à démembrer un homme pour se divertir. La cour de la taverne grouillait de marins d'allure revêche, déterminés à s'enivrer le plus possible avant d'être rappelés à leurs vaisseaux.

Sœur Assunta repoussa sa guimpe pour exposer davantage son large front.

— Ayez pitié de lui, dit-elle à Joseph. Il a beaucoup souffert.

Giorgio intervint :

— Je souffre, moi aussi. D'une soif terrible, que seul peut étancher un flacon de vin de Madère.

Isaac regardait fixement les fruits que Joseph tenait dans le panier.

— Une seule orange et je vous aiderai avec vos marchandises.

Il fit un geste en direction du travois.

— Je chargerai cette toile sur le *Salvatore* pendant que vous prenez un verre.

Isaac huma l'air. L'homme ne sentait pas meilleur que la dernière fois qu'il l'avait vu, à la vente aux enchères.

— Tu parais trop affamé pour soulever autre chose qu'un hochet de bébé, dit Joseph.

— Ou une flopée de misères, dit son frère en s'esclaffant.

Des rustres. Des salauds d'illettrés. Isaac eut une idée.

— Je ne suis pas trop faible pour soulever une plume d'oie.

Joseph fronça les sourcils. Le visage de Giorgio prit l'air perplexe qu'ont souvent les benêts.

— Je n'ai pas pu m'empêcher de vous entendre parler, dit Isaac. Je sais lire et écrire. Puis-je écrire une lettre à votre dame en votre nom ? Donnez-moi une orange et je vous ferai profiter de mon expérience dans les questions sentimentales.

— Tu m'as insulté devant une foule d'hommes à la vente aux enchères et, maintenant, tu veux écrire des lettres d'amour contre des oranges ? Tu me prends pour un imbécile ou quoi ?

Joseph prit le bras de Giorgio et commença à le tirer à coups secs en direction de la taverne.

— Ce panier est destiné au capitaine du *Salvatore*.

Assunta posa une main sur le bras de Joseph.

— Un esclave qui sait lire et écrire serait utile à votre entreprise. Il sait aussi calculer et tenir des livres de comptes.

Elle saisit la bride du cheval de Joseph, qui déplaçait son poids malaisément d'un sabot à l'autre.

— Quinze *scudi* et il vous appartient. Si vous ne l'aimez pas, vous pourrez le revendre à quelqu'un d'autre.

— Emmenez-le, sinon il volera nos fruits, dit Giorgio. Est-ce que mon frère veut d'un infidèle, d'après vous ?

— C'est un infidèle qui possède un talent particulier, dit Assunta.

— Parlez-moi de votre histoire galante, demanda Isaac.

Giorgio prit la parole avec une animation inattendue.

— Mon frère a demandé la main d'une femme, mais elle ne veut pas de lui.

Joseph décocha un regard à son frère.

— Courtiser une femme est une entreprise délicate, je le sais trop bien, dit Isaac.

Sa fatigue diminua soudainement.

— Ma propre femme, que son nom soit loué, a été un trophée remporté de haute lutte. Notre cour a exigé bien des lettres.

C'était un mensonge, mais il avait développé un don pour la feinte.

— D'ailleurs, toute cour réussie se fonde sur des lettres.

Les deux hommes et sœur Assunta le regardèrent fixement.

Joseph se retourna brusquement vers Giorgio.

— Pourquoi racontez-vous ma vie à tout le monde?

Et, s'adressant à Isaac :

— Mêle-toi de tes affaires. Ça ne te regarde pas.

— Bien sûr que ça me regarde. Est-ce que nous ne sommes pas tous les deux des hommes? Est-ce que nous n'avons pas besoin d'épouses pour nous faire des enfants et nous combler au lit?

Il songea à Hannah en souhaitant, pour eux deux, qu'elle remplisse la première condition aussi bien qu'elle avait satisfait à la seconde.

— Laissez-moi deviner pourquoi la dame vous rejette. Elle vous trouve trop pauvre? Elle n'aime pas votre caractère? Elle vous trouve paresseux?

Isaac reprit son souffle.

— Ou peut-être trouve-t-elle votre personne repoussante?

Il y eut une longue pause, puis Giorgio donna un petit coup de coude aux côtes de Joseph.

— Répondez-lui. Il pourra peut-être vous aider.

— J'ai une autre entreprise en plus de fournir de la main-d'œuvre aux galères, dit Joseph. À part vendre des esclaves aux navires, je fabrique aussi de la toile pour les voiles. Pour traiter le tissu, j'utilise de la pisse de mouton. Elle prétend que je pue la pisse. Elle a l'œil sur un charpentier. Un petit morveux, chétif, avec une grosse tête.

Il branla la tête d'avant en arrière pour illustrer le propos.

— Tout le monde pue quelque chose. Lui pue les copeaux de bois et la colle de peau de lapin.

Il regarda Assunta.

— Vous, ma sœur, sauf votre respect, vous sentez l'oignon et la peau de mouton. C'est normal. Tout le monde pue à cause de son métier.

Juste à ce moment, la brise changea de direction. Isaac sentit brûler ses yeux et monter sa bile. Il eut l'impression d'entrer dans le cul d'un chameau.

— La puanteur ne devrait pas être un obstacle à votre amour, déclara-t-il.

Il fit une pause, surtout conscient du regard d'Assunta posé sur lui.

— Il y a une expression, vous l'avez peut-être entendue : *Plus le bélier pue, plus la brebis l'adore.*

Giorgio et Assunta gloussèrent.

— Mais, semble-t-il, pas dans le cas de cette femme, qui s'appelle… ? sollicita Isaac.

— Gertrudis.

Joseph avait chuchoté le nom avec un soupir de vénération, comme s'il avait parlé de la Sainte Vierge.

Assunta attira l'attention d'Isaac et secoua la tête d'une façon qui semblait demander :

— As-tu perdu la raison ?

Une charrette à baudet passa avec fracas, remplie de pilotis.

Isaac se tourna vers Joseph.

— Donnez à sœur Assunta ses quinze *scudi* et j'écrirai une lettre qui attendrira le cœur le plus dur.

— Tu dis n'importe quoi, dit Joseph.

Mais il posa son panier de fruits sur le travois.

Isaac n'eut aucune hésitation.

— Vous verrez. La belle Gertrudis en viendra à vous aimer ardemment.

Assunta prit Isaac à part.

— Notre ami Joseph a autant de chances de remporter la main de cette femme qu'un babouin de se dresser sur ses pattes de derrière pour siffler une chanson de marins. C'est la jolie veuve qui m'a donné cinq *scudi* ce matin.

— Ma bienfaitrice. Mais bon, je vois ce que vous voulez dire, ma sœur, répondit Isaac avec une grimace.

Ils revinrent à Joseph et à son frère.

Giorgio tira la manche de Joseph.

— Venez, j'ai besoin d'une boisson fraîche pour me rincer la gorge. Gertrudis est un oiseau du paradis, de haut vol et pas du tout à votre portée.

Joseph mit la main dans la ceinture de son haut-de-chausses pour en extraire une bourse de cuir tout abîmée. Il tendit trois pièces à Assunta, en détournant les yeux comme s'il ne pouvait supporter de les voir changer de mains.

— J'espère que je ne regretterai pas cette transaction, ma sœur. S'il meurt, j'aurai gaspillé mon argent.

Assunta glissa les pièces dans la poche de son habit de serge.

— Adieu, Isaac. Je te souhaite bonne chance. Si Joseph te maltraite, ce dont je suis sûre, reviens au couvent et nous discuterons du salut de ton âme.

Elle se retourna et se dirigea vers les quais, et par-dessus son épaule, elle cria :

— Joseph, traite-le avec égards. Même un infidèle est une créature de Dieu. Autre chose, Isaac, dit Assunta en lui faisant signe de s'approcher. L'homme qui représente ta société pour la rançon des captifs s'appelle Hector. C'est un grand homme, avec une tête qui serait jolie si elle était celle d'un cheval. Presque tous les jours, tu le trouveras près du quai, ou en train de flâner près des cellules, derrière le palais du grand maître. Il porte un haut-de-chausse trop court pour lui.

— Est-ce lui qui est chargé de l'entente sur ma rançon ?

Assunta pinça si fort le haut de son maigre bras qu'il tressaillit.

— Si tu ne meurs pas de faim avant.

Hector. Un nom heureux, un nom fort. Isaac se sentit prêt à écrire une douzaine de lettres, à tanner une douzaine de feuilles de parchemin. S'il pouvait rester en vie pendant quelques semaines et recevoir l'aide d'Hector, son sauvetage était assuré.

Sans perdre de temps, Isaac se dirigea vers Joseph et Giorgio et donna une claque dans le dos du premier.

— Venez, Joseph, commençons. Vous devez tout me révéler sur la dame de vos pensées, dit Isaac en frémissant. Ensemble, nous allons chercher la façon la plus rapide d'atteindre son cœur.

— Je t'avertis, Isaac. Si tu n'arrives pas à la gagner à ma cause… tu vois cette galère ?

Joseph pointa le doigt vers le port, où un vaisseau aux lignes pures, d'environ quarante *bracci* de longueur, dansait sur l'eau au bout de ses amarres.

— C'est ta destinée.

Il enfonça durement son doigt dans la poitrine d'Isaac.

Isaac fit un signe de tête affirmatif, et son estomac fut pris d'un malaise qui n'avait rien à voir avec le fait qu'il n'avait rien avalé depuis la tranche de pomme dans la cuisine d'Assunta, ce matin-là.

— Tourne bien tes mots, mon ami. Tu as un mois pour me gagner le cœur de Gertrudis. Sinon, cette galère appareillera avec toi et tu seras attaché à une rame.

Joseph lui lança une orange.

— Et si je réussis à gagner son cœur pour vous, vous m'accorderez ma liberté ?

Un moment, Joseph parut pensif, du moins autant que le pouvait un homme de son espèce.

— C'est juste, reconnut-il.

Puis, il saisit la bride du cheval et ils continuèrent à cheminer avec Giorgio.

Isaac savait trouver les mots aussi facilement qu'un prestidigitateur pouvait cueillir un œuf derrière l'oreille d'un enfant. Mais ses paroles allaient-elles suffire à conquérir pour ce balourd le cœur de la belle Gertrudis ?

Il pela l'orange. Le jus rendait ses doigts glissants. Il rompit un quartier du fruit et le mit dans sa bouche, mais la chair était acide et il n'en tira aucun plaisir.

Chapitre 8

Venise
1575

Hannah écarta le rideau de la *felze* et scruta le brouillard gris qui nimbait encore le ghetto. La gondole approchait du rio di Ghetto. Elle jeta son sac sur son épaule et se demanda ce qu'elle allait faire à propos des cuillers d'accouchement. Elle n'avait pas envie de retourner au palais. Si Giovanna les avait prises, le comte, qui lui avait montré tant de sympathie et de gentillesse, allait obliger sa servante à les lui rendre avec la *shaddaï*. Cela se réglerait simplement, se dit-elle en essayant de ne pas penser aux autres conséquences possibles.

Le gondolier vira le long de l'embarcadère, juste au bord du ghetto. Il enroula une corde au poteau d'amarrage, puis lui tendit la main pour l'aider à débarquer.

Alors qu'elle marchait en tentant soigneusement d'éviter des ballots d'ordures en décomposition et le contenu de pots de chambre qu'on avait jeté sur la *fondamenta*, Hannah crut entendre la voix qu'on lui avait interdit d'écouter, à laquelle on lui avait même interdit de penser, une voix que le rabbin avait déclarée inexistante : celle de Jessica. Elle était certaine d'entendre sa sœur cadette chanter un madrigal, aussi mélodieuse qu'un luth dans l'air suave de l'aube. Hannah avait souvent vu Jessica de loin dans la calle della Masena, aux abords des portes du ghetto, mais elles n'avaient pas osé se parler, ni même se saluer.

Cette voix lui donnait la chair de poule. C'était peut-être le brouillard qui la trompait. Elle n'avait pas dormi depuis des heures, la fatigue embrouillait sa vue et son esprit. Mais voilà, la voix revenait. Plus forte, cette fois, et plus proche. Elle ne put s'empêcher de courir vers elle.

La voix était identique à celle de Jessica, mais elle trouva devant elle la silhouette chantante d'un jeune garçon habillé d'un gilet saphir, d'un haut-de-chausse brodé et d'un chapeau de velours bleu. Il portait sur les yeux et le nez une *maschera* en papier mâché, d'un noir uni.

Tout en se rapprochant, Hannah dit :

— Veuillez m'excuser. Je vous ai pris pour quelqu'un d'autre.

Elle était sur le point de s'éloigner lorsque le garçon la prit par le bras.

— Hannah ? Tu ne me reconnais pas ?

Cette fois, il n'y avait aucun doute. C'était bien la voix de Jessica, avec son léger zézaiement. Hannah vit la silhouette svelte lever la main et, d'un geste rapide, enlever le chapeau bleu, libérant une cascade de cheveux noirs. Puis, elle ôta son masque.

— Ne reconnais-tu pas ta propre sœur ? Ai-je si bien réussi à me déguiser ? Toi, ma chère Hannah, on te reconnaît tout de suite en *cioppa* bleue, avec un foulard sur tes jolis cheveux.

Jessica sourit, dévoilant une fossette aussi délicate que le bout de l'aile d'un ange.

Soudain, Hannah se sentit assez reposée pour affronter l'avenir, pour mettre au monde une douzaine d'autres bébés, pour passer une douzaine d'autres nuits debout. Elle étreignit sa sœur, sa cadette de cinq ans, et enfouit son nez dans la chevelure de Jessica.

— Il ne se passe pas une journée sans que je pense à toi et que je me demande comment tu vas.

Elle voulut dire : « Je t'adore, Jessica. Je t'ai toujours aimée, même lorsque tu t'es enfuie du ghetto. » Elle avait envie de raconter à Jessica tout ce qu'il lui était arrivé cette nuit-là, mais elle se retint. Elle demanda plutôt :

— Pourquoi es-tu habillée en page ?

— Je reviens d'une fête dans un *palazzo* sur le Grand Canal et je rentre chez moi.

Hannah avait entendu parler des fêtes costumées au cours desquelles les chrétiens se déguisaient en personnages de la *commedia dell'arte* : Polichinelle, Pierrot, Arlequin et Briguelle. Jessica était-elle devenue chrétienne au point d'apprécier ces distractions ? Cela semblait impossible et, pourtant, elle était là, son haut-de-chausse de satin luisant à la lueur de la lanterne.

— C'était une mascarade ?

— Pas exactement, dit Jessica. J'étais la seule femme déguisée. Certains hommes plus âgés adorent les jeunes garçons. Beaucoup les préfèrent à de jolies jeunes femmes.

Hannah hocha la tête, sans toutefois comprendre.

Jessica baissa la voix et attira Hannah dans l'ombre d'un édifice.

— Les hommes craignent les lois sur la sodomie.

— Je ne comprends pas. *La sodomie*?

Hannah n'avait qu'une vague idée de ce que voulait dire ce mot.

— Je suis une *cortigiana*, Hannah. Tu as dû en entendre parler. Il y en a des dizaines comme moi à Venise, qui se disputent les mêmes riches protecteurs. Il nous faut à toutes une spécialité, et la mienne consiste à me déguiser en beau jeune homme au haut-de-chausse serré.

Elle accrocha ses pouces aux revers de sa veste de satin et fit une petite révérence.

— Je permets à des hommes d'avoir le plaisir de l'expérience sans commettre le crime. La peine pour sodomie est de cinquante ducats pour la première accusation, si on est un *cittadino*. Si on est un noble, alors, c'est...

Jessica tira deux doigts en travers de sa gorge.

— Je figure au *Catalogo*, si tu as envie de chercher. On y trouve mon adresse, mes prix et mes spécialités, avec toutes les autres courtisanes honnêtes de Venise. Il y a même une flatteuse miniature de moi exécutée à la détrempe.

Elle fit à sa sœur un sourire entendu, mais Hannah détourna les yeux.

— Tu n'arrives pas très bien à cacher tes émotions. Je vois que mes paroles te peinent.

Bien entendu, elle savait que Jessica était une courtisane, sans être au courant des détails de son occupation. La pensée qu'elle doive plaire à des hommes en accomplissant des actes qui ne devraient se dérouler qu'entre mari et femme fit rougir Hannah.

— Il n'est pas nécessaire de parler de cela.

— Je suis une courtisane, pas une putain, répondit Jessica. Je ne flâne pas dans les *calli* de Castello en me laissant prendre par des hommes contre le mur de l'Hospice.

Hannah dut faire un effort pour ne pas mettre ses mains sur ses oreilles.

— *Dio mio!* dit Jessica en s'éventant. J'ai bu trop de vin.

Déboutonnant son gilet, elle exposa une chemise dont le décolleté dévoilait ses seins, entre lesquels pendait un crucifix doré.

Hannah ne savait pas ce qui la scandalisait le plus : le métier de Jessica ou la croix que sa sœur portait au cou.

— D'après toi, Hannah, comment devrais-je subvenir à mes besoins? dit-elle avec un clin d'œil. Un jour, lorsque j'aurai la taille épaisse et que personne ne me désirera plus, je vivrai comme bon me plaira. Je ne finirai pas indigente, comme tant de mes semblables. J'ai des propriétés à Castello et un tas de pierres précieuses.

Elle fit une pause.

— Je pourrais même me marier, si je voulais. Une dot substantielle, cela aide à trouver le bon parti.

Hannah ouvrit la bouche pour répondre, mais Jessica poursuivit :

— Ne t'en fais pas pour moi. J'ai préparé mon avenir de la même façon qu'un général rassemble un trésor de guerre.

— Isaac m'a prise sans dot, dit Hannah. Sans rien d'autre que mon *cassone* rempli d'une paire de bougeoirs et du couvre-lit en dentelle de tante Zeta.

Dès que les mots furent sortis de sa bouche, elle les regretta.

Un air irrité envahit le visage de Jessica.

— Isaac est un cas rare. Généreux, le sens des affaires, beau…

Hannah colla sa main à sa bouche, s'efforçant de retenir ses larmes.

— Hannah, que se passe-t-il ? Et que fais-tu donc ici au petit matin ? Venise est pleine de voyous, de porcs mal dégrossis, qui ne demanderaient pas mieux que de te mettre en pièces.

Du dos de la main, Jessica essuya la joue d'Hannah.

— Isaac a été emmené en esclavage. Il est à Malte.

— Je n'en avais pas entendu parler. Oh ! Anni, je suis si désolée !

Elle toucha la croix à sa gorge.

— Puisse Dieu le retourner bientôt à ton lit, sain et sauf.

Hannah raconta ensuite à Jessica ses nuits solitaires et ses craintes à propos d'Isaac. Elle aurait voulu qu'elles se trouvent en un lieu discret au lieu de rester là, sur la *fondamenta*, où n'importe quel passant matinal pouvait les repérer. Elle tira Jessica par le bras dans l'embrasure d'une porte.

— Chaque commère du ghetto connaît la terrible histoire d'un juif qui a péri à Malte, et toutes s'empressent de m'en raconter les détails. Je suis folle d'inquiétude.

— J'ai entendu ces histoires, moi aussi, mais courage : Isaac est un homme débrouillard. Plein d'esprit, et habile.

Les épaules d'Hannah étaient soulevées par des sanglots.

— Chaque personne qu'il rencontre pourrait devenir son ennemi. Il s'emporte facilement.

— Sauf avec toi, dit Jessica.

— Non, avec moi aussi. Nous nous sommes disputés au cours de la semaine qui a précédé son départ. Je l'ai supplié de ne pas partir pour le Levant. J'ai dit que cela ne donnerait rien de bon.

Elle serra la cape du comte autour d'elle.

— Écoute-moi. Isaac t'adore. Je le voyais t'attendre à la sortie de l'ablution au *mikveh*, propre et pure, prête pour les caresses. Il sait que tu l'aimes. Tu le lui as prouvé chaque jour de votre mariage.

Elle étreignit Hannah et murmura :

— Au lit, les hommes pardonnent tout. Quand tu seras blottie dans ses bras, il remplacera ces affreuses paroles par des mots doux et tendres.

— Pas si je le trouve mort en arrivant à Malte.

L'aube était si froide qu'Hannah voyait son souffle dans l'air.

— Quand tu es partie étudier pour ta conversion, j'ai langui au lit pendant quatorze jours et quatorze nuits, sans manger.

Jessica lui caressa la main.

— À la Maison des Catéchumènes, chaque matin les religieuses tordaient mon oreiller. Je le trempais de mes larmes tellement j'avais envie de te revoir. Je me suis même ennuyée du rabbin Ibraiham et de son infecte haleine de hareng. C'est te dire à quel point je me sentais seule.

Elle pointa un doigt vers le bord de la robe d'Hannah qui dépassait de la cape.

— Tu ne m'as pas dit ce qui t'amène dehors si tôt. Et… il y a du sang sur tes vêtements.

Hannah tira Jessica par la manche de son gilet jusqu'au fond du portique et murmura :

— Un accouchement dans un *palazzo* du Grand Canal.

— Un accouchement chrétien ? Tu plaisantes !

Une expression d'étonnement parcourut le visage de Jessica.

— Toi ? La petite souris du ghetto ? Tu me dis avoir enfreint une bulle papale ? Tu aurais pu te faire amener devant le Tribunal de l'Inquisition !

— Pour l'amour de Dieu, baisse la voix ! dit Hannah. C'était pour gagner la rançon d'Isaac, et rien d'autre.

— Mon Dieu ! La nécessité nous a toutes les deux rendues braves.

Jessica tortilla ses boucles pour en faire un nœud et les replaça sous son chapeau de garçon.

— Ce n'est pas du tout la même chose, protesta Hannah.

— Bien sûr que si. Toutes les deux, nous faisons pour de l'argent des choses que nous préférerions ne pas faire. Toi, à la fin, tu retrouveras Isaac. Moi, j'aurai de longues robes de velours et des maisons à revenus qu'aucun homme ne pourra m'enlever.

Le regard d'Hannah tomba sur le crucifix que Jessica avait au cou.

— Es-tu devenue une vraie chrétienne ? Tu observes sûrement encore le shabbat ?

— J'ai abandonné tout cela, dit Jessica.

— Pas de bénédiction des chandelles le vendredi soir, pas de *challah* ?

— Je ne célèbre même pas la Pâque. Je pends un énorme jambon gras à ma fenêtre pour que tous les passants sachent que je suis vraiment chrétienne.

Une vie de goy, sans règles ni contraintes. Non seulement Jessica était-elle séparée de son passé, coupée des gens qui l'avaient aimée, mais elle avait également perdu sa religion. Hannah sentit monter la colère en elle.

— Tu sembles mener une vie d'égoïsme, à ne penser qu'au luxe que tu peux obtenir avec de l'argent.

— Tu me trouves égoïste ? C'est toi, l'égoïste. Tu as mis tout le ghetto en danger en t'occupant d'un accouchement chrétien.

— Je l'ai fait pour Isaac.

— Tu l'as fait pour toi-même, afin de ravoir ton mari dans tes bras. Tu es menée par des hommes : le rabbin, Isaac, notre père lorsqu'il était vivant. Tu es une petite souris du ghetto et tu ne seras jamais rien d'autre.

Hannah fut saisie par le ton dur de Jessica.

— Je suis désolée de t'avoir appelée à l'aide ce soir-là, il y a des années, dit Jessica. J'espérais que tu oserais défier pour moi ce vieux bougon de rabbin et aider ta seule sœur à donner naissance à son premier enfant, mais j'avais tort.

Hannah voulut lui demander des nouvelles du bébé, mais ne put s'y résoudre.

— J'ai crié ton nom toute la nuit et j'ai envoyé une fille te chercher. Je voulais que ce soit toi, et toi seule, qui me calme sur le tabouret d'accouchement. Au lieu de ça, j'ai eu droit à une sage-femme, chrétienne et maladroite de la paroisse de San Marcuola.

La voix de Jessica se brisa.

— Mon bébé est mort-né. Étouffé dans le canal de naissance.

Oh! Mon Dieu! Hannah ne l'avait pas su.

— Tu dis m'aimer, mais tu m'as abandonnée au moment où j'avais le plus besoin de toi.

— Ce que tu dis est injuste. J'ai dû obéir au rabbin.

— Eh bien, tu ne lui as sûrement pas obéi en allant accoucher cette aristocrate. Dommage que tu n'aies pas été aussi brave quand j'ai eu besoin de toi.

Sous son sein, Hannah sentit une douleur déchirante, comme si son cœur avait largué les amarres. En pensée, elle couvrit le miroir et arracha ses vêtements. Ce n'étaient pas les gestes vides que le rabbin avait prescrits des années auparavant : cette fois, ils étaient sentis. *Shiv'ah*, la période de deuil, était terminée. Maintenant, Jessica était vraiment morte à ses yeux.

Sans accorder d'autre regard à sa sœur, elle prit son sac et se dirigea vers les portes du ghetto. Sa joie d'avoir sauvé la comtesse et son bébé s'était évanouie comme les vaguelettes laissées par une gondole.

En s'éloignant, Hannah entendit Jessica crier :

— Retourne en courant à ton ghetto étouffant! Je suis peut-être immorale à tes yeux, mais toi tu as enfreint la loi. Tu as attiré le désastre non seulement sur toi, mais sur tout le ghetto que tu dis tant aimer.

Chapitre 9

Venise
1575

Hannah n'avait pas le choix. Elle devait retourner à la ca' di Padovani, avec ses dures et luisantes surfaces de marbre, d'or et d'argent, ses pièces caverneuses et ses chrétiens énigmatiques. Pendant plus de quarante jours, elle avait attendu en vain que Giovanna rapporte les cuillers d'accouchement.

En préparation de son voyage à Malte, elle était maintenant assise sur le toit, le seul endroit où faire sécher les pommes que le rabbin lui avait données. Les fruits, fraîchement cueillis dans l'île de Turcello, dans la lagune, étaient un luxe qu'elle n'aurait pu se permettre. Le matin même, l'air aussi satisfait que s'il les avait lui-même cultivés, le rabbin lui avait tendu le panier en disant :

— Prends-les, c'est bon pour toi. S'il en reste à ton arrivée à Malte, donne-les à Isaac.

Hannah les avait acceptés avec reconnaissance. De la part de n'importe qui d'autre, le cadeau aurait été une offrande de paix. Mais du rabbin, comment savoir ?

Cette année-là, les pommes étaient si rouges qu'Hannah aurait pu en faire bouillir les peaux pour teindre du lin. Assise, jambes croisées, sur les planches du toit, elle coupa en croissants un de ces fruits délectables, en creusa le cœur avec la pointe de son couteau, et disposa les sections, la pulpe tournée vers le haut, sur un vieux drap de toile pour les faire sécher.

Le soleil cognait dur et remplissait ses narines de l'odeur du goudron qui fondait entre les planches du toit. Dans quelques heures, les pommes seraient ratatinées, prêtes à être enveloppées dans des bandes de tissu et ensachées avec le reste de sa nourriture. Le drap portait les taches de ses prépa-rations antérieures au voyage : des bandes séchées d'agneau et de bœuf, des rondelles de carottes et de rutabagas.

Le surlendemain, lorsque les courants forts des marées de la lagune permettraient d'atteindre l'eau ouverte à la navigation, elle serait sur le *Balbiana*, voguant vers Malte, une traversée censée durer deux mois, disait le capitaine Marco Lunari, selon le climat et la volonté de Dieu. Pendant des jours, fébrile et l'estomac noué, elle n'avait pu se nourrir que de bouillon de poulet.

Elle s'essuya les mains sur son tablier et, du toit, baissa les yeux vers le *campo*. Une silhouette fami-lière passait, affairée, devant les boutiques des prêteurs sur gages, des bouchers et des boulangers, et traversait la place. Ses chaussures hautes l'éle-vaient au-dessus de la boue, ce qui rendait sa démarche instable. Alors qu'elle se rapprochait, Hannah reconnut Jacopo.

Hannah laissa tomber son couteau à peler. Un moment, elle se demanda si Matteo n'était pas tombé malade et si Jacopo ne venait pas l'appeler à l'aide. Mais non, plus vraisemblablement, le comte avait envoyé Jacopo lui retourner ses cuillers d'accouchement. Mais, dans une maison pleine de domestiques, pourquoi serait-il, lui, chargé d'une telle tâche ? Elle le vit demander des indications à une vieille femme qui montra le toit. Hannah n'eut le temps que de se flanquer un linge sur la tête et d'attendre son arrivée. Mieux valait le rencontrer ici que dans le *campo*, où l'on ne pouvait mener aucune conversation en privé.

Alors même qu'elle était sur le point de se diriger vers les marches, la trappe du toit s'ouvrit en claquant, et Jacopo apparut au sommet de la cage d'escalier, en chausses, les joues roses d'avoir grimpé quatre volées de marches. Les boutons de sa veste à manches étaient couverts de soie brodée. Que dénotait le fait qu'un homme soit si imberbe qu'il semblait avoir été plongé dans une cuve de lessive pour lui enlever le moindre duvet ? Les juifs, du rabbin au *shochet*, le tueur de l'abattage rituel, étaient des hommes velus, à la barbe fournie, à la poitrine hirsute, et des *peyas* pendaient de chaque côté de leur mâchoire. Des poils poussaient dans les oreilles des vieillards.

Haletant, Jacopo examina curieusement le toit, un espace à peine assez grand pour les contenir tous les deux, ainsi que le drap cramoisi et luisant de pommes tranchées. Avec un coin du tablier qu'elle tenait à la main, Hannah essuya la sueur de son visage, et se leva pour le saluer.

— Bonjour, *signore*. Reprenez votre souffle.

— L'une de vos voisines m'a dit que je vous trouverai ici.

S'ils s'asseyaient tous les deux, ils ne seraient pas à la vue des gens du *campo*, en bas, mais elle n'avait aucune chaise à lui offrir. Elle remarqua avec déception qu'il ne semblait rien porter, mais qu'il avait une cape brodée jetée par-derrière l'épaule.

Il se tenait bien loin de la basse balustrade du toit et, un moment, il regarda longuement la corde à linge affaissée à laquelle étaient accrochés des draps, à l'écart dans le coin avec un baril d'eau de lessive bourdonnant de mouches.

— C'est donc ainsi, dans le ghetto. Vous vivez bien au-dessus du *campo*. Ça me donne plutôt le vertige.

— Matteo va bien? demanda Hannah, un peu anxieusement.

— Il est en aussi bonne santé qu'une tique et il mange comme un maçon.

— Et la comtesse ? Comment va-t-elle ?

— Elle tousse chaque nuit. La fièvre. Elle a tellement de couleurs qu'elle semble revenir d'une promenade à la campagne. Elle ne peut pas reprendre son souffle. Elle arrache les couvertures, et parle comme une possédée du démon. J'entends le comte dans sa chambre, certaines nuits, qui l'adosse pour qu'elle puisse respirer, en tenant la cuvette pour elle.

— Je suis désolée de l'entendre.

Il n'était sûrement pas venu lui faire un rapport sur la santé de la famille. Elle attendit. Elle finit par demander :

— À quoi dois-je le plaisir de votre visite ?

— C'est mon frère qui m'envoie, dit Jacopo. Il vous invite à venir dîner ce soir et à reprendre votre amulette.

Un moment, Hannah fut sans voix. Il était rare que des juifs et des chrétiens dînent ensemble. Son travail au *palazzo* était terminé. Ce n'était pas une relation sociale qu'elle avait avec la famille, mais un marché, à la manière d'un tuteur ou peut-être d'une servante de confiance des dames.

Retrouvant ses esprits, elle dit :

— Ce serait un honneur.

Elle fut sur le point d'ajouter « Il y a autre chose qui me préoccupe », mais elle décida que le sujet des cuillers d'accouchement pouvait attendre jusqu'au soir.

Jacopo se protégea les yeux de l'éclat du soleil.

— Ce quartier est si intéressant ! Regardez, on voit les échoppes des prêteurs sur gages, et la boucherie. À cette hauteur, je me sens comme un oiseau.

Il posa ses mains sur ses hanches et examina les fruits étalés sur le tissu.

— Vous devrez les tourner dans quelques heures, sinon le soleil ne pourra les atteindre et ils vont se gâter.

Elle attendait qu'il expose la raison de sa venue, qui n'était pas de discuter de la nature pittoresque du ghetto, ni de la conseiller sur le séchage des pommes. Ce qu'il était venu dire semblait le mettre dans l'embarras. Elle prit les devants.

— C'est un grand honneur pour moi d'être invitée à un repas.

— Je vous livre moi-même cette invitation parce que je voulais vous dire un mot. Ne paraissez pas si étonnée. J'ai trouvé quelque chose qui, je crois, vous appartient. En même temps que votre amulette, vous avez laissé un curieux appareil.

142

Il tendit le bras sous la cape drapée sur son épaule. Elle aperçut l'éclat de l'argent familier.

— Oh! merci!

Hannah tendit la main, soulagée, mais Jacopo ne lui rendit pas les cuillers d'accouchement.

— Je l'ai trouvé sous le lit de la comtesse quand je me suis penché pour retrouver un mouchoir. Je suppose que vous avez utilisé cet appareil au cours de l'accouchement de mon neveu?

— Oui, mais…

— Vous avez eu beaucoup d'imprudence en le laissant. Vous devez savoir à quel point un objet pareil pourrait être dangereux entre les mains de certaines gens. Pas moi, je m'empresse de l'ajouter. J'ai autant de reconnaissance que mon frère envers vous. Vous avez sauvé mon neveu. J'aimerais m'assurer qu'il ne vous arrive aucun malheur par suite de ce geste généreux.

— C'est très gentil à vous. Je me disais que peut-être…

— N'importe quel domestique aurait pu le trouver. Une juive qui met au monde un bébé chrétien en utilisant un appareil illégal? Cela ne paraîtrait pas bien aux yeux d'un magistrat d'enquête, n'est-ce pas?

— Je vous suis reconnaissante, dit Hannah qui souhaitait qu'il lui tende les cuillers et s'en aille.

— Pour ma part, j'aimerais par-dessus tout vous redonner l'appareil à l'instant même mais, d'abord, nous devons discuter de quelque chose. Mon frère, le comte, vous a remis une forte somme pour votre participation à l'accouchement de la comtesse. Deux cents ducats, si je ne m'abuse.

— C'est une somme que j'ai bien méritée. La comtesse était plus morte que vive lorsque je suis arrivée à votre *palazzo*.

— Ne vous méprenez pas. Je ne mets pas en question la valeur de votre service. C'est votre usage de la sorcellerie qui me trouble. J'ai l'obligation de vous le signaler. Vous savez cela, n'est-ce pas ?

— Je n'utilise pas plus la sorcellerie que je ne pourrais me faire pousser des ailes et m'envoler de ce toit jusqu'au *campo* en bas.

— C'est vous qui le dites.

— Je dis la vérité.

— Je n'ai aucun désir de vous voir poursuivie, Hannah. Cela ne servirait à rien. Je suis donc prêt à ignorer ma responsabilité. Mais le prix du manquement à mon devoir est de deux cents ducats. Si vous voulez que votre appareil vous soit rendu, je vous suggère d'apporter l'argent avec vous ce soir. Notre gondole viendra vous chercher au crépuscule.

Sur le point de descendre l'escalier, Jacopo se retourna, un pied sur la première marche.

— Est-ce que nous nous comprenons bien ?

— Ces ducats sont destinés à acheter la vie de mon mari.

— Les ducats ne vous serviront pas beaucoup, ni à vous ni à lui, si vous vous faites arrêter et torturer à mort.

De ses ongles polis, l'homme tapota les boutons de son gilet. Comme s'il lisait ses pensées, il ajouta :

— Ne croyez pas que vous pourrez m'éviter en prenant le bateau pour Malte. Le capitaine du

144

Balbiana transporte beaucoup de cargaisons pour notre famille. Un mot de ma part, et il retirera son offre de traversée.

Elle voulut se jeter sur lui. Elle fut envahie par un sentiment de désespoir, mais n'eut d'autre choix que de hocher la tête. Jacopo continua à descendre les marches.

Hannah avait besoin de temps pour réfléchir. Retournant à la couverture de pommes tranchées, elle s'assit, penchée, en se berçant d'avant en arrière. Alors qu'elle écartait les mouches, les ombres de l'après-midi s'étiraient.

De retour à son *loghetto*, le crépuscule presque venu, elle se lava le visage dans la cuvette et mit sa seule robe habillée, en velours rouge avec un corsage coupé à angle droit, et une jupe ample sertie de soie sur les côtés. N'ayant pas de glace, elle utilisa son reflet dans la cuvette pour arranger ses cheveux. Ses mains tremblaient tellement qu'elle laissa tomber ses épingles à cheveux et son peigne, et dut ramper sous le lit pour les retrouver. Puis, elle épingla une résille à son chignon et sortit de la pièce.

Lorsqu'elle entra dans le *campo*, il faisait sombre, et l'enseigne noire et rouge qui disait *Banco Rosso* (la banque des pauvres, comme on l'appelait) était à peine visible dans le *sottoportego*, le passage public sous l'habitation privée. Au départ, elle crut le *signore* Rosso parti pour la journée, mais ses yeux discernèrent la lueur vacillante d'une chandelle à l'arrière de la banque. Elle frappa à la porte jusqu'à ce que Rosso, un vieillard aussi pâle que le rabbin, et plissé au coin des yeux, déverrouille la grille qui couvrait la porte et la laisse entrer.

— Hannah, ma chère, je me demandais quand vous viendriez reprendre vos ducats.

Il lui tendit une petite bourse en toile de jute et lui souhaita bon voyage.

— Vous avez l'air pâle. Êtes-vous souffrante ?

— Juste un peu fatiguée.

— Puissent ces ducats servir à acheter la liberté d'Isaac.

Elle eut envie de se jeter dans les bras de cet homme affable qu'elle connaissait depuis l'enfance et de lui demander conseil. Mais elle devinait ses choix. C'était simple : elle pouvait verser l'argent à Jacopo ou se faire arrêter pour sorcellerie. Ce soir-là, elle devait utiliser l'argent de la rançon d'Isaac pour racheter sa propre vie. Elle dit au revoir au *signore* Rosso en rangeant la bourse de ducats dans son sac et traversa le *campo* d'un pas énergique jusqu'aux portes massives qui menaient au rio della Misericordia, où l'attendait la gondole du comte.

Son seul espoir était de se confier au comte et de lui exposer l'escroquerie de son frère. Mais pourquoi la croirait-il elle, plutôt que Jacopo ? En tant que juive du ghetto, elle n'avait aucune importance.

Elle avait perdu Isaac.

Chapitre 10

Venise
1575

La Marangona de la place Saint-Marc sonnait sept coups quand Hannah tira la corde de la clochette, à l'entrée de la ca' di Padovani. Elle portait la cape du comte sur le bras et son sac en bandoulière. Au son de la cloche, un cri de reconnaissance sortit de l'une des fenêtres de l'étage et Lucia se pencha, serrant un chaton, agitant la main et lui criant son nom. Cette vue rappela à Hannah l'histoire qu'elle avait racontée à la comtesse, lors de l'accouchement, pour illustrer de quelle façon le bébé était coincé en elle. À présent, la comtesse était plantée au milieu de la fenêtre, plutôt que de côté comme le bébé dans son ventre. Quelques instants plus tard, Lucia était dans l'entrée, souriant et lui tendant les bras. Elle portait une robe de soie verte ; ses cheveux roux tombaient sur ses épaules.

— Je suis si heureuse de vous voir, Hannah ! Je vous remercie d'avoir pris le temps, au beau milieu de vos préparatifs de voyage, de venir dîner avec nous.

Hannah sentit un élan d'affection pour cette femme qu'elle avait sauvée de l'Ange de la Mort, tout en frissonnant à la pensée qu'elle avait failli la tuer.

— Entrez. Chaque jour, je pense à vous et je me demande comment vous allez. Je voulais vous remercier de tout ce que vous avez fait pour moi et pour Matteo. Sans vous et vos mains douées, nous serions morts tous les deux. Le comte n'arrête pas de chanter vos louanges. Je sais qu'il veut vous remercier lui aussi.

— Je suis ravie de vous voir moi aussi.

En bonne conscience, Hannah ne pouvait dire à la comtesse qu'elle semblait bien se porter. Lucia avait un air pâle, éthéré. Des cernes noirs s'étalaient sous ses yeux. Ses mains tremblaient.

Lucia regarda par-dessus son épaule, comme si elle espérait que le comte apparaisse derrière elle.

— Hélas ! mon mari est à notre villa de Maser pour surveiller ses figues. Il se prend pour un fermier… sauf au cours des nuées de sauterelles, dit-elle en riant. Alors, il confie tout le désastre au directeur du domaine. Il reviendra ce soir, parce que demain, à la première lueur, nous partons pour Ferrare. Mon père est malade et les médecins craignent qu'il ne soit mourant. Je veux le revoir une dernière fois.

— Je suis si désolée d'apprendre que votre père est malade. Puisse Dieu lui venir en aide, dit Hannah.

La comtesse manifesta de la gratitude pour ces paroles et expliqua :

— Il n'est pas jeune, il a plus de soixante ans. Il a profité d'une longue vie.

Lucia dit à l'un des domestiques de les prévenir quand le dîner serait prêt. Et tandis qu'elles grimpaient l'escalier central pour arriver au *piano nobile*,

148

l'étage principal, devant la fresque familière des nymphes, vert et or, elle glissa son bras sous celui d'Hannah comme si elles étaient des amies intimes, plutôt que deux femmes séparées par l'abîme entre les classes et les religions.

Elles entrèrent dans la chambre à coucher de Lucia. Cela ne ressemblait certainement pas à la chambre qui, à peine quelques semaines plus tôt, avait l'odeur du sang et résonnait des cris de la naissance. À présent, elle n'entendait que les vagissements aigus d'un bébé en bonne santé. Le lit de Lucia était drapé de brocart, et dans le coin se trouvait le berceau de Matteo, orné de quatre piliers soutenant une splendide *padiglione* de soie rayée. La nuit de la naissance de Matteo, Hannah s'était sentie intimidée par la splendeur de la pièce. À présent, les lustres allumés, avec la lumière qui rebondissait de la glace au plancher de *terrazzo*, elle semblait chaleureuse, luxueuse et accueillante.

— Matteo est adorable, un petit être parfait.

Lucia embrassa le chaton noir et blanc qu'elle tenait dans ses bras et fit signe à Hannah de s'approcher du berceau.

— Dans le monde entier, aucun autre bébé n'est d'une douceur comparable.

La ligne de sel encerclait encore le lit du bébé, pour écarter Lilith. Hannah s'approcha, enjamba le sel et se pencha pour prendre Matteo. Il avait perdu l'aspect rouge et froissé du nouveau-né. Son visage était doux, ses joues rondes, et ses yeux bleus, alertes, essayaient de focaliser sur elle. Elle repoussa les boucles sur son front. Les marques rouges laissées par ses cuillers d'accouchement avaient guéri sans laisser de traces.

— *Che meraviglia!*

Hannah n'avait jamais vu d'aussi bel enfant. Il était enveloppé d'une couverture de réception sur laquelle était brodé l'écusson familial au fil de soie doré. Elle resserra davantage la couverture autour de lui et sentit les contours de son amulette sur sa poitrine.

Il pleurait, sa tête ballottant d'un côté et de l'autre, cherchant un mamelon. Hannah sentit un picotement dans ses propres seins. Lucia dut avoir la même sensation, car elle posa le chaton sur le couvre-lit, s'installa sur le lit élevé, et délaça le devant de sa robe. Elle fit signe à Hannah de lui passer l'enfant.

— Peut-être que mon lait coulera mieux, aujourd'hui.

Elle exposa ses seins à Hannah, qui tressaillit par sympathie tant il lui était pénible de voir les profondes fissures qui striaient ses mamelons. Dans le ghetto, aucune femme ne s'exposerait ainsi et ne traiterait un invité avec une telle absence de formalités, mais Hannah se sentit détendue et heureuse de cette camaraderie sororale.

La plupart des patriciennes embauchaient des nourrices pour avoir le loisir de recevoir et de se détendre, et Lucia était beaucoup trop malade pour allaiter Matteo.

— Appliquez de l'huile d'amande. Cela devrait aider. Attendez peut-être quelques jours, et laissez-les guérir avant d'essayer d'allaiter de nouveau.

Mais Lucia ne semblait pas écouter, et elle amena l'enfant criard à son sein. Hannah prit un petit flacon d'huile d'amande à même son sac et le tendit à Lucia.

— Je m'applique à le nourrir moi-même. Mon lait convient mieux à Matteo que celui de n'importe quelle nourrice.

— Le comte ne veut-il pas que Giovanna allaite Matteo pour vous éviter cette douleur ?

— En vérité, mon mari a si peur que… que cet enfant aille rejoindre le reste de nos bébés dans la crypte familiale qu'il est déterminé à ce que je sois la seule à l'allaiter.

— Votre mari est un père dévoué.

Hannah fut touchée de l'intérêt que portait le comte à la tétée du nouveau-né. Selon son expérience, les pères se souciaient rarement de leurs descendants avant qu'ils commencent à parler. Elle pouvait peut-être en toucher un mot au comte et le convaincre de laisser Giovanna allaiter l'enfant.

La tétée n'allait pas bien. Hannah prit l'enfant des bras de Lucia et le remua légèrement, alors que son vagissement allait crescendo. Le bébé était joufflu, les plis du gras de ses avant-bras ressemblaient à des bracelets. Peu importait son régime, il n'était pas famélique. Peut-être Giovanna nourrissait-elle Matteo malgré les souhaits du comte.

Lucia tendit les bras.

— S'il vous plaît, rendez-le-moi, dit-elle. D'après le médecin, mes poumons sont en mauvais état et il n'y a rien à faire. Je serai près de lui aussi longtemps que je le pourrai.

Comment pouvait-elle décourager une mère mourante d'allaiter son enfant ? Elle lui passa Matteo, qui pleurait encore.

Lucia tapota un endroit sur le lit, à côté d'elle, pour inviter Hannah à se joindre à elle.

— Dites-moi ce que vous pensez de mon trésor, demanda-t-elle comme si elle parlait à son amie, et non à une sage-femme.

Le chaton s'avança d'un pas nonchalant et huma les vêtements de Matteo ; Hannah souhaitait que Lucia le chasse. Il n'était pas sain de laisser un chat en présence de jeunes enfants.

— Je n'ai jamais vu de plus joli bébé.

Hannah regarda le tableau pieux représentant la Madone et l'Enfant, au-dessus du lit de Lucia. Le poupon du tableau ressemblait à Matteo. Avec ses cheveux d'un blond roux et ses yeux bleus, ce dernier était l'image même du Christ enfant.

— Il a les yeux des di Padovani mais, à part cela je ne vois aucune ressemblance avec Paolo ni avec moi.

D'une main elle tenait Matteo qui pleurait, et de l'autre elle retournait le chaton et lui chatouillait le ventre. Matteo cracha son mamelon et se mit à crier.

— Hannah, je dois avouer que depuis sa naissance, l'inquiétude me ronge. Mon esprit bourdonne en cherchant désespérément un endroit où se poser.

Elle regarda rougir le visage de Matteo.

— J'essaie d'être une bonne mère pour lui. Mais je pourrais aussi bien donner le sein à un lionceau aux dents de lait acérées.

Ce n'était pas la première fois qu'Hannah rencontrait une mère à bout de nerfs après avoir donné naissance.

— Vous avez eu des couches si difficiles ! Vous pourriez essayer des herbes : le fenugrec et le chardon béni sont censés aider à fournir du lait.

Hannah se demanda si Lucia saignait encore. Peut-être devrait-elle lui suggérer d'insérer un tampon de coton, qui aidait parfois, après la naissance, à étancher le flux, plus abondant que les menstrues.

Lucia aussi se mit à pleurer doucement. Hannah posa un oreiller sous son bras, et écarta la couverture du visage du bébé afin qu'il puisse respirer plus aisément. Mais Matteo continuait de hurler, son corps minuscule s'agitant de part et d'autre.

— Oh! Matteo, après tout ce que j'ai enduré pour te donner naissance!

Elle finit par le tendre à Hannah.

— Dans un instant, je vais demander à Giovanna de le changer.

Hannah s'installa dans un fauteuil à côté du lit de Lucia et berça le bébé dans ses bras. Grâce à Dieu, il finit par s'endormir à force de pleurer, ses doigts translucides recourbés jusqu'à sa joue.

Certaine de voir Matteo pour la dernière fois, elle savourait l'instant, gravant dans sa mémoire son odeur laineuse et laiteuse, sa façon d'arquer son dos robuste lorsqu'il avait faim, et les traces de sommeil qui se ramassaient au coin de ses yeux.

— Je vais le changer, dit-elle.

Elle déposa le bébé endormi sur une table à côté du lit de Lucia, pour lui enlever ses vêtements, et vit l'amulette qui se soulevait et descendait sur sa poitrine. Son pénis était posé comme un minuscule ver à capuchon entre ses jambes. C'était étrange à voir, sur un enfant de presque deux mois. Les bébés juifs étaient circoncis le huitième jour après la naissance. Lorsqu'elle l'eut enveloppé de vêtements frais, Hannah le nicha dans son berceau.

— Quel soulagement! Merci de l'avoir calmé.

Lucia lissa sa robe.

— Je suis si fatiguée.

Deux taches rouge vif étaient apparues sur ses joues. Elle serra et desserra nerveusement les mains.

— Qu'adviendra-t-il de Matteo quand je serai partie?

— Comtesse, essayez d'avoir des pensées heureuses. Il n'est pas sain pour votre esprit d'être rempli de morosité.

Hannah partageait son anxiété. Jacopo n'avait aucune sympathie pour l'enfant. Son autre oncle, Niccolò, présentait peut-être un danger lui aussi.

— Lorsque nous partirons pour Ferrare demain, Matteo va rester ici avec Giovanna. Une telle expédition ne convient pas à son âge. C'est un voyage difficile, qui durera plusieurs jours.

— Vous ne pourriez pas emmener les deux, Giovanna et Matteo?

Si Hannah avait eu un enfant, elle ne l'aurait laissé sous aucun prétexte.

— Pourquoi imposer cette épreuve à un jeune enfant? dit Lucia.

Une expression de fragilité envahit son visage.

— Hannah, je ne sais jamais très bien à quel point je peux parler franchement, dit-elle en tirant si fort sur le rang de perles à son cou qu'Hannah craignit de voir le collier se casser en envoyant rebondir les perles sur le plancher de *terrazzo*. Mais j'ai l'impression de pouvoir être sincère avec vous.

Hannah se rassit près de Lucia et lui prit la main.

— L'expérience d'un accouchement rapproche les femmes.

— Il paraît qu'on oublie la torture de l'enfante-ment, mais j'ai connu une telle souffrance…

Ses mains commencèrent à pétrir le couvre-lit, tirant doucement les poils du velours.

— Après votre départ, les fièvres sont arrivées, suivies du délire. Giovanna m'a dit que je criais toutes sortes d'absurdités. Elle a dit que je ne reconnaissais même pas mon cher mari et que je réclamais sans cesse mon beau-frère Niccolò.

Elle prit son chapelet sur la table de chevet et le porta à ses lèvres.

— Mais dites-vous que pour avoir tant souffert, vous avez un garçon magnifique et en bonne santé. Un fils, votre plus cher désir.

— Je devrais être reconnaissante, mais je ne peux cesser de penser que s'il était mort, il serait dans les bras du Seigneur, à l'abri de tout danger.

Hannah ne savait trop quoi répondre. Un sou-venir lui vint spontanément. La jeune femme du joaillier du ghetto, l'esprit troublé après un accou-chement difficile, avait posé un oreiller sur le visage de son bébé et l'avait étouffé. Interrogée par les autorités, elle avait expliqué l'avoir fait pour le protéger du mal. La comtesse n'envisageait sûre-ment pas un tel acte ?

— Il est sous la protection du Seigneur, à pré-sent. C'est pourquoi il a survécu à sa naissance. Vous n'avez pas à vous inquiéter.

— On dit qu'à l'approche de l'été, la peste reviendra à Venise. Supposons qu'après toute cette douleur et cette lutte il en meure ?

Hannah se rappelait lorsque la peste avait frappé, deux ans auparavant. Comme le ghetto, inexplicablement, avait été épargné, bien des chrétiens accusaient les juifs d'avoir apporté la peste à Venise.

— Matteo ira très bien, dit Hannah. Vous aussi. Vous êtes faible et vous avez l'esprit troublé. Vous avez besoin de repos.

Les lèvres de Lucia se serrèrent, formant une ligne anxieuse.

— Je me débats souvent avec de pénibles pensées. J'appelle le prêtre pour me confesser mais, à son arrivée, je n'en trouve pas la volonté.

Elle fit un geste vers le livre de prières à reliure de cuir qui était posé sur le prie-Dieu, dans le coin.

— Parfois, je prie seule pendant des heures.

Hannah ne savait rien du rite de la confession, ni de ce que cette femme pâle pouvait bien avoir à confesser.

— Parlez-moi de vos intentions, Hannah. Vous partez bientôt pour Malte ?

— Dans quelques jours.

Un sentiment de terreur envahit Hannah à la pensée de Jacopo.

— Si Dieu le veut.

Matteo remua et soupira dans son sommeil.

— Je vais prendre mon amulette, Lucia. Matteo semble tout à fait hors de danger. Si j'arrive à monter à bord, l'amulette me protégera contre les mers déchaînées et les pirates.

— Elle lui a été fort utile, votre médaille juive, dit Lucia.

Hannah se rendit au berceau, glissa une main dans les langes de Matteo et en retira soigneusement l'amulette. Lorsqu'elle l'ajusta à son cou, elle

156

paraissait presque en vie, encore chaude du corps de l'enfant.

On frappa à la porte et une servante passa la tête.

— Le comte est revenu de Maser. Le dîner sera bientôt servi.

— Nous descendons dans un instant, dit Lucia.

La servante fit une révérence et se retira.

— Aidez-moi à m'habiller. Nous allons dîner. Mes beaux-frères mangent avec nous, ce soir.

Elle prit son miroir sur la table de chevet et brossa ses cheveux roux.

Giovanna entra dans la pièce, fit à Hannah un sourire dénué de sincérité et sortit Matteo de son berceau, où il commençait à bouger. Hannah se leva du lit et s'approcha, posant une bise d'adieu sur le front du bébé.

— Que Dieu veille sur toi et te protège, murmura-t-elle pendant que Giovanna, qui le maintenait debout, le visage rond par-dessus son épaule, le faisait sortir de la chambre.

Hannah souleva son sac et la cape du comte du fauteuil où elle les avait placés. Les ducats d'or étaient lourds. C'était beaucoup d'argent, suffisamment pour la rançon d'Isaac et sa traversée jusqu'à Malte. C'était à la fois l'argent et le rêve de revoir Isaac que Jacopo menaçait de lui voler ce soir.

— Le comte aura besoin de sa cape pour votre voyage à Ferrare.

— Je verrai à ce qu'il la reçoive.

Lucia se leva doucement du lit et disparut derrière un paravent. Elle en sortit quelques minutes plus tard, en robe de soie jaune sertie de panneaux de velours vert. Elle tourna le dos à Hannah afin qu'elle puisse la lui lacer. La robe était mal choisie : le jaune enlevait toute la couleur à ses joues. Le corsage serré mettait l'accent sur son ventre, encore lâche depuis l'accouchement. Mais Lucia avait un port gracieux pour une femme de son âge. Elle avait le dos droit et le menton haut. Ses perles luisaient à sa gorge. Hannah ne pouvait que deviner l'effort qu'elle déployait pour chausser de hauts talons et faire comme si tout allait bien.

Hannah descendit le large escalier en tenant le bras de la comtesse, pour éviter que Lucia trébuche à cause de ses chaussures. Hannah posait fermement sur chaque marche ses pieds chaussés de sandales minces.

Arrivée près du bas, elle s'arrêta entre deux marches. Sous l'arc polylobé menant à la salle à manger se tenait Jacopo, la redingote brodée et si ajustée qu'elle n'aurait pu camoufler une bille, encore moins un objet de la taille de ses cuillers d'accouchement. Secouant brusquement la tête, il lui fit signe de le suivre dans une petite salle de réception.

Lucia regarda Hannah d'un air perplexe lorsque celle-ci s'excusa et se dirigea vers Jacopo.

Lorsqu'elle le rejoignit, Jacopo ferma la porte.

— Avez-vous mon argent ? demanda-t-il.

Il s'avança vers elle.

— Où sont mes cuillers ? répliqua-t-elle.

Elle n'avait jamais eu affaire à des hommes comme Jacopo.

— Nous ferons l'échange après le dîner. Je vous avertis : un mot au comte, et je vous dénoncerai.

La tête de Jacopo était si près de la sienne qu'elle voyait les poils de son menton et les pellicules de ses cheveux, jusque sur ses épaules revêtues de satin.

Que lui conseillerait Isaac? Elle s'ennuyait tant de son habile mari, qui savait toujours quoi faire!

Chapitre 11

Lucia bavardait et riait lorsqu'elles reprirent leur marche dans le couloir central, le *portego*, qui allait de la façade du *palazzo*, sur le Grand Canal, à la *calle* derrière. Encore sous le coup de sa conversation avec Jacopo, Hannah n'entendait pas un mot de ce que disait Lucia. Celle-ci, le bras passé autour de celui d'Hannah pour qu'elle la soutienne, ne semblait pas remarquer son inattention.

Lorsqu'elles entrèrent dans l'opulente salle à manger, Hannah ralentit sa démarche pour l'ajuster à celle de Lucia. Jacopo se pressa derrière elles, si près qu'il faillit marcher sur le bord de leurs longues robes. Il les contourna rapidement et prit une chaise voisine de celle de Niccolò.

Au centre de la table se trouvait une parfaite réplique en or du *bucintoro*, la barque de cérémonie du doge, qui transportait une fois l'an le chef de la République jusqu'à la lagune pour le mariage rituel de *La Serenissima*, le mariage de Venise avec la mer. Le pont doré débordait de fraises, de figues, de raisins et de pommes. Toute la porcelaine et l'argenterie portaient le blason de la famille di Padovani : des cerfs en plein combat, bois entremêlés. Rien,

160

ici, n'était raccommodé. Rien, ici, n'avait été conçu afin de pouvoir servir aussi autre chose. Dans son *loghetto*, pour arranger le charbon dans son brasero, Hannah utilisait les tenailles dont s'était défait un verrier. L'assiette ébréchée sur laquelle elle mangeait avait commencé sa vie en tant que plateau.

Jacopo et Niccolò se prélassaient à table, parlant, têtes rapprochées, celle de Jacopo dégarnie, avec une fine mèche de cheveux bruns, et celle de Niccolò ornée d'une tignasse de boucles en cascade qui dégoulinaient d'eau comme celles d'un épagneul sortant d'un lac.

Le comte se leva pour les accueillir et s'adressa à Hannah.

— Ma chère, merci d'être venue. Je vois que vous avez repris votre amulette.

Il fit un signe de tête en direction de l'amulette d'argent accrochée par une cordelette rouge à son cou. Il lui baisa la main et sourit si chaleureusement que, un moment, elle oublia la menace de Jacopo.

— Ah oui, approuva Jacopo. C'est très gentil d'être venue.

Niccolò, les yeux sombres, s'avança pour accueillir Lucia. Il semblait s'être tout juste réveillé d'un sommeil particulièrement satisfaisant. Il portait un gilet de grosse toile taché de boue. Il embrassa Lucia. Se tournant vers Hannah, il demanda :

— Prendrez-vous du vin ?

Sans attendre la réponse, il fit signe à un domestique, qui s'avança avec un verre de cristal rempli d'un vin aussi noir que l'eau du canal, et le posa sur la table devant eux.

Hannah et Lucia s'assirent sur des chaises sans accoudoirs et arrangèrent leurs jupes, les hommes devant elles, de l'autre côté de la table. Hannah se sentait raide et maladroite. Lorsqu'elle était nerveuse, ses épaules lui montaient toujours aux oreilles. Dans le ghetto, les hommes et les femmes ne mangeaient pas ensemble. Les femmes servaient les hommes, puis se retiraient jusqu'à ce que les hommes aient terminé. C'est seulement par la suite qu'elles se servaient. Hannah était déconcertée par le domestique en livrée qui se tenait debout derrière sa chaise, anticipant chacun de ses mouvements et de ses désirs.

Hannah n'avait goûté à du vin qu'aux dîners de Seder. Tenant le verre par son pied fragile, elle l'éleva à sa bouche et en prit une petite gorgée. Il avait un goût si sûr que ses lèvres se plissèrent comme si elle avait mordu dans un citron. Elle le reposa devant elle sur la table sculptée. Sans commentaire, le comte prit une carafe d'eau et en versa une mesure dans le verre d'Hannah, donnant au vin une couleur rose aqueuse. D'un hochement de tête, Hannah le remercia de son geste. Il essayait de la mettre à l'aise, mais ses soins et ses regards pleins de sollicitude avaient l'effet contraire.

Le comte se tourna vers sa femme.

— Et vous, Lucia, allez-vous mieux ce soir ? Vous ne toussez plus ?

Il se pencha et souleva de son visage une vrille de ses cheveux.

— Prenez une figue. Je les ai ramenées de la villa. Cette année, elles sont sucrées et très collantes.

162

Il tendit la main vers le *bucintoro* et en arracha une petite figue brune.

— Mangez, dit-il en lui offrant le fruit. Cela vous donnera des forces.

— Vous ne devriez pas vous inquiéter autant de moi, dit Lucia. Je suis fort bien rétablie.

Hannah, tout comme le comte, voyait trembler les mains de Lucia, et ses veines, à la lumière des fenêtres, paraissaient bleues au-dessus du corsage de sa robe jaune.

Le comte mit une figue entière dans sa bouche.

— Nous avons de la chance qu'Hannah ait pu nous rendre visite avant de partir pour Malte.

Jacopo serra les lèvres.

— Dites-nous, que servons-nous à notre digne invitée juive ? C'est un point d'étiquette difficile, car les chrétiens ne mangent pas avec des juifs, et les domestiques ne mangent pas avec la noblesse.

Lucia adressa au comte un regard qui disait : « Parlez à votre frère. Réprimandez-le. »

Des commentaires semblables à ceux de Jacopo tombaient souvent des lèvres de chrétiens. Se moquer des juifs était une tradition, à Venise. Chaque année, à la saison de Pâques, un certain nombre d'hommes juifs, des dirigeants du ghetto, étaient obligés de courir, nus, à travers Venise, les fesses rougies par les baguettes de saule des foules qui les huaient. Hannah aurait voulu se trouver n'importe où sauf dans ce fin palais, avec ses dures surfaces réfléchissantes qui donnaient l'impression de vouloir s'effondrer.

— Nous allons manger des paons, répondit le comte à son frère. Et puis, Jacopo, ça suffit.

163

Hannah était rassurée. Le comte l'avait défendue.

— Nous sommes reconnaissants de votre présence à notre table, Hannah, dit le comte. Maintenant, nous allons ensemble goûter notre repas, ou plutôt, un luxe splendide. Un succulent oiseau rendu irrésistible par une sauce riche et crémeuse de graines de grenade.

Lucia se mit à rire.

— Un luxe splendide ? Vous détestez les cris stridents de ces oiseaux. Un jour, vous les avez comparés à de belles courtisanes affligées de voix de poissonnières.

Le comte eut l'air penaud.

— Il est vrai qu'un mâle curieusement bête a envahi mon orangerie et posé son large cul sur mes arbres fruitiers, les écrasant. Oui, j'étais ravi de le voir pendu par les pieds dans le garde-manger.

Deux domestiques entrèrent, portant à deux l'énorme plateau sur lequel trônait le paon rôti entouré d'une montagne de pâté disposé en forme d'étoile. À leur suite, deux autres serviteurs portaient des plats. La table fut bientôt couverte de cervelles de veaux, de foie à l'oignon (le *fegato alla Veneziana*) de cœurs de bœuf et de truffes de l'île de Burano, dans la lagune. Il y avait également des plats de poissons : *bisato su l'ara*, anguilles au vinaigre ; *seppie al nero*, seiche à l'encre ; et de minuscules artichauts.

Le comte inclina la tête en direction d'un domestique pour qu'il commence à découper.

Hannah ne pouvait imaginer étalage plus repoussant : de la viande qui n'avait pas été abattue selon le rite, des légumes cuits dans des marmites qui avaient déjà contenu de la viande et du lait, du bœuf luisant de sauce au beurre. Cela lui soulevait le cœur de regarder la crème fraîche épaisse qui formait une bordure autour du pâté.

— Hannah, essayez une tranche de blanc, dit le comte. C'est la partie la plus tendre. Il fit signe au domestique d'en poser une tranche sur son assiette.

Elle ne pouvait offenser cet homme qui avait été si gentil. Elle fit semblant de découper la viande, puis se servit des artichauts et une tranche de pain. Elle n'était pas la seule à manger du bout des dents. Lucia, assise à sa droite, découpait sa viande en morceaux de plus en plus petits jusqu'à ce qu'ils ne soient pas plus gros que les perles qu'elle portait à son cou.

Lucia rompit le silence qui s'était installé autour de la table.

— L'autre nuit, au lit, lorsque Matteo était dans vos bras, j'ai eu une idée.

— Oui, ma chère ? demanda le comte en acceptant une portion de *bisato su l'ara* et de pain.

— Pour remercier Dieu d'avoir épargné ma vie et celle de votre fils, je vous demande de commander à un artiste de peindre un triptyque représentant la Madone et l'Enfant. Nous l'offrirons à l'église de Saint-Samuel pour en faire un retable.

— Cela nous arrive souvent, dit Hannah, soulagée d'avoir quelque chose à apporter à la conversation. Afin de remercier Dieu pour un coup de fortune, nous envoyons un don à l'une des sociétés de bienfaisance du ghetto. Ou parfois, des femmes brodent une nappe d'autel pour l'une des synagogues.

Elle prit une bouchée d'artichaut. Elle était croquante et chaude dans sa bouche. Si elle n'avait pas eu un nœud à l'estomac, elle aurait savouré le goût de l'ail.

— Lucia, dit Jacopo, peut-être en hommage à votre vénérée sage-femme, vous devriez plutôt donner un calice d'argent à la Scuola dei Tedeschi du Ghetto Nuovo.

Il fit signe à un domestique en livrée de lui servir une portion de *seppie al nero*, un plat saumâtre de calmar cuit dans son encre.

Un chrétien qui ferait don d'un objet religieux à une synagogue, c'était impensable, il le savait bien. Hannah regarda Jacopo dévorer la seiche. L'encre lui tachait de noir la langue et les dents. Elle détourna les yeux.

Portant un linge de soie à sa bouche, Lucia fut prise d'une quinte de toux. Le comte l'aida à se lever et, pendant qu'elle se tordait en cherchant son souffle, il lui tapotait le dos entre ses fines omoplates. Un serviteur prit sa serviette tachée de sang et la cacha, lui en glissant discrètement une nouvelle. Lorsque la toux cessa, le comte aida Lucia à se rasseoir.

Il se pencha au-dessus de sa femme et lui offrit doucement un bon morceau de viande de son assiette. Lucia et le comte semblaient affectionner ces mêmes états précieux qu'elle partageait avec Isaac : le bonheur et le contentement d'être ensemble. Et pourtant, elle se rappelait sa conversation avec le comte dans la gondole, la nuit où elle était arrivée au *palazzo*, au cours de laquelle il lui avait donné l'ordre de sacrifier la vie de la comtesse au besoin. Si elle disait au comte que son frère lui soutirait de l'argent, pourrait-elle compter sur son aide ?

Après le départ d'Isaac pour le Levant, Hannah avait senti sa présence qui veillait sur elle de la même façon qu'elle veillait sur lui. Elle pouvait s'imaginer ses yeux sombres, pétillants d'intelligence, et son visage anguleux, et se sentir réconfortée. Souvent, elle menait des conversations imaginaires avec lui, lui demandant son opinion, recevant son avis. Elle s'ennuyait de lui, mais ce soir-là, alors qu'elle avait le plus grand besoin de lui, ici au milieu de cette famille noble et de ses serviteurs, elle ne pouvait l'évoquer.

Hannah prit son couteau et coupa une tranche de melon à même le *bucintoro*. Un jeune serviteur s'avança pour remplir son verre, mais elle secoua la tête. Il offrit ensuite la carafe à Jacopo et à Niccolò.

Elle se tourna vers le comte et parla à voix basse.

— Je dois discuter de quelque chose avec vous.

— Vous pouvez parler librement. Nous formons tous une même famille, ici.

Le comte fit un geste large de la main, tandis que Jacopo et Niccolò observaient.

— J'aimerais autant vous parler seule à seul.

Le comte secoua la tête et continua de mastiquer un morceau d'artichaut. Hannah n'avait pas le choix. Elle n'allait pas pouvoir s'adresser au comte en privé.

Après que Niccolò eut fini de raconter une histoire de chasse au cerf et le comte de parler sa dernière cargaison de muscade, elle se racla la gorge et dit, d'une voix plus forte qu'elle ne le voulait.

— J'ai perdu un objet qui m'est précieux et qui ne servirait à personne d'autre. Je crois l'avoir laissé ici quand je me suis occupée de la comtesse la nuit de la naissance de Matteo.

Le silence tomba dans la pièce. Tous les yeux se tournèrent vers elle. Le mutisme était tel qu'elle entendit gargouiller l'estomac de Jacopo.

Finalement, le comte rompit le silence.

— De quoi parlez-vous ?

Ses paroles sortirent précipitamment.

— De mes cuillers d'accouchement. Elles me sont d'une grande utilité pour aider les bébés et leurs mères.

Elle aurait voulu bondir et se tenir près de la porte, prête à courir si Jacopo sautait sur elle, mais elle s'obligea à rester immobile. Autour de la table, les visages posaient sur elle un regard sans expression.

— Elles ressemblent à ceci. Elle se pencha vers le bol de *risotto* et en tira deux cuillers de service en argent. Elle les disposa en X sur la table.

— Avec un petit pivot pour les retenir ensemble.

Elle rougit de parler en détail d'un objet aussi intime à table. Jacopo ajouta à son malaise en faisant semblant de ne pas comprendre, l'obligeant ainsi à décrire leur fonction en détail.

Le comte piqua un morceau de viande à même le plat posé devant lui.

— Un instrument important pour une femme de votre profession.

Il regarda sa femme.

— Lucia, avez-vous une idée de ce dont parle Hannah ?

168

Lucia secoua la tête. Bien entendu, elle ne le savait pas. Elle était inconsciente lorsque Hannah s'en était servie.

Hannah regarda Jacopo, à présent blanc de colère.

— C'en est trop, vraiment. Accusez-vous un membre de la famille di Padovani de vous avoir pris quelque chose ? Vous acceptez notre hospitalité, puis vous faites cette allégation ?

— Non. Bien sûr que non. Rien de tel. Je n'avais pas l'intention de vous offenser, bafouilla Hannah. Seulement, je croyais les avoir dans mon sac en quittant le *palazzo* la nuit de la naissance de Matteo, mais ensuite, quand je suis arrivée à la maison, elles avaient disparu. Je les ai peut-être laissé tomber.

Le comte claqua des doigts.

— Va chercher Giovanna, dit-il à l'un des domestiques. Ne vous inquiétez pas, ma chère, dit-il à Hannah. Si elles sont ici, nous les retrouverons.

Jacopo se leva.

— Ne vous dérangez pas, Jacopo.

Le comte fit signe à son frère de s'asseoir.

— C'est pour ça que nous avons des domestiques.

Son ton était celui d'un adulte parlant à un enfant.

Quelques instants plus tard, Giovanna entra dans la pièce, un serviteur à sa suite. Elle s'essuyait les mains sur son tablier. Le corsage de sa robe avait été lacé à la hâte. Bien, se dit Hannah, elle était en train d'allaiter Matteo. Il n'est pas étonnant que cet enfant se développe bien. Il ne serait jamais assez bien alimenté par la pauvre Lucia.

Jacopo s'adressa à Giovanna.

— Il est survenu un problème. La sage-femme prétend avoir égaré ses cuillers d'accouchement. Va les chercher, s'il te plaît.

Giovanna jeta un regard sévère à Jacopo.

— Je ne sais pas très bien où elles sont, monsieur. La dernière fois que je les ai vues…

Jacopo l'interrompit.

— J'espère que ce n'est pas toi qui les as prises, Giovanna?

— Non. Je crois que vous le savez très bien.

Giovanna se balança, mal à l'aise, d'un pied sur l'autre, refusant de regarder le comte dans les yeux.

— La dernière fois que je les ai vues, maître Jacopo les avait.

— Giovanna, c'est ridicule! dit Jacopo. Que ferais-je d'un tel appareil?

— Ça suffit, dit le comte. Jacopo, allez avec Giovanna. Trouvez cet instrument d'accouchement et apportez-le ici. Bon sang, que pourriez-vous bien en faire?

D'un pas lourd, Jacopo sortit de la salle à manger, sa bouche serrée formant une ligne fine, Giovanna à sa suite. Hannah se demanda ce qu'ils allaient se dire lorsqu'ils seraient hors de portée de voix du comte.

Lucia secoua la tête, nettement gênée.

— Je ne peux imaginer ce qui est en train de se passer, et vous?

— Oui, je peux. Trop bien, dit le comte.

— Un innocent malentendu, dit Niccolò en sirotant une gorgée de vin. Rien de plus, j'en suis certain.

Quelques minutes plus tard, le teint livide, Giovanna revint, Jacopo à son côté. Elle tendit les cuillers enveloppées dans une serviette dont elle souleva un coin pour les montrer au comte. Les cuillers étaient encore maculées du mucus et du sang de la naissance. Le comte lui fit signe de les donner à Hannah, qui les laissa tomber dans son sac, resté posé à ses pieds. Elles tombèrent avec un bruit sourd sur les ducats. Le soulagement l'envahit. Elle avait maintenant les cuillers et les ducats. Si elle pouvait garder les deux, elle allait s'embarquer pour Malte et arriver à temps pour sauver Isaac. Le comte lui avait enlevé un lourd poids des épaules.

— Giovanna, tu peux nous laisser, dit le comte.

Elle quitta la pièce, les yeux baissés, le visage maussade. Ils terminèrent le repas en silence.

Un nouveau serviteur entra dans la salle à manger et chuchota quelque chose à l'oreille du comte. Ce dernier hocha la tête et se leva.

— Nos plans ont changé, nous devons partir tout de suite. Les marées sont propices. Notre bateau est chargé et paré. Nous serons partis quelques jours, ou peut-être quelques semaines, selon l'état de santé du père de Lucia. Jacopo, Niccolò, je m'attends à revenir dans une maison paisible. Est-ce bien compris ?

Les deux frères firent un signe affirmatif de la tête.

« Jacopo ne tenterait sûrement pas maintenant de m'enlever les ducats », se dit Hannah.

Le comte posa une main sur l'épaule d'Hannah.

— Je m'excuse de ce qui s'est passé ce soir. Je vous remercie d'être venue. Un domestique vous raccompagnera après notre départ.

Il présenta son bras à Lucia.

— Allons, ma chère. Êtes-vous prête ?

Hannah saisit son sac et suivit le couple jusqu'à l'entrée principale menant au canal, où leur gondole amarrée dansait sur l'eau. Les serviteurs portaient des sacs de voyage jusque sur le bateau. Elle n'allait probablement plus jamais les revoir, ni leur superbe fils.

— Je vous remercie pour tout, dit-elle au comte.

— Vous nous rendrez visite de nouveau en revenant de Malte ?

— Oui, dit Hannah, qui secrètement en doutait.

— J'ai une faveur à vous demander. J'aimerais faire un dernier adieu à Matteo.

— Bien sûr. Vous n'avez qu'à monter, dit Lucia. Il est au berceau, dans ma chambre à coucher.

Lucia toucha Hannah sur la joue.

— Je crois que vous aimez Matteo autant que moi.

— C'est un bébé adorable, répondit Hannah.

La comtesse lui donna une bise sur la joue.

— Allez voir notre fils. Embrassez-le, et rendez-vous en sûreté à Malte.

— Que votre vie soit longue et belle, dit Hannah.

Elle se tint sur le quai et agita la main en signe d'au revoir alors que le couple montait à bord et que le gondolier larguait l'amarre du poteau et s'éloignait. Cela allait être un long voyage sur l'eau, en plus de trois autres jours par voie terrestre. Ils avaient peut-être raison de laisser Matteo en sécurité à la maison.

Lorsque Hannah rentra dans le *palazzo*, elle ne vit pas les frères. Elle serra son sac sur sa poitrine et fut rassurée d'entendre tinter les ducats. De la salle à manger, elle entendit le cliquetis de l'argenterie et des plats pendant que les serviteurs desservaient.

Elle monta les marches à la hâte, se rappelant à quel point elle les avait abordées timidement la nuit de la naissance de Matteo. Cette fois, elle posait un pied après l'autre, fermement, au milieu de chaque marche. En haut, elle s'avança vers la chambre à coucher de Lucia, à l'extrémité du couloir. Les lourds tapis étouffaient le bruit de ses pas. En entrant dans la chambre, Hannah regarda le lit vide de Lucia, si propre et soigneusement fait qu'on avait peine à croire que la comtesse s'y était débattue pendant deux jours et une nuit pour accoucher. Un couvre-lit frais, en soie rouge, drapait le lit, et un rideau de soie assorti tombait du baldaquin.

Elle s'avança sur la pointe des pieds vers le berceau drapé d'un *padiglione* tissé aux couleurs de la famille di Padovani. Cela allait être son dernier adieu à un enfant qu'elle avait mis au monde. Déjà, la pensée de ne jamais plus le revoir lui faisait mal. Mieux valait quitter immédiatement ce *palazzo*, mais pas sans un dernier coup d'œil. Elle remarqua que la fenêtre était ouverte. Trop d'air n'était pas à l'avantage du bébé. Elle la referma. Puis, enjambant soigneusement le cercle de sel protecteur, elle écarta les rideaux et se pencha, prête à poser un baiser sur la joue de Matteo.

Le berceau était vide.

Chapitre 12

La Valette, Malte
1575

Même si, au cours de la semaine, le sort d'Isaac n'avait pas démesurément progressé, surtout pas avec du pain moisi et du poisson avarié, du moins s'était-il amélioré. Il avait maintenant, pour ainsi dire, des victuailles, un abri et une occupation. La nuit, il dormait dans l'étable de Joseph, entre les voitures, les charrettes et les chevaux qui mâchaient bruyamment leur foin toute la nuit, sans relâche. Et tant pis si les rats lui grignotaient les orteils avant qu'il sombre enfin dans les bras de Morphée ! Cela pouvait lui arriver n'importe où, même à Venise. Au moins, il n'avait pas à manger le cuir de ses chaussures.

Telle était l'entente : Isaac avait convaincu Joseph qu'il pourrait lui rapporter davantage à écrire des lettres dans le square qu'à ramer en galérien. Alors Isaac était devenu scribe. Les deux tiers de ses maigres honoraires, payés comptant ou en nature, allaient tout droit dans la poche graisseuse de Joseph, et l'autre tiers à Isaac. Mais, surtout, Isaac allait recouvrer sa liberté s'il gagnait pour Joseph le cœur de la veuve Gertrudis. Tout dépendait de sa force de persuasion et de l'agilité de son esprit.

Le vendredi, jour de marché, ainsi que le lundi et le jeudi, Isaac posait son cul décharné sur la place publique. Il avait beau changer de position sur le sol, c'était pénible. Il rédigeait des lettres et des contrats pour les honnêtes citoyens de La Valette, pour la plupart vierges de toute écriture. Ils n'auraient pas même pu reconnaître leur propre nom écrit dans la poussière sur le flanc d'une voiture. Mais à quelles étonnantes transactions s'adonnaient-ils ! Le porc avait une ferme emprise sur l'imagination chrétienne. La semaine précédente, l'un de ses clients, un fermier de Gozo, avait commandé à Isaac une lettre à sa femme pour l'enjoindre de procurer à sa truie préférée, pendant son absence, un vigoureux récurage au moyen d'une brosse de brindilles. La semaine d'avant, Isaac avait rédigé plusieurs contrats d'achat et de vente de truies. Il avait recopié des recettes de fromage de tête, de rôti de cochon de lait, ainsi que d'un ragoût appelé *trumpo*, à base de groin de porc et de rutabaga. La seule pensée d'un tel plat faisait monter sa bile.

Les ententes commerciales, naguère conclues autour d'une poignée de main et d'une bouteille de vin de malvoisie, étaient maintenant codifiées dans son écriture méticuleuse, si minuscule que lui-même ne pouvait la lire, même une fois l'encre séchée. Cela n'empêchait pas ses clients de hocher solennellement la tête en parcourant le parchemin d'Isaac, tout en jurant qu'ils n'avaient jamais contemplé plus belle écriture. Le reste de la semaine, Isaac exécutait pour Joseph des travaux pratiques de mesure de toile et de couture de voiles.

Ainsi, trois jours par semaine, installé sous un olivier de la place publique, une planchette posée sur ses genoux en guise de bureau, Isaac offrait ses services à des hommes ardents qui puaient le fumier de vache. Certains, généreux, le remerciaient avec des pommes de terre, des carottes et même des figues. L'un d'eux, pour lequel Isaac avait rédigé un contrat de mariage, lui offrit un haut-de-chausse pas si usé.

Isaac récitait à ses clients ce discours qu'il avait fignolé :

— Ce parchemin n'est pas facile à obtenir. Les chevaliers de La Valette – que les furoncles leur couvrent le cul ! – m'ont refusé du papier et, par conséquent, par ma propre industrie, j'ai converti une peau de mouton en parchemin. Je fournis toute une grande feuille aux prolixes, un in-quarto aux modérément loquaces, et un in-octavo, un huitième de feuille, aux concis. Aux nébuleux, j'offre des retailles confectionnées à même les pattes de derrière. Il agitait ensuite les divers formats de parchemin au nez du client.

Parfois, Isaac ajoutait :

— Que ces plaies sur mes mains vous incitent à la brièveté.

Les cloches de l'église sonnèrent midi. C'était l'heure dite. Bientôt, Joseph allait se dresser près de lui, et voiler la lumière du soleil en prenant la lettre qui allait ficher la flèche de Cupidon dans le cœur de Gertrudis. Mieux valait être fournisseur de philtres d'amour, comme les vieilles biques du marché, se dit Isaac. Pourquoi avait-il peiné – non, s'était-il *rongé les sangs* – à préparer cette composition, quand il eût été plus facile et sans doute plus efficace de concocter un ragoût de guano de chauve-souris, de verrues de crapaud et de fenouil ?

Maintes fois, Isaac avait vu de loin Gertrudis marcher d'un pas vif dans la rue, papier à dessin sous le bras, dévorée par les yeux avides de tous les hommes. Son cœur se serrait chaque fois qu'il regardait sa forme gracieuse se frayer un chemin entre les fainéants attroupés devant la taverne. Souvent, en allant chez l'apothicaire qui mélangeait ses pigments de peinture et lui fournissait son huile de lin, elle regardait Isaac et lui souriait de l'autre côté de la place.

« Oh ! Joseph, se disait Isaac, tu voles trop près du soleil. Tu vas t'écraser au sol, et moi avec ! Tu désires non pas ce que tu peux atteindre, mais uniquement ce qui est hors de ta portée. L'île est pleine de jeunes paysannes corpulentes qui te garderaient au chaud pendant l'hiver et te feraient de l'ombre durant l'été. »

Isaac éprouvait la nostalgie de l'amour, cette faim qui ne peut être satisfaite que par une seule femme. Mais ici, à Malte, il avait fini par trouver son ventre plus insistant que sa queue.

Ses rêves ne lui laissaient aucun doute là-dessus. Le même revenait chaque nuit depuis qu'on l'avait fait prisonnier, des mois auparavant. Hannah se dressait devant lui, vêtue d'un caraco blanc, ses fermes mamelons pointant à travers le mince tissu, ses cheveux noirs tombant en cascade sur ses épaules. Elle l'implorait de lui faire l'amour. Lorsqu'il l'étreignait, elle étendait les bras, de plus en plus longs, jusqu'à l'enlacer comme un lierre en liant ses membres à son torse. Lorsqu'il lui suçait les mamelons, ils devenaient des grappes de raisin. Lorsqu'il lui caressait le ventre, celui-ci se changeait en un melon mûr. Lorsqu'il l'embrassait, les lèvres de sa belle devenaient des kakis. La pénétrer, c'était séparer en deux une figue fraîche. À ses heures de veille, il devenait tumescent en pensant au *kugel* que faisait cuire Hannah : c'était comme déguster un nuage.

La veille, dans son rêve, Hannah portait la robe bleue de la Madone sur le tableau de l'Annonciation qu'il avait vu entre les portes ouvertes de l'église Saint-Zacharie. Elle lui murmurait des mots d'amour. Au réveil, les paroles du rêve d'Hannah étaient encore fraîches dans son esprit, et il les transcrivit fiévreusement. Lorsqu'il se relut, il sut que cette lettre d'amour pouvait faire fondre de la glace, sans parler du cœur d'une femme.

À présent, en s'installant sur la place, Isaac tentait d'effacer le souvenir du rêve. Il mordit dans un quignon de pain qu'il avait caché sous sa chemise. Craignant de se casser une dent, il l'écrasa entre ses doigts et en suça les miettes jusqu'à ce qu'elles soient suffisamment ramollies pour être avalées. La lettre, bien serrée sous la ceinture de son nouveau haut-de-chausse, se froissait et lui piquait le ventre. Tout en disposant devant lui son matériel d'écriture, encre, plume d'oie et parchemin, il regardait alentour, espérant apercevoir Hector, l'agent local de la Société des Captifs, l'homme qui détenait son sort entre ses mains.

La semaine précédente, contre quelques pièces avec lesquelles il pouvait acheter du gruau, du pain rassis et parfois un fruit, Isaac avait transporté de la toile, livré des provisions aux navires amarrés, et, au quai, regardé Joseph vendre des esclaves aux capitaines de galères. Mais pas une seule fois il n'avait aperçu Hector.

Joseph apparut de but en blanc devant lui en se frottant les tempes, l'air inquiet.

— As-tu ma lettre ? Il me la faut tout de suite.

Isaac la dégagea de sa ceinture et, cérémonieusement, en souffla la poussière et quelques fourmis, avant de la tendre à Joseph avec un grand geste du bras.

Comme bien des analphabètes, Joseph était intimidé à la vue de l'écrit. Avec précaution, il accepta la missive, l'ouvrit et fit semblant de la lire pendant qu'Isaac attendait. Un goéland qui volait au-dessus d'eux faillit déposer un arrivage d'excrément sur la tête de Joseph. La lettre exprimait tout ce qu'un amoureux pouvait dire à sa future. Elle exprimait ce qu'Isaac allait dire à Hannah s'il la revoyait un jour.

— Dois-je lire ton chef-d'œuvre ? demanda-t-il en la reprenant à Joseph.

Ce dernier fit un signe affirmatif de la tête, regarda le sol, et remonta un haut-de-chausse taché de pisse de mouton qui dégagea une odeur âcre. Sa jument s'approcha, les oreilles convulsivement agitées telles des corneilles sur une branche.

Habituellement, Isaac lisait à haute voix, d'un ton monocorde qui convenait davantage à la lecture d'un connaissance qu'à celle d'une lettre d'amour. Mais, cette fois, il tira parti de son expérience de chantre occasionnel à la *shul*, et chanta d'une voix claire et forte :

— *Ma très chère Gertrudis*.

Au moment où Isaac termina, des larmes s'étaient formées dans les yeux de Joseph.

— Une très belle lettre. Moi-même, je n'en aurais pas écrit de meilleure.

Il se moucha dans un torchon, produisant une alarme qui rappelait le coin-coin d'une oie. Il ouvrit le chiffon pour en examiner l'intérieur, comme s'il cherchait des perles ou des rubis.

Dans toute la missive, il y avait une phrase, une seule, qui n'était ni complète ni parfaite.

— Il y a un petit détail que vous devez fournir. Quelle est la couleur des yeux de Gertrudis ?

Isaac avait failli écrire *noirs*, car c'était la couleur des yeux d'Hannah.

— Bon sang, je n'ai jamais remarqué ça, dit Joseph. Quelle couleur ont les yeux de la plupart des femmes ?

Déplaçant d'une épaule à l'autre un rouleau de cordage de chanvre, il dit :

— Ils sont bruns, j'imagine.

Il tourna la tête vers sa jument.

— Comme ceux de ma vieille Cosma. Je viens de me rappeler autre chose : elle a des cils.

N'y avait-il aucune limite à la bêtise de cet homme qui tenait la vie d'Isaac entre ses mains ? Le juif inséra le mot *bruns* dans la dernière phrase, saupoudra du sable sur l'écriture et, lorsqu'elle fut sèche, tendit la lettre à Joseph.

Isaac lui montra le bas de la page. Joseph apposa sur le parchemin un pouce si sale qu'il n'eut pas à l'encrer. Isaac saupoudra de sable l'empreinte de Joseph, la fit sécher un moment au soleil, puis plia la lettre en rectangle. Il fit tomber goutte à goutte de la cire de bougie pour la sceller. Lorsque la cire fut presque sèche, il la scella de son propre pouce.

— Apporte-lui la lettre et prépare-toi. Elle va se pâmer dans tes bras.

— On verra bien ce qu'elle aura à dire.

Isaac tapota la lettre et la donna à Joseph.

— Tu vas peut-être revoir Venise, mon ami, dit Joseph.

Il prit son cheval par la bride, et ce geste familier sembla le faire retourner à son identité antérieure.

— Maintenant, va-t'en à mon atelier. J'ai du travail pour toi.

Sur ce, la tête de sa jument se balançant au-dessus de son épaule, Joseph se dirigea vers le port, sans doute pour livrer la lettre à Gertrudis.

Peiné, Isaac le vit s'en aller avec une lettre destinée à Hannah.

Avec un soupir, il remballa son encrier, son parchemin et sa plume d'oie dans un carré de lin dont il noua les coins. Il était tellement plongé dans ses pensées qu'il fut étonné de voir, à travers la fumée sulfureuse des chantiers navals, un homme dégingandé, au faciès de cheval, en train d'attacher sa jument à un poteau. L'homme s'avança vers lui presque au trot, et Isaac se demanda pourquoi il s'embarrassait d'une monture. Ce devait être Hector. Assunta avait dit qu'Hector avait une allure chevaline. Il portait un haut-de-chausse si court que, s'il avait été vénitien, on n'aurait pu l'expliquer que par l'arrivée prochaine d'une marée haute. On aurait dit qu'il portait les vêtements d'un frère bas sur pattes et plus corpulent. Il avait au torse un justaucorps de laine noire, bien ajusté.

Les *Esecutori contro la Bestemmia* n'auraient trouvé sur cet homme ni soie, ni anneau, ni chaînette d'or – aucune dérogation, quelle qu'elle fût, aux lois somptuaires. Et pourtant, il avait une certaine allure de dandy, par exemple dans sa façon de replier son hausse-col. Et l'apparence lisse de sa chemise évoquait l'application d'un fer chaud, ou du moins le pressage entre deux planchettes.

Il s'arrêta devant Isaac, jetant une bande d'ombre sur ses genoux, à la déchirure de son haut-de-chausse.

— Bonjour, *signore*, vous devez être Isaac Levi.

— Hector, je présume ?

Isaac se redressa tant bien que mal et lui tendit la main.

— Isaac, à votre service.

Hector serra la main d'Isaac.

— Vous parvenez à survivre ?

Il regarda la plume d'oie qui dépassait du paquet de lin noué.

— À écrire des lettres pour les gens d'ici ?

La voix d'Hector était aiguë, mais gentille. Il avait une agréable odeur de fumée de bois et de citron.

— Joseph, l'homme qui m'a acheté, a accepté de me faire écrire une lettre de temps à autre, pourvu que je lui donne les deux tiers de mes honoraires.

Pour dissimuler sa nervosité, Isaac continua à baragouiner.

— Je suis un borgne au pays des aveugles.

Il sourit.

— Mais assez de mes médiocres divagations. Quelles sont les nouvelles de Venise ?

Isaac prit le bras d'Hector et l'aida à s'asseoir sur un tronc affaissé, essayant de cacher son enthousiasme, s'efforçant d'agir aussi calmement que s'il était à son bureau dans le ghetto. Lorsqu'ils furent tous deux assis, Isaac demanda :

— Des nouvelles de ma femme, Hannah ?

— La Société m'écrit qu'elle va bien.

Devant son regard fuyant, Isaac s'alarma.

— C'est tout ? Elle va bien ?

Comme Hector ne disait rien de plus et que le silence s'étirait d'une façon inquiétante, Isaac demanda :

— Et mon sort ? Avez-vous fixé le prix de ma liberté ? Quelle valeur les chevaliers placent-ils sur la tête de ce marchand qui s'ennuie de son pays ?

— Je dois vous avertir qu'il y a eu un problème.

Hector agita ses mains, minces avec de longs doigts effilés, comme pour s'éventer, même si le temps n'était pas chaud.

— Permettez-moi de commencer en disant que la Société compatit vraiment à votre souffrance.

Isaac hocha la tête.

— Cependant, cet hiver, poursuivit Hector, un plein navire de soixante-quinze juifs, hommes, femmes et enfants, a été capturé alors qu'il voguait vers Salonique. La Société a versé la rançon et retourné chaque personne à sa famille.

Les genoux d'Isaac avaient pris vie et ne cessaient d'être agités de petites secousses. Il les serra avec les mains pour les immobiliser.

— Je suis heureux de l'entendre.

Mais il ne l'était pas. Il se demandait pourquoi les yeux d'Hector refusaient de croiser les siens.

— La Société s'acquitte de ses devoirs. Mais qu'en est-il de ma propre libération ?

— Avant d'en arriver là…

Hector retira de sous son bras un sac de velours bleu brodé de lettres hébraïques et le tendit à Isaac.

— Je vous ai apporté un châle de prière, une kippa et des phylactères. Faites-en bon usage. Il a été difficile de les obtenir.

— Merci, Hector. Vous êtes bon. Mais ce que je veux vraiment, c'est quitter cette île. Est-ce que ce sera possible ?

La veille, il s'était baigné dans la mer pour débarrasser son corps des poux ; au moins, il n'allait pas contaminer son nouveau *tallit*.

— Je vais vous parler le plus franchement possible. La trésorerie de la Société est vide. Il ne reste plus un seul *scudo* pour votre libération. L'incident de Salonique était sans précédent.

Isaac aurait voulu qu'Hector le regarde afin de pouvoir déchiffrer son visage.

— Oui, je comprends : il va y avoir d'autres délais. Mais quand les négociations vont-elles commencer ? Quelle est la convention ? Je présume qu'acheter la vie d'un juif n'est pas différent d'acheter un rouleau de soie ou un sac de poivre. Vous demandez leur prix aux chevaliers. Vous faites semblant d'être scandalisé. Ils réduisent un peu leur prix, on marchande, marchande, marchande, d'un côté, de l'autre, et bientôt, dit-il en claquant des doigts, on s'entend sur un montant qui déçoit les deux parties.

— Vous ne semblez pas comprendre. Il ne peut y avoir de négociation s'il n'y a pas d'argent.

Hector le regardait, à présent.

— Pour tout dire, la vache à lait est à sec.

Isaac tenta de calmer son esprit.

— Mais une vache peut se remplir de nouveau. La Société connaît une pénurie temporaire de fonds, je comprends. Mais tous les marchands paient un tarif aux coffres de la Société chaque fois qu'un bateau quitte le port de Venise avec des juifs à son bord. Avec le temps, les ducats vont s'accumuler.

Hector se pencha et posa une main sur l'épaule d'Isaac.

— Oui, c'est ainsi que la Société est financée, mais il lui faudra plusieurs années avant d'avoir la somme nécessaire pour votre rançon.

Hector ramassa une branchette au sol, de toute évidence réticent à en dire davantage.

— Bien sûr, je savais que ma libération ne se produirait pas du jour au lendemain, mais je ne m'attendais pas à cela.

Isaac se redressa.

— Hector, regardez-moi. Je suis assis sur les os de mon cul. Pour l'instant, j'ai réussi à persuader mon propriétaire de ne pas m'envoyer mourir sur une galère. La Société est mon seul espoir de sortir de cette île maudite. Je suis parvenu à rester en vie grâce à ma parole, à mon esprit et à ma plume, mais je n'ai aucune réserve de chair et je m'affaiblis chaque jour.

Isaac balaya des yeux la morne place publique où ils étaient assis, où chevaux et mulets attelés remuaient la poussière et laissaient tomber des piles fumantes d'excréments.

— Même si ses coffres sont vides, la Société pourrait trouver d'autres ressources. Je ne suis pas dépourvu d'amis. On pourrait persuader un bien-faiteur personnel de me venir en aide.

Isaac attendit une réponse.

La sympathie adoucit le visage d'Hector.

— J'ai fait une demande, mais on me l'a refusée.

Il s'amusait à gratter le sol avec un bâton. « Hector ne dit pas tout », pensa Isaac.

— *Mio buon amico*, vous soutirer de l'information, c'est aussi difficile que le travail de ma femme, qui fait sortir des bébés réticents du ventre de leurs mères.

Il aurait voulu qu'Hector cesse de gratter le sol de sa branche de saule. Cela produisait un bruit désagréable.

— À qui avez-vous affaire, à la Société ? Mordacai Modena, mon frère ashkénaze ?

Modena était un paysan qui n'arrivait qu'à élever des carpes dans des cuves d'eau stagnante. Isaac tenta de se taire afin qu'Hector puisse parler, mais découvrit que si le désespoir l'avait abattu, il lui avait également délié la langue.

— Est-ce qu'il a des objections ?

— Ce n'est pas Modena.

Hector regarda son cheval qui mâchonnait de l'herbe à quelques mètres, impatient de reprendre la route.

— C'est cruel. Il n'y a plus d'argent, et il n'y en aura pas avant des années. Je suis désolé.

Hector se leva et épousseta son chapeau avant de le poser sur sa tête.

— Je vais vous apporter de la nourriture de temps en temps. Je reviendrai vous rendre visite. C'est le mieux que je puisse vous offrir.

Il redressa son haut-de-chausse et ajusta le devant de sa chemise.

— Je vais partir. Voulez-vous m'aider à monter à cheval ?

Ils marchèrent jusqu'à la jument, qui avait maintenant des mouches autour des yeux. Isaac se pencha, joignit les mains et les offrit à Hector, qui y posa un pied. D'une poussée vers le haut, Isaac fit monter Hector. Celui-ci s'installa sur la selle, glissa ses pieds étroits dans les éperons et saisit ses rênes.

— Au revoir, Isaac.

— Merci de votre visite, marmonna Isaac.

Lorsque l'homme et sa jument se furent éloignés, Isaac céda à la rage, maudissant le Dieu qui l'avait abandonné. Son dernier espoir avait disparu. Autant se jeter à la mer. Mieux valait mourir vite que lentement dépérir. S'il n'arrivait pas à livrer le cœur de Gertrudis à Joseph, il allait se retrouver sur la prochaine galère à quitter le port. Et même s'il réussissait à séduire cette femme au nom de ce balourd, qu'est-ce qu'il en tirerait ? Il aurait sa liberté, mais ne pourrait pas quitter l'île.

Il arpenta la place, ramassa des pierres au hasard et les lança sur un arbre. Lorsque l'une d'elles ricocha et le heurta à la jambe, Isaac décida de sangler les phylactères à ses bras. Se tournant en direction de Jérusalem, il s'inclina à maintes reprises, en prière. C'était tout ce qui lui restait. À quoi bon se répandre en injures contre Dieu ?

Chapitre 13

Venise
1575

Le cœur d'Hannah n'avait aucune raison de battre si fort. Jacopo et Niccolò n'allaient pas faire de mal à l'enfant. Dans ce palais dont chaque pièce était plus grande que n'importe quel *loghetto* du ghetto et où travaillaient des dizaines de domestiques, Matteo était en sécurité. Le seul danger qui guettait cet enfant noble et choyé était d'être trop gâté.

Mais où donc se trouvait-il dans ce vaste palais ? Elle se rendit à la fenêtre pour voir si la gondole di Padovani était encore en vue. Elle ne l'était plus. Il lui fallait chercher l'enfant au rez-de-chaussée. Peut-être Giovanna l'avait-elle emmené. Ou peut-être Matteo était-il allaité par une cuisinière ou une servante, pour donner un répit à Giovanna.

Hannah devait trouver l'enfant, s'assurer que tout allait bien, et s'en aller rapidement pour éviter de rencontrer les deux frères.

Il lui vint une terrible pensée. Lucia avait-elle perdu l'esprit au point d'avoir fait du mal à l'enfant ? Hannah songea à l'incident de la femme de l'orfèvre, qui avait étouffé son bébé. Elle écarta cette pensée. Lucia était malade et faible, mais folle non.

Hannah s'était arrêtée en haut des marches lorsqu'elle entendit des pas et le grave murmure de voix masculines. Deux silhouettes apparurent à l'autre bout du couloir. Elle songea à descendre l'escalier en courant, mais s'aperçut qu'elle ne pourrait pas arriver au bas avant qu'ils ne la repèrent.

Au milieu du corridor, juste avant l'escalier, il y avait une niche avec deux épais rideaux de soie damassée. Se glissant dans l'alcôve en demi-cercle, elle ferma la tenture et attendit que les hommes soient passés. Dans l'alcôve se trouvait une statue de Vierge à l'Enfant. Le genou de la Vierge appuyait sur la hanche d'Hannah, qui tenta de se recroqueviller. Elle se trémoussa afin de se glisser derrière la statue, plus près du mur, mais, malgré ses contorsions, sa hanche dépassait dans le couloir, apparente sous le rideau de damas. Il n'y avait pas moyen de faire autrement. Elle poussa sur les mains jointes de la Vierge son sac contenant les cuillers d'accouchement et les ducats. Respirant profondément, elle serra la statue par la taille, se cambra pour se blottir derrière, et appuya son visage sur les genoux de marbre de la Madone. Le marbre était aussi froid qu'un canal en hiver. Elle frissonna et résista à l'impulsion de se retirer, ce qu'elle n'aurait pu faire sans risque d'être vue.

Par un espace étroit entre les rideaux, elle aperçut Jacopo et Niccolò qui se glissaient furtivement dans le couloir. Niccolò tenait un ballot dans les bras. Il trébucha, jura à voix basse, et faillit laisser tomber ce qu'il portait. Avant qu'ils n'atteignent sa niche, elle rajusta doucement les rideaux avec le genou. Sur leur passage, elle sentit l'eau de Cologne de Jacopo et la sueur de Niccolò. Son cœur battait si fort qu'elle craignit qu'ils ne l'entendent. Elle tendit l'oreille alors qu'ils descendaient l'escalier.

Lorsque les pas se furent éloignés, elle prit son sac des mains de la Vierge, se dégagea de derrière la statue et descendit les marches en s'appuyant à la balustrade de pierre. Tout en courant, Hannah restait à l'affût d'un vagissement, mais n'entendait que son propre souffle rauque et le bruit des pas de plus en plus lointain.

Au rez-de-chaussée, qui comprenait l'entrepôt de l'entreprise familiale, elle perdit de vue les deux hommes. Elle regarda dans l'obscurité, sans trop savoir quelle direction prendre. Soudain, elle perçut un glapissement. Elle reconnut le hurlement terrifié d'un bébé.

Le cri venait de l'autre extrémité de l'entrepôt, où les bateaux déchargeaient les marchandises. Un flambeau de pin sifflait et crépitait dans un support fixé au mur. Dans l'ouverture rectangulaire du quai de chargement se découpait la silhouette sombre et familière d'un personnage vêtu d'une cape. Elle s'accroupit derrière un tonneau, de peur d'être repérée. Mais il se tourna vers la porte donnant sur le canal et ajusta sa prise sur le ballot qui se trouvait dans ses bras. Plusieurs tonneaux étaient alignés contre le mur. Elle s'accroupit derrière l'un d'eux, puis un autre, et un autre, se rapprochant lentement. Il n'y avait aucun signe de Jacopo.

Même si le crépuscule était tombé et que la lumière diminuait, il y avait juste assez d'éclairage pour distinguer le nez proéminent et les cheveux bouclés de Niccolò. Il se préparait à embarquer dans une gondole. Le ballot posé dans ses bras se mit à pleurer. Niccolò posa sa main ouverte sur le nez et la bouche de l'enfant et monta dans la gondole. Alors que l'embarcation s'inclinait sous son poids, il posa Matteo dans la cabine. Saisissant ensuite la rame, il écarta le bateau du quai de chargement.

Hannah regarda autour d'elle, espérant voir un valet de chambre, mais il n'y avait même pas de portier de nuit. Elle n'avait pas le temps de courir à l'étage pour demander de l'aide. De toute façon, qui pouvait l'aider, en l'absence du comte et de la comtesse ? Le bateau glissa sur l'eau sombre vers le milieu du Grand Canal. Niccolò partait avec l'enfant !

La peur la transperça. Il était dangereux pour un juif d'être dehors après le coucher du soleil. Encore plus pour une femme seule. Mais elle devait agir. Sortant en courant du *palazzo*, elle se tourna vers le canal en espérant intercepter la gondole. Mais lorsqu'elle arriva à la *calle*, le bateau disparut au loin, Niccolò à la poupe.

Relevant ses jupes, elle suivit la gondole en courant, bousculant les quelques passants qu'il restait. C'était la marée haute et Hannah pataugeait dans l'eau. Ses sandales devenaient lourdes et trempées. S'arrêtant un moment, elle les arracha, les fourra dans son sac et poursuivit sa course. Une barge démarra devant la gondole de Niccolò, l'obligeant un moment à soulever sa rame, ce qui permit à Hannah de raccourcir la distance qui les séparait.

Elle continua de courir, la sueur perlant sur son corps, et esquiva une charrette à bras chargée de fruits. À présent, la gondole était repartie et glissait sans effort sur le Grand Canal, à cinquante pas devant elle. Après la courbe du canal, elle tourna vers le nord au rio San Marcuola. Si la gondole continuait dans cette direction, Hannah n'aurait aucun espoir de la rattraper. Niccolò allait atteindre les eaux ouvertes de la lagune et les îles de Murano, de Burano et de Torcello.

L'eau et les déchets rendaient la *fondamenta* glissante et elle dut ralentir pour éviter de se retrouver à genoux. Elle tenta de deviner la direction de la gondole. Pouvait-elle se diriger vers l'Arsenal, l'énorme chantier naval ? Ou les quais de Castello, le quartier pauvre, peuplé d'ouvriers du chantier ? Mais non, ces deux endroits se trouvaient dans la direction opposée. Au moment où elle était sur le point d'abandonner tout espoir de continuer à pied, la gondole ralentit devant l'église de San Marcuola. Elle vira de bord et Niccolò baissa la tête lorsque son embarcation passa sous un pont. Hannah était assez près, maintenant, pour entendre les cris du bébé se réverbérer sur l'eau, mais elle ne perçut rien.

Niccolò vira vers l'ouest au rio di San Girolamo, puis à la *calle* Ormesini, où il fit accoster la gondole et lança une corde autour d'un poteau d'amarrage. Lorsqu'il débarqua, Hannah se cacha derrière un pilier.

Le brouillard nocturne qui s'étalait sur Venise empêchait la jeune femme de voir si Matteo était caché sous la cape de Niccolò ou si celui-ci avait laissé le bébé dans la gondole. Niccolò avançait à grands pas le long de la *calle*. Hannah lui laissa prendre plusieurs pas d'avance sur elle, puis s'élança.

À présent, Matteo aurait dû gémir de faim ou se plaindre d'une couche souillée, mais aucun son ne provenait de sous la cape de Niccolò. Elle se rapprocha. Au moment même où elle se disait que le bébé était sûrement resté sur le bateau, mort ou abandonné, Niccolò trébucha sur un taquet d'amarrage, jura et tomba sur un genou. La chute avait dû secouer Matteo, car un pied minuscule dépassait de la couverture et elle entendit un cri.

Le jour, on aurait remarqué un noble portant un bébé. Mais, à présent, les rues étaient désertes, à l'exception du rare passant pressé de retrouver la sécurité de sa maison. Une gondole funèbre, drapée de rideaux noirs, éclaboussa de l'eau du canal les marches menant à un débarcadère du *traghetto*, le traversier. Les pieds nus d'Hannah étaient engourdis par le froid.

Niccolò prit la *calle* Farnese et, lorsque Hannah comprit où il se rendait, elle eut une sensation d'angoisse au creux du ventre. Lorsqu'il grimpa les marches du *Ponte* dei Ghetto, c'était inévitable. Ce pont ne pouvait mener qu'à un endroit : le ghetto juif.

Hannah arriva au sommet du pont, d'où elle vit Vicente dormir dans son abri de fortune, une demi-bouteille de vin à son côté. La plupart des nuits, Vicente aurait abaissé la barre de fer qui longeait les lourdes portes de bois et mis les verrous en place mais, ayant reçu ses gages la veille, il avait

acheté plusieurs flacons de vin. Les portes entrou-
vertes permettaient à quiconque de s'y faufiler.
Vicente ne se réveilla pas au passage de Niccolò. Il
ne bougerait pas non plus pour Hannah, mais elle
remonta malgré tout son foulard sur son visage et
se dépêcha.

Niccolò traversa le *campo*, passa sous le *sotopòr-
tego*, devant la porte et les volets clos du Banco
Rosso, et devant les boutiques vides des prêteurs
sur gages où Isaac avait jadis travaillé à côté
d'autres hommes barbus au teint basané, voûtés à
force de rester penchés au-dessus de leurs balances
de laiton, le visage déformé par l'effort d'y maintenir leur loupe en place.

Le *campo* était si tranquille qu'elle entendit uriner
dans un pot de chambre à l'étage du dessus.
Niccolò marchait rapidement devant elle, avec une
intention ferme. Les yeux fixés sur son large dos,
elle fonça, craignant de le laisser prendre plus de
quelques pas d'avance.

Elle passa devant la *scuola italiana* et, quelques
pas plus loin, le *midrash*, où le rabbin donnait des
leçons d'hébreu le matin.

Niccolò tourna dans une ruelle où une lessive
battait au vent, à peine assez large pour laisser
passer un homme de forte taille, et qui, elle le
savait, aboutissait sans avertissement au rio di San
Girolamo.

Pour mieux se faufiler entre les murs penchés
des édifices, Niccolò portait l'enfant maladroitement. Au bout de la ruelle, trois marches descendaient vers le rio. Chez Hannah, le soulagement de
ne pas l'avoir perdu de vue fit place à l'inquiétude.

Après avoir été soulagée de le garder en vue, elle devenait inquiète. Avait-il l'intention de jeter Matteo à l'eau ? Craignant d'entrer dans la ruelle, elle se retint, appuyée contre la porte de la boulangerie. Dans cet étroit passage, il n'y avait pas de place pour se cacher : ni embrasure ni recoin entre les édifices. Niccolò n'avait qu'à se retourner pour la repérer.

La ruelle ne comptait qu'une boutique, l'abattoir situé tout au bout, qu'on avait installé au bord du canal pour facilement se débarrasser des entrailles, des nerfs et du gras. Plusieurs heures auparavant, Israel Foa, le *shochet* ou tueur de l'abattage rituel, avait sans doute égorgé sa dernière poule pour le shabbat et fermé boutique au crépuscule, avant de rentrer chez lui prendre son repas du soir avec sa femme et ses enfants.

Niccolò s'arrêta devant l'abattoir et posa Matteo sur le sol. Il recula d'un pas et fonça sur la porte avec son épaule. Quelques coups énergiques, et la porte céda. Il entra en trébuchant, puis revint prendre le bébé pour le porter à l'intérieur. Hannah s'avança peu à peu dans l'étroit passage, glissant sur la boue et les substances qui s'écoulaient de l'abattoir. Le seul volet des lieux était fermé mais, entre les fentes, elle vit vaciller la flamme d'une bougie.

Matteo, immobile, était posé sur une table balafrée au centre de la petite échoppe. Elle vit Niccolò défaire ses langes, exposer ses jambes potelées, ses pieds gras et dépourvus de voûte plantaire. Ses pieds ne battaient pas l'air. Ses mains, aussi pâles que des étoiles, ne bougeaient pas à la lueur de la chandelle. Sur la table à côté de lui étaient étalées, blanches et spongieuses, les entrailles alvéolées d'une vache. Niccolò prit le couteau du *shochet* accroché au mur derrière lui.

Oubliant tout sauf le couteau que tenait Niccolò, Hannah courut ouvrir la porte toute grande. Elle voulut jeter tout son corps sur celui de Matteo. Elle hurla :

— Arrêtez, pour l'amour de Dieu ! Qu'est-ce que vous faites ?

L'odeur entêtante des entrailles rances éparpillées sur le plancher la fit chanceler et elle faillit s'effondrer à genoux.

Niccolò écarquilla les yeux et se figea, le couteau brandi. Il finit par parler.

— Tu as osé me suivre ?

Sa voix était posée, mais les muscles de sa bouche et de son cou étaient blanchis par la tension.

— Cela vaut peut-être mieux. Si je vous tue tous les deux, le bébé et toi, ce sera comme si toi tu l'avais tué.

— Pourquoi est-il aussi immobile ? Qu'est-ce que vous lui avez fait ?

La bile lui monta à la gorge. Elle s'efforça de déglutir et d'ignorer le bourdonnement qu'elle avait aux oreilles. Elle n'allait pas aider Matteo en s'évanouissant. Elle voulut s'emparer de lui et sortir en courant de cette pièce immonde. La poitrine de Matteo montait et descendait par à-coups superficiels. Une jambe tressaillit, puis un bras. Au moins il vivait encore.

— Ne t'approche pas de lui, ordonna Niccolò.

— Vous ne voulez sûrement pas le tuer. Quel tort Matteo vous a-t-il fait ?

— Le plus grand tort que tu puisses imaginer, dit Niccolò qui brandissait toujours le couteau.

Il se rendit à porte, la ferma, et coinça une chaise bancale sous la poignée pour bloquer la sortie.

Hannah sentit la chaleur se dégager de son corps.

— Pourquoi l'amener ici, au ghetto ?

Tout à coup, la réponse lui vint.

— Vous voulez faire passer le meurtre de Matteo sur le dos des juifs.

— Je ne serai pas fâché quand les prêteurs sur gages auront ce qu'ils méritent. Ils escroquent les chrétiens depuis des siècles.

Hannah s'efforça de respirer plus lentement. En demeurant calme, peut-être pourrait-elle raisonner avec cet homme qui tenait le couteau. C'était son seul espoir. Elle ne le vaincrait pas par la force. Il mesurait une tête de plus qu'elle, et il était plus fort, aussi.

— Personne ne croira les juifs capables de faire quelque chose d'aussi mal.

Il se mit à rire.

— Tu es vraiment naïve. Bien sûr que si. Surtout lorsqu'ils trouveront son cadavre écorché et cloué aux portes du ghetto.

L'accusation de meurtre rituel, la croyance selon laquelle les juifs tuaient les bébés des chrétiens pour utiliser leur sang à des fins rituelles, avait été soulevée à l'endroit des juifs depuis des centaines d'années. Les *inquisitori* n'allaient considérer qu'un élément : le corps de Matteo avait été trouvé dans le ghetto. Cette preuve à elle seule suffisait pour impliquer les juifs. Les pensées d'Hannah se bous-culaient. Niccolò avait dû droguer l'enfant, car

Matteo était étendu immobile, la tête penchée de côté.

Niccolò se tenait au-dessus de la table, les pieds écartés.

— Cet enfant nous a enlevé, à Jacopo et moi, tout ce que nous attendions depuis si longtemps. Il n'est que juste de lui enlever la vie.

Il parlait sans regarder le bébé.

— Alors, vous allez tuer Matteo pour hériter de l'argent du comte ?

— Et de ses domaines, et de son précieux *palazzo*, ainsi que de ses entrepôts de soie et d'épices, et de son titre.

En voyant Niccolò éviter de regarder l'enfant, il lui vint une idée. Elle baissa la voix.

— J'ai souvent vu travailler le *shochet*. Tuer une créature de Dieu doit s'accomplir dans le respect et la compassion. L'abattage n'est pas une simple façon de tuer ; il importe d'éviter la douleur inutile et de donner un caractère sacré à la mort.

Hannah regardait le couteau dans sa main.

— Un jour, quand j'étais enfant, j'ai vu, dans ce même abattoir, Israel Foa qui tenait un agneau entre ses genoux. La pauvre bête se débattait tellement que le couteau d'Israel a glissé et, au lieu de trancher la gorge d'un seul coup rapide et ferme, il n'a fait que l'entailler. L'agneau, terrifié, s'est échappé et s'est mis à courir en bêlant jusque dans la ruelle. Israel n'a eu aucune difficulté à suivre sa trace sanguinolente jusqu'à la place publique, où il a achevé la bête d'un coup de couteau. Si vous ne le tuez pas bien, l'enfant hurlera si fort qu'il attirera la moitié du ghetto contre vous.

Elle le regarda droit dans les yeux. S'il était ému par son récit, il le dissimula bien.

— Je ne devrais pas avoir de difficulté à tuer une si petite créature. J'ai déjà tué des poulets et du gibier. Tu dis n'importe quoi.

— Vous allez me tuer, de toute façon. Autant que le meurtre de l'enfant me soit attribué plutôt qu'à vous. Donnez-moi le couteau.

Elle tendit la main.

Les paupières de Matteo tressaillirent pendant son sommeil.

— Tu dois me prendre pour un imbécile, dit Niccolò, qui s'élança sur elle en brandissant le couteau.

Elle recula en tentant de garder son équilibre. Parvenu à elle, il fut sur le point de plonger le couteau dans sa poitrine lorsque sa veste s'accrocha au coin de la table, et il trébucha. Tirant parti de ce déséquilibre, Hannah lui donna une poussée et le fit déraper. Essayant de se redresser, il fonça de nouveau sur elle. Il glissa, mais se rattrapa au mur. Le couteau lui échappa et tomba à quelques pas. Hannah se pencha et le saisit par la lame, sentant le froid du fer sur ses doigts.

Elle se redressa, tenant d'une main le couteau à son côté. Niccolò, tendu par la colère, se leva et se rua vers la table. Il saisit Matteo et le tint bien haut au-dessus de sa tête.

— Je vais reprendre mon couteau.

Des restes d'abats étaient accrochés à son haut-de-chausse.

— Ou je vais lancer le bébé au sol. Ce sera tout aussi efficace que le couteau.

— Donnez-le-moi. Mieux vaut qu'il soit tué par une main aimante que par votre main indifférente.

Matteo était calme, son souffle était superficiel, il ne pleurait pas, apparemment inconscient de ce qui se passait.

— Vous n'avez pas envie de le faire. Je le vois à votre visage.

— Pose le couteau sur la table, devant moi !

Il continuait à tenir Matteo en l'air.

— Vous, les juifs, avec vos discussions sans fin ! Vous êtes prompts comme des avocats, vous avancez tel argument, ensuite tel autre, en espérant trouver un point faible.

Le visage de Niccolò était caché dans l'ombre.

Hannah, les pieds écartés, se pencha et posa le couteau sur la table.

Il abaissa le bébé à sa taille. Dans la faible lumière, Matteo était blanc et semblait éclairé de l'intérieur. Son ventre se mit à gargouiller et, à cause d'un soporifique, de la puanteur de l'abattoir ou des mauvais traitements de Niccolò, il se mit à vomir. Une copieuse bile verdâtre jaillit de sa gorge sur la chemise de l'homme.

Ce dernier grimaça de dégoût, le posa sur la table, et prit un linge accroché derrière lui. Il s'essuya la poitrine.

— Pour l'amour de Dieu, finissons-en. Tu insistes pour que ce soit un meurtre rituel ? Très bien. Guide-moi, dis-moi comment faire.

Il la regarda, le corps tendu, à l'affût de mouvements soudains.

— Bien sûr. Puisque je ne sais pas quelle prière chrétienne conviendrait, il faudra utiliser une prière juive, dit Hannah. Je vais dire une *brokhe*, une bénédiction, même si cet enfant est un *goy*.

Elle remonta son foulard sur sa tête. Son esprit était si agité qu'elle n'arrivait pas à se rappeler la bénédiction. Elle leva les mains au-dessus du front du bébé, ferma les yeux, et entonna :

— Béni sois-tu, Seigneur notre Dieu, Roi de l'Univers.

— Tu parles trop, dit Niccolò. Le soporifique commence à perdre son effet.

— Vite, posez la main sur sa poitrine pour le tenir en place. S'il gigote, vous n'allez pas le trancher d'une façon nette.

Matteo bougea. Niccolò, qui tenait le couteau de la main droite, le posa près de la tête du bébé. La lame reflétait le tout petit poing de Matteo.

— En le tournant vers moi, dit Hannah, vous pourrez avoir une bonne approche.

Le couteau levé, il s'approcha, tout comme Hannah.

— Il a le cou très épais, dit Hannah. Pour que le sang gicle, vous devrez toucher la veine du cou. Caressez-lui la gorge pour que sa tête se renverse.

Niccolò frôla le cou de l'enfant avec le côté émoussé de la lame. Matteo bougea la tête.

— Maintenant, reculez-vous le plus possible sans relâcher sa poitrine.

Niccolò tendit le bras, gardant ses doigts étalés sur le petit torse, sa lame à un bras de distance de la gorge de Matteo.

Un léger froissement parvint du coin, derrière un baril. Un rat. Niccolò tourna la tête dans sa direction et, un moment, détourna les yeux du bébé et d'Hannah. C'était suffisant. Elle n'aurait peut-être pas d'autre chance.

Elle bondit pour lui prendre le couteau. La soudaineté de ce geste le prit de court et, après une brève bousculade, il lâcha l'arme. Elle se mit à l'attaquer, d'abord aux yeux, ensuite à l'épaule, à la poitrine, au bras, à toutes les parties de son corps qu'elle pouvait atteindre, l'éloignant de la table où était étendu Matteo. Elle l'assaillit sans relâche, tenant le couteau à deux mains, et taillada son visage ensanglanté. Il fut si surpris par la soudaineté de son assaut qu'il mit du temps à réagir. Puis il hurla et se jeta sur elle, essayant de la saisir. Elle était trop rapide et s'écarta de lui en dansant. Quant à Niccolò, il était aveuglé par le sang qui lui coulait sur la figure.

La lame entama un os avec un raclement, et c'était le bruit le plus satisfaisant qu'elle ait jamais entendu. Elle fut éclaboussée par un arc de sang qui jaillit du bras. À demi aveuglée, incapable de s'arrêter, Hannah multipliait les coups de lame. Son couteau mit en lambeaux la chemise de Niccolò et révéla sa poitrine ensanglantée.

Finalement, elle lui enfonça la lame dans le flanc, lui cassant des côtes. Il porta la main à sa poitrine et retomba contre la table.

— Sainte Mère de Dieu…

Il glissa à reculons et s'accrocha à la table en s'efforçant de rester debout, mais ne réussit qu'à la tirer par-dessus lui. Matteo tomba sur le plancher avec un bruit sourd et un cri de terreur, le visage aussi rouge que les blessures de Niccolò. Hannah le ramassa et le serra sur son sein.

Elle était peut-être possédée. Ses gestes n'étaient-ils pas ceux d'une sorcière qui prenait plaisir à blesser ? Même avec l'enfant dans ses bras, même devant Niccolò immobile dans le sang amassé au sol, elle voulait continuer à l'écharper.

Les cris de Matteo la ramenèrent à la réalité. Elle s'obligea à jeter le couteau sur le plancher. Matteo, hystérique, se débattait pour sortir de son étreinte, et sanglotait. Elle le posa sur une chaise. Elle saisit Niccolò par les talons et le tira jusqu'à la porte qui donnait sur le canal. Pour une fois, elle était contente de voir les pavés couverts de limon, car cela lui permettait de faire glisser plus facilement le corps dans l'eau. Il y tomba avec un éclaboussement mat. Sans attendre de voir si le cadavre coulait, elle rentra en courant dans la boutique, rassembla les langes et la couverture du bébé, prit Matteo et son sac, et fila à travers le labyrinthe de ruelles et de passages. Ignorant la forme ronflante de Vicente, elle sortit rapidement par les portes du ghetto jusqu'à ce qu'elle atteigne le Ponte dei Ghetto.

Elle devait ramener l'enfant au *palazzo*, expliquer au comte ce qu'avaient fait ses frères. Elle regarda sa robe et l'enfant. Les deux étaient en sang.

C'est alors qu'elle se rappela. Tout son corps se mit à trembler, comme si elle était fiévreuse. Le comte et la comtesse étaient déjà partis pour Ferrare. Il ne restait plus au palais que Jacopo. Elle n'avait pas sauvé l'enfant pour le remettre à celui qui allait achever la tâche de Niccolò.

Tenant Matteo dans ses bras, elle courut vers la boutique et trouva un seau d'eau et un linge propre. Elle essuya le visage et les mains du bébé. Lorsqu'elle commença à se laver, ses jambes se mirent à trembler si violemment qu'elle dut s'accroupir sur le plancher. Elle tenta de lisser ses cheveux et de les attacher avec des épingles, mais celles-ci tombaient de sa main.

Fixant le seau d'eau rosâtre, elle se demanda où aller. Qui allait l'accueillir? Elle ne pouvait demeurer dans le ghetto avec cet enfant noble, dans ses langes de lin, enveloppé dans une couverture de soie ensanglantée et brodée des armoiries de la famille di Padovani. Si les *inquisitori* découvraient Matteo dans son *loghetto*, le *campo* serait bientôt couvert du sang des juifs, et Hannah aurait à en assumer le blâme autant que si elle-même avait brandi le couteau.

Elle devait se cacher jusqu'au retour du comte et de la comtesse, mais où? La seule personne qu'elle connaissait à l'extérieur du ghetto ne lui donnerait jamais l'asile. Ou peut-être que si.

Chapitre 14

Venise
1575

Debout devant la maison de Jessica qui surplombait le rio della Sensa, Hannah suppliait en vain Matteo de cesser de gémir de faim. Elle le serrait, le secouait légèrement et gazouillait avec une frénésie qui attira la curiosité d'un porteur d'eau ployant sous son joug. Au moins, elle avait réussi à nettoyer le visage de Matteo. En se frayant un chemin dans les rues de la paroisse Saint-Alvise, elle avait arraché à une corde à linge une robe mal ajustée et un chapeau. Elle s'était brièvement arrêtée pour se changer, fourrant sa *cioppa* ensanglantée dans son sac, avec ses cuillers d'accouchement.

Elle secoua le cordon de la cloche. La sonnerie se réverbéra le long de la *fondamenta* della Sensa et dans toute la maison. Ses vêtements volés lui donnaient une allure chrétienne malgré ses traits prononcés et ses yeux noirs. Ses pieds nus étaient gelés jusqu'aux os. Plutôt que ses vêtements ridicules, c'était sa peur et ses tremblements aux bras et aux genoux qui la rendaient tout aussi voyante que si elle s'était assise dans la section des hommes de la synagogue.

Matteo continuait de pleurer. Elle plongea la main dans l'encolure de sa robe, toucha l'amulette d'argent et la porta à ses lèvres. L'amulette avait gardé la chaleur de son corps, et elle en fut réconfortée… mais à quoi pouvait bien servir une *shaddaï*, à présent ?

Jessica le lui avait dit, la maison était jolie, avec d'élégantes arches de marbre istrien, dont la fine résille minérale donnait une apparence de dentelle à la façade. À l'étage, un bas-relief représentait l'Annonciation. « Dieu merci, se dit-elle, le rez-de-chaussée n'est pas muni d'une chapelle murale ornée de lampions, avec une image d'un Christ flagellé. » Il n'y avait qu'un jambon accroché à la fenêtre, à la vue de tous, avec, en dessous, une coupe d'argent pour en recueillir la graisse. Reculant d'un ou deux pas et s'étirant le cou, elle aperçut sur le toit une *altana*, avec une glycine qui se répandait sur la balustrade. Faisant passer Matteo endormi sur son autre bras, elle sonna de nouveau la cloche.

Lorsqu'une servante finit par ouvrir la porte, Hannah se présenta :

— Dis à ta maîtresse qu'Anni est là.

C'était le surnom que Jessica lui avait donné lorsque, enfant, elle n'arrivait pas à prononcer le *H*.

La jeune servante, se méfiant sans aucun doute de cette visiteuse du soir mal attifée, ferma la porte en laissant Hannah sur la marche tandis qu'elle allait prévenir sa maîtresse.

Hannah sentit passer sur elle le regard de dizaines d'hommes et de femmes sans abri qui cherchaient désespérément une embrasure où passer la nuit. Ils braquaient les yeux sur cette femme aux cheveux ébouriffés, recroquevillée avec un bébé criard. « S'il te plaît, dépêche-toi ! », supplia Hannah en silence. En baissant la tête, elle remarqua à son poignet une coupure qui saignait encore. Dans sa hâte, elle avait négligé de la panser. Elle lécha le sang. Une tache de la taille et de la forme d'un colibri maculait la couverture de Matteo, qu'elle replia pour la cacher.

Si Jessica refusait de la laisser entrer, elle n'avait plus qu'à se livrer aux *inquisitori* et à se faire exécuter pour sorcellerie. Hannah avait mal au bras et elle fit passer sur l'autre le bébé toujours endormi. Finalement, lorsque les cloches de Saint-Marc sonnèrent minuit et qu'Hannah fut sur le point de s'esquiver sans trop savoir où, la servante revint. Elle fixa un moment Matteo, les fit rapidement entrer dans la maison et monter l'escalier, jusque dans une chambre à coucher presque aussi magnifique que celle de la comtesse.

Trois semaines plus tôt, lorsque Hannah avait vu Jessica sur le Grand Canal, c'était dans le noir, à la seule lueur de la lanterne d'un gondolier, qui projetait des ombres lugubres. À présent, Jessica, assise, était éclairée par des dizaines de chandelles devant une glace, tandis que sa servante lui bouclait les cheveux. Sa chevelure noire, montée sur son front, descendait en cascade sur son cou et ses épaules. La peau de Jessica ressemblait à la peau veloutée d'une pêche. Lorsqu'elle était enfant, Hannah avait été tentée de mordiller l'une de ses joues rondes pour voir s'il en coulerait du jus.

Jessica lui tournait le dos, les yeux fixés sur son propre reflet dans la glace de sa coiffeuse.

— Tu es venue t'excuser de ton impolitesse ? C'est le seul prétexte que je puisse imaginer à ta visite.

Hannah déglutit avec effort. Elle tenait Matteo, immobile, dans ses bras. Elle posa soigneusement son sac sur le plancher devant elle. Puis, elle dit :

— Je n'ai nulle part où aller. Je te demande de me donner asile. Je sais que je n'ai pas le droit, mais c'est seulement pour quelques jours.

Jessica s'affaira avec un très petit pot, sur la table devant elle, si longuement qu'Hannah se dit qu'elle ne l'avait pas entendue. Elle finit par répondre :

— Tu ne comprends pas la complexité d'une toilette. Tu ne t'es jamais donné de mal pour ton apparence, tu mets en vitesse tes vêtements froissés de la veille. Accroches-tu encore toute ta garde-robe à un seul crochet derrière la porte ?

Elle tourna la tête pour regarder par-dessus son épaule, alors que la servante appliquait un grain de beauté à son dos.

— Je n'aimerais pas qu'on me voie dans ta tenue. Avec ta pâleur et ta robe trop grande, et ce corsage qui poche.

Elle remua une épaule pour vérifier si la paillette était solidement fixée.

— Alors, tu portes un ballot dans les bras. De quoi ? De chiffons ? C'est la nouvelle mode ?

Même si elle l'avait à peine regardée, Jessica semblait connaître l'apparence d'Hannah dans les moindres détails. Cette dernière ne trouvait rien à dire. Avec sa froide assurance, sa sœur arrivait toujours à la ridiculiser. Un regard ou un geste négligent de sa part, et Hannah se trouvait malhabile, ébranlée, incertaine.

— Je sais que mes paroles t'ont blessée. J'ai été cruelle et je m'en excuse, dit Hannah.

— Ce qui m'étonne, c'est que tu oses me faire une demande, et que je te laisse entrer.

La servante, une jeune fille d'une quinzaine d'années, débrouillait une boucle de cheveux noirs de sa maîtresse, qu'elle fixait avec une perle et un fil de soie, tout en faisant semblant de ne pas écouter.

— Par curiosité, ce costume… quel rôle joues-tu ? Celui d'une bergère ? D'une pénitente en pèlerinage à Saint-Jacques-de-Compostelle ? Dans ce cas, il te manque le coquillage obligatoire au cou, mais cela peut s'arranger. J'en ai peut-être un à te prêter, quelque part dans la maison.

Hannah ne répondit pas.

— Ah ! bien sûr !

Jessica se tapa le front, en prenant soin de ne pas déranger sa coiffure.

— Une lavandière ! Cela expliquerait le ballot.

Elle cueillit un cheveu sur sa robe.

Malgré sa colère grandissante, Hannah se sentait idiote. Elle qui avait changé les langes de Jessica, elle devait maintenant supplier sa petite sœur de lui pardonner et de lui donner asile.

Matteo geignit et arqua le dos, exigeant d'être nourri.

Sa sœur pivota rapidement sur sa chaise, le regard fixe.

— Au nom du ciel, qu'est-ce que c'est ? As-tu enfin réussi à porter un enfant ?

— C'est pour cet enfant que je suis venue, Jessica. Parce que je ne trouve d'aide nulle part ailleurs.

Hannah était incapable de garder une voix calme.

— Tu me méprises et tu me crois immorale, et maintenant tu veux mon aide?

D'un signe de la main, Jessica fit sortir la servante qui ferma la porte. Elle se leva de sa coiffeuse et se pencha pour regarder l'enfant, soulevant la couverture. Matteo agita un pied en direction de Jessica. De fines volutes d'un blond roux s'accrochaient à sa tête; ses yeux étaient d'un bleu saisissant.

— Es-tu devenue folle? As-tu couché avec un goy? C'est un enfant chrétien.

— Il est chrétien, mais il n'est pas à moi.

À présent, Matteo pleurait bruyamment. Le visage rouge de fureur, il secouait ses poings en l'air.

— Avais-tu besoin d'un enfant au point d'en voler un?

Jessica se pencha davantage vers Hannah pour qu'elle l'entende par-dessus les cris de Matteo.

— Il est en danger, dit Hannah. Son oncle a essayé de le tuer. J'ai besoin de rester, seulement quelques jours, jusqu'au retour de ses parents.

— Tu oses amener cet enfant chez moi? Tu mets ma vie en danger!

Elle regarda la forme minuscule qui hurlait dans les bras d'Hannah.

— Sainte Mère, ne peux-tu pas le faire taire? Mes voisins vont croire que je suis en train de châtrer un chat.

— C'est le fils nouveau-né des di Padovani, dit Hannah.

— Doux Jésus! Non seulement un chrétien, mais un noble. Je connais bien la famille. Deux des fils, en tout cas.

— Son oncle allait le tuer dans le ghetto et me faire porter le blâme. Tout le ghetto aurait souffert des conséquences. Est-ce que ça compte pour toi?

— Je ne suis plus juive, dit Jessica. La fortune m'a souri. J'ai prospéré. J'ai ma jolie maison, une clientèle. Je travaille fort et je suis habile. J'ai un merveilleux plan en vue d'accumuler une fortune, et maintenant, tu viens tout gâcher avec un sale gosse criard!

En se dirigeant d'un pas alerte vers la fenêtre, Jessica trébucha sur le sac d'Hannah, qui cliqueta. Elle s'arrêta.

— Et qu'est-ce que tu transportes dans ton sac miteux?

Avant qu'Hannah puisse l'en empêcher, Jessica se pencha et en tira les cuillers d'accouchement maculées.

— Mon Dieu! Qu'est-ce que c'est, ce sale attirail?

Hannah sentit monter le sang à ses joues. Elle répondit :–

— Un outil de ma fabrication. Des cuillers d'accouchement.

Voyant le dégoût de sa sœur, Hannah expliqua leur usage avec une surabondance de détails.

Jessica eut un frisson et les laissa retomber dans le sac.

— Tu aurais dû naître homme, dit-elle. Tu me rappelles papa. Te souviens-tu de ses toutes petites pincettes pour prendre les pierres précieuses?

Hannah fit un signe affirmatif de la tête. Matteo se taisait, ayant abandonné tout espoir d'être nourri. Hannah le posa sur le lit à baldaquin en velours de Jessica, essayant de ne pas imaginer tout ce qui s'était déroulé sur l'édredon rouge.

Le souvenir lui revint de Matteo sur la table du *shochet*, avec Niccolò debout au-dessus de lui.

— J'ai sauvé cet enfant de son oncle. Niccolò a amené le bébé à l'abattoir du ghetto et a porté un couteau à son cou.

Sa lèvre inférieure se mit à trembler.

— Je l'ai tué, Jessica. J'ai tué un homme. Je l'ai frappé sans relâche avec le couteau du *shochet*. Une fois lancée, je ne pouvais plus m'arrêter. Après, je l'ai traîné jusqu'au canal et j'y ai largué son cadavre. Cela fait peut-être de moi une sorcière, mais qu'est-ce que j'aurais pu faire d'autre ?

Elle déballa Matteo et montra à sa sœur la tache sur les armoiries brodées.

— C'est le sang de Niccolò.

— Sainte Mère de Dieu ! dit Jessica.

Matteo se remit à pleurer. De grosses larmes rondes lui coulèrent sur les joues et il tendit les bras à Jessica pour qu'elle le réconforte.

— Ne pleure pas, mon fils.

Les mots parurent tomber naturellement de ses lèvres.

— Ça va aller.

Elle essuya les larmes du bébé avec le bord de sa jupe. Quand Jessica se pencha vers lui en rajustant sa couverture plus douillettement, Matteo lui prit le doigt et s'y accrocha. Le visage de la jeune femme se radoucit.

— Tu n'es pas une sorcière, dit-elle en levant les yeux vers Hannah. Tu es ma sœur.

Jessica regardait Matteo qui tirait son doigt jusque dans sa bouche.

— Ces deux frères sont bien connus de mes consœurs. Mon métier est aussi riche en potins que le tien. Niccolò est – ou était – un être passionné, toujours prompt à se battre. Il était facilement influencé par son frère aîné. Les deux sont des joueurs et ont sans doute de lourdes dettes auprès des prêteurs sur gages du ghetto. À présent, c'est Jacopo que tu dois craindre. Tu peux parier qu'il ne cédera pas tant que toi et cet enfant ne serez pas morts.

Hannah lui raconta que Jacopo avait exigé d'elle les deux cents ducats en échange des cuillers d'accouchement, et comment elle avait réussi à s'échapper avec son paiement caché au fond de son sac.

— Le salaud ! Tirer profit de ton désespoir… Ces fils de nobles sont tous pareils : vaniteux et irresponsables. Il doit sans doute de l'argent à tout le monde, de son cordonnier à son valet.

— Je regrette de te mêler à cela.

Jessica prit Matteo et le tint contre son épaule, le secouant un peu pour le réconforter.

— Vers qui pouvais-tu te tourner ? Nous n'avons pas bien agi l'une envers l'autre. Nous nous sommes mutuellement infligé de profondes blessures. Parfois je ruais dans les brancards, parfois c'était toi. Une chose est certaine : nous avons toutes les deux souffert.

— Qu'est-ce que je dois faire ? demanda Hannah.

— Retourne le bébé. Maintenant, avant qu'il ne soit trop tard. Retourne-le au palais en catimini.

— Mais je ne peux pas ! Le comte et la comtesse sont à Ferrare.

— Laisse-le à sa nourrice et dis-lui ce que les oncles ont fait.

— Giovanna? Elle a juré de me dénoncer à l'Inquisition si quelque chose arrivait à Matteo.

Hannah marqua un temps d'arrêt.

— Je dois attendre le retour du comte pour lui expliquer.

— Expliquer quoi? Que ses frères se sont ligués pour tuer son fils et héritier? Pourquoi est-ce qu'il te croirait?

Jessica posa le bébé sur son lit et commença à défaire les lacets de sa chemise.

— Je n'ai pas beaucoup de temps. Je dois rencontrer un client. Si je ne me présente pas, il va s'inquiéter.

— S'il te plaît, Jessica. Reste.

— Je ne peux pas. Si je reste, il va venir à la maison.

Elle retourna à sa coiffeuse.

— Nous allons prendre une décision pendant que je m'habille.

Avec une pipette de verre, elle laissa tomber une mesure d'huile odorante dans une pâte, qu'elle mélangea avec un minuscule couteau d'argent.

— Rends-toi utile. Tiens.

Elle tendit à Hannah un pinceau en poils de lapin.

Abaissant le pinceau dans le mélange, Hannah commença à étendre la pâte crémeuse sur le visage de Jessica, ses clavicules et la vallée de ses seins. À mesure qu'elle s'activait, Hannah sentit s'effacer sa colère envers Jessica. C'était sans doute pareil pour Jessica, car Hannah sentait se détendre les épaules et le visage de sa sœur; sa bouche se desserrait et ses paupières semblaient s'alourdir. Comme Jessica aimait se délasser sous la caresse des mains d'Hannah! Enfant, les rares fois où elle restait assise sans bouger, c'était lorsque Hannah lui brossait les cheveux en longs mouvements réguliers.

Lorsque Hannah eut couvert la peau de Jessica en lui donnant un éclat lumineux, celle-ci lui reprit le mortier et versa le reste de la crème dans un minuscule coffret d'albâtre.

— Je ne dois pas le gaspiller. J'ai écrasé une perle dans le mélange.

Elle défit son corsage, l'écarta d'un coup d'épaule et le laissa tomber autour de ses fines jambes.

— Aide-moi à m'habiller.

Elle grimaça.

— Va chercher mon corset.

Hannah le retrouva là où il était tombé du paravent et le tendit, déployé, afin que Jessica puisse le maintenir en place pendant qu'elle le laçait dans le dos.

— Plus serré, pour l'amour de Dieu! Est-ce que je vais entrer au théâtre en me dandinant, la taille aussi épaisse que celle d'une laitière?

— Tu as le visage rouge. Je n'ose serrer davantage.

— Ma servante ne m'a jamais montré une telle mansuétude.

Hannah tira de nouveau et sentit son propre visage devenir cramoisi sous l'effort.

— Et là? Peux-tu respirer ou es-tu morte?

Jessica fit une tentative de respiration.

— Pas encore morte, mais ça suffit.

Elle abaissa légèrement le corset sur son torse, exposant ses seins presque jusqu'aux mamelons. Puis elle désigna le coin de la pièce.

— Maintenant, apporte-moi cette robe et tiens-la ainsi par-dessus ma tête.

En quelques instants elle fut tout habillée. Elle se tourna vers Hannah, pensive. Enfin, elle dit :

— Va à Ferrare. Amène-leur l'enfant. C'est tout ce qu'il y a à faire. Tu peux m'emprunter des vêtements. Pars demain.

— Je ne peux pas. Mon bateau quittera bientôt Venise.

— Et si le comte ne revient pas à Venise à temps ?

Jessica prit sur la coiffeuse une petite bouteille de verre munie d'un compte-gouttes.

— Je crois qu'il va revenir.

Elle pencha la tête en arrière et déposa une goutte de belladone dans chaque œil. Elle cligna des yeux jusqu'à ce que les gouttes se soient dispersées. Ses pupilles se dilatèrent, rendant ses yeux encore plus foncés.

— Venir te voir, c'est la chose la plus difficile que j'aie jamais faite. Laisse-moi rester avec toi, supplia Hannah. Ensuite je vais ramener Matteo, m'embarquer pour Malte et ne plus jamais abuser de ta gentillesse.

— Quelqu'un dira bientôt à Jacopo que tu es ma sœur. Il sait très bien où j'habite.

Hannah ouvrit la bouche pour parler, mais Jessica l'interrompit.

— Et comment as-tu l'intention de nourrir l'enfant ? As-tu une nourrice pour l'allaiter ?

— Je vais lui donner de la bouillie jusqu'à ce que je puisse le ramener au palais.

— Les cimetières sont remplis de bébés nourris à la bouillie.

— Je n'ai pas le choix.

Jessica s'efforça de sourire.

— Quoi qu'il arrive, nous y ferons face ensemble, comme des sœurs.

Elle prit le sac d'Hannah contenant les cuillers d'accouchement et les ducats, le rangea derrière la tête de son lit.

— Il sera en sécurité ici, dit-elle en le drapant d'une mousseline. Elle mit une paire de boucles d'oreilles et prit son sac de soirée, puis descendit l'escalier et sortit.

De la fenêtre ouverte de la chambre à coucher, Hannah regarda Jessica marcher lentement le long de la *fondamenta*, sur des talons si hauts que le gondolier dut la soutenir lorsqu'elle monta à bord. Jessica leva les yeux vers Hannah à la fenêtre et, après lui avoir envoyé une bise, s'installa dans la *felze*.

C'était marée haute. Hannah regarda les embarcations qui se disputaient l'espace dans l'étroit canal, faisant bouillonner un tumulte de contre-courants. Quelques-unes d'entre elles, surchargées, ne pouvaient passer sous les ponts. À marée basse, certaines ne pouvaient bouger, leur coque étant prise dans la vase et les débris gisant au fond du canal.

Alors que l'embarcation de Jessica s'éloignait du quai, Hannah vit quelque chose qui lui coupa le souffle. Une barge passa lentement, chargée de corps empilés si haut qu'elle passait à peine sous le pont. Hannah sentit la décomposition des cadavres gonflés qui éclataient sous la pression de leurs propres fluides. Les branches de romarin et de genièvre qui les couvraient n'arrivaient pas à masquer la puanteur. Elle appuya une main sur son nez. Durant la dernière épidémie, beaucoup de Vénitiens avaient fui vers le continent, mais des paysans armés qui craignaient la contagion les avaient attaqués et renvoyés à Venise. Elle devait partir tout de suite pour Malte, avant que la peste rende le voyage impossible. Il était vraisemblable que, demain, les domestiques fuiraient vers la campagne, terrifiés. À part Hannah, sa sœur et le bébé, la maison serait vide. Elle n'avait besoin de survivre que quelques jours de plus et, ensuite elle s'embarquerait sur le *Balbiana*.

Elle resta à la fenêtre à observer la rue jusqu'à ce que la pleine lune se lève bien haut au-dessus du canal. Un grincement du parquet, la voix d'un passant, le moindre clapotis du canal, la faisaient tressaillir.

Qu'est-ce qui allait la tuer en premier ? Jacopo, qui, en posant quelques questions dans la ville, allait sûrement découvrir que la sage-femme juive était la sœur de la magnifique courtisane qui habitait sur la *fondamenta* della Sensa ? Ou la peste ?

Matteo dormait sur le lit de Jessica, respirant doucement, des bulles de salive aux coins de la bouche. Ses cils lui frôlaient les joues, ses mains minuscules étaient croisées sous l'édredon. Pour l'instant, ils étaient tous deux en sécurité, mais Jessica avait raison. Sans une nourrice, Hannah ne pouvait garder Matteo en vie. En effet, des bébés nourris à la bouillie, il y en avait plein les cimetières.

Chapitre 15

La Valette, Malte
1575

Assis sur le plancher de l'atelier de Joseph, Isaac était enfoui sous une montagne de toile. Avec une aiguille courbe, il cousait des bandes de signalisation sur une voile carrée, soutenant de l'avant-bras les longues et étroites lanières de tissu. Une pièce de cuir sanglée à sa main lui permettait de passer l'aiguille à travers la toile sans se blesser.

En entendant des pas légers franchir la porte avant, Isaac leva les yeux. C'était Gertrudis. Grande et blonde, elle entraîna dans la boutique l'odeur du pain frais que contenait le panier qui se balançait à son bras. Elle avait les cheveux enrubannés, sa robe était tachée de bleu, de brun et de noir, et un trait blanc lui barbouillait la tempe, comme si elle avait écarté une mèche de son front d'une main maculée de peinture.

Isaac était si profondément enroulé dans la voile qu'avant de pouvoir se redresser, il dut remuer les orteils pour redonner vie à ses jambes. Le regard de Gertrudis balaya l'atelier, et elle plissa un moment ses yeux encore ajustés au grand soleil de la rue. Elle avait à la main une lettre d'apparence familière. Ses yeux se posèrent sur l'homme. D'une voix mélodieuse, elle demanda :

— Où puis-je trouver Joseph ?

— Il est parti au quai pour ravitailler un bateau. Je peux vous aider ?

Elle jeta la lettre sur la voile entortillée.

— Tu peux lui dire d'arrêter de m'écrire.

Il ne l'avait pas encore bien regardée. À présent, il voyait qu'elle n'était pas jeune, peut-être la trentaine, mais encore jolie, avec des yeux bleus et une bouche délicieusement incurvée, en forme d'arc. Plus il l'examinait, plus son cœur se serrait. Assunta avait raison, Joseph était Tantale, ce personnage tendu vers une trop haute grappe de raisins.

— C'est vous, la bonne Samaritaine qui a fait don de cinq *scudi* à sœur Assunta pour qu'elle m'achète ? demanda Isaac.

— C'est bien moi, pour tout le bien que ça t'a fait.

— Malgré tout, vous avez toute ma reconnaissance.

Isaac ramassa la lettre et la frappa légèrement contre la voile froissée, pour la dépoussiérer.

— Je peux ? dit-il en montrant la lettre.

Gertrudis fit un signe affirmatif de la tête.

La lettre n'avait pas été ouverte. Le sceau de cire rouge s'effritait et des particules tombèrent sur la toile. Il la déplia et fit mine de lire les paroles familières.

— Ça me semble être une très belle lettre. Vous voyez à quel point l'écriture est nette et bien espacée ? Et les anges du ciel n'auraient pas pu fabriquer de parchemin plus lisse.

— Ne joue pas à l'analphabète. Je t'ai vu faire le scribe sur la place publique. Ce n'est pas la qualité de l'écriture ou la composition qui me rend furieuse. Joseph ne me plaît pas et je ne veux pas de ses lettres. Fais-lui le message pour moi.

Elle se tourna vers la porte, mais semblait réticente à partir.

Comment pouvait-il remuer la braise du désir dans le cœur de Gertrudis ? Si seulement il pouvait la pousser à accorder à l'homme un second regard, Joseph le libérerait et il voguerait à bord du prochain navire pour Venise.

— Joseph vous admire plus que quiconque. Vous ne retrouverez jamais un tel homme. N'écartez pas une chance de bonheur.

— Pour qui te prends-tu, pour offrir si généreusement un si mauvais conseil ?

Il écarta du pied une montagne de toile et s'inclina du mieux qu'il put.

— Je ne suis qu'un pauvre esclave échoué sur cette île.

Il avait failli dire « sur cette côte misérable », mais il se ravisa. Elle était maltaise et devait aimer son lieu de naissance autant que lui adorait Venise.

— Isaac Levi, à votre service.

— On dirait presque que tu meurs de faim.

Elle mit la main dans le panier de jonc qu'elle portait au bras et lui tendit un pain.

— Je parie que Joseph n'est pas aussi généreux avec ses victuailles qu'avec ses mots d'amour.

Isaac regarda le pain avec reconnaissance et en arracha un quignon avec ses dents. Il était frais et odorant, encore chaud de la boulangerie.

Elle le regarda attentivement manger.

— Tu es vénitien, n'est-ce pas ? Tu fais paraître presque élégant notre pauvre dialecte maltais.

Il fit un signe de la tête, en mastiquant lentement pour faire durer le pain.

Elle regarda son châle de prière.

— Tu es juif ?

Isaac fit un nouveau signe affirmatif.

Gertrudis souleva sa longue jupe et chercha un endroit où s'asseoir. Elle vit un tabouret dans un coin et le tira à elle avec son pied. Elle désigna la lettre qu'Isaac avait posée sur les voiles.

— Cette missive est le produit de tes mains sanglantes, n'est-ce pas ?

— Je l'ai écrite, oui. L'écriture de Joseph n'est pas la meilleure, parce que sa vue baisse. Mais la composition est entièrement de lui. Un peu chargée, mais sincère, je vous assure.

Il regrettait ses mensonges avant même de les prononcer. Un jour, Dieu allait le punir. À présent, il avait besoin de l'aide de Gertrudis. Il se mit à lire.

— Joseph n'a pu écrire cette lettre, pas plus qu'un de mes cochons. Les sentiments exprimés sont magnifiques. S'ils venaient d'un autre homme, ils me plairaient peut-être.

Elle regarda Isaac avec une telle franchise qu'il eut honte de sa propre duplicité. Puis, elle s'assit et fouilla une pile de débris dans le coin de l'atelier. Elle en sortit une retaille de toile, la lissa contre une planche de pin trouvée sur le sol et posa le tout sur le tabouret. Elle fixa Isaac si longtemps, et sans la moindre réticence, qu'on aurait dit qu'il était un objet plutôt qu'un homme. Elle tendit le pouce et l'index, mesurant les proportions de son visage.

— Tu as un visage intéressant.

Il sentit brûler sa figure. Il se concentra sur le pain.

Avec une pierre trouvée dans la rue, elle maintint la porte ouverte, et le soleil envahit l'atelier. De son sac, elle tira un bout de tissu taché de noir et le déroula. Elle en sortit un morceau de charbon de bois de saule puis elle s'assit et commença une ébauche.

Isaac avait déjà vu travailler des artistes. L'atelier du Tintoret était juste devant les portes du ghetto, sur la *fondamenta* della Sensa. Il était courant, les jours chauds, de voir des apprentis accroupis sur le trottoir, occupés à esquisser des scènes bibliques sur des toiles tendues. Mais le juif n'avait jamais vu personne, encore moins une femme, dessiner d'une manière aussi sûre et rapide.

Elle était si absorbée par sa tâche que sa main volait au-dessus de la toile. De temps à autre, elle s'arrêtait et frottait son dessin avec le bout de linge. Son regard attentif passait de lui à sa toile, et inversement, comme si elle observait le va-et-vient d'une balle.

Fort gêné, Isaac ne savait où regarder. Il continua à piquer la voile avec son aiguille.

— Il ne sert à rien de dessiner un esclave à moitié affamé. Joseph est un bel homme, aux traits prononcés. C'est lui que vous devriez dessiner, pas moi.

Il s'efforçait de voir l'esquisse, mais elle l'écartait hors de sa portée.

— J'aimerais mieux dessiner un crapaud.

Elle travailla encore quelques minutes, après quoi elle retourna le dessin pour qu'il puisse voir ses traits au fusain. Il vit son long visage sérieux, ses yeux foncés, ses paupières prononcées, ses joues creusées par la faim, une bouche sensuelle qu'il ne reconnut pas et une barbe qui couvrait sa mâchoire carrée. Dans son dessin, Isaac avait une troublante ressemblance avec une image de retable qu'il avait aperçue par la porte ouverte d'une église de Venise. C'était un portrait de Moïse, majestueux, recevant les commandements.

— Vous me flattez, dit-il.

— Je t'ai dessiné ; c'est un portrait de toi tel que tu es. Aimerais-tu l'avoir ?

Elle prit un autre bout de toile et le plaça soigneusement par-dessus le premier. Prenant garde à ne pas frotter les deux ensemble, elle en fit un rouleau. Elle joua avec le ruban bleu de ses cheveux jusqu'à ce qu'il se défasse et que ses cheveux traînent sur ses épaules. Isaac eut fugitivement l'image d'elle à son réveil, échevelée et odorante. Aussitôt la pensée venue, il la chassa de son esprit.

Elle enrubanna le rouleau et le noua. Elle le lui poussa dans la main.

— Pour toi, pour te rappeler ton séjour sur cette île… et moi.

Elle replia sa jupe autour d'elle et se rassit sur le tabouret devant lui.

— À présent, tu dois faire quelque chose pour moi.

Elle se pencha.

— Je veux que tu écrives une lettre.

Isaac eut le sentiment angoissé qu'il savait ce que serait la lettre. Lorsqu'il eut disposé son matériel d'écriture, il s'enquit :

— À qui devrai-je l'adresser ?

— Commence ainsi : « Joseph… même si je suis flattée par l'honneur que vous me faites en me demandant ma main, je dois refuser et vous signifier de ne plus m'écrire. »

Isaac souleva sa plume du parchemin. Comment pouvait-il la convaincre d'aimer ce minable ?

— Est-ce que cela rendrait service à Joseph si je vous disais que c'est un brave homme et qu'il a une prospère entreprise de fabrication de voiles et de ravitaillement de navires ?

— Non.

— Et si je vous disais que Joseph est drôle, spirituel et qu'il vous rendra heureuse toute votre vie ?

— Je dirais que tu es un fieffé menteur.

— Et si je vous disais qu'il est viril et qu'il a les attributs d'un jeune taureau ?

— Même si tu avais la langue aussi bien pendue qu'un crieur du marché et que tu décrivais Joseph comme un véritable Adonis, tes paroles ne me persuaderaient pas. Même si la Vierge descendait des cieux et m'ordonnait d'épouser Joseph, je refuserais. Il pue la pisse de mouton. Il n'y a qu'un homme qui puisse me plaire, poursuivit-elle, mais il ne semble pas intéressé.

Isaac hésita, se demandant s'il devait dire tout haut ce qu'il avait à l'esprit. Après tout, à la vente aux enchères des esclaves, elle s'était avancée dans la foule et avait donné à sœur Assunta les cinq *scudi* nécessaires pour le racheter à Joseph.

— Et si je vous disais que ma liberté repose sur le fait que vous succombiez à ses charmes ?

Gertrudis le regarda, scrutant son visage.

— Tu plaisantes !

— Est-ce qu'un marin sur une mer battue par la tempête implore Dieu par plaisanterie pour qu'il le sauve ?

— Est-ce que tous les juifs répondent à une question par une autre question ?

— Pourquoi pas ? Ont-ils une raison de ne pas le faire ?

Gertrudis eut un rire qui semblait venir du fond d'elle-même. Elle avait les cils les plus longs qu'il avait jamais vus, des yeux frangés, aussi bleus que les baies sauvages qui poussaient aux limites de La Valette. Comment ce rustre avait-il pu croire qu'ils étaient bruns ?

Isaac ravala son orgueil et dit :

— Je vois qu'il ne sert à rien que je plaide la cause de Joseph, mais par égard pour moi, pourriez-vous faire semblant de l'aimer jusqu'à ce que je sois libre ? Lorsque je serai parti, vous pourrez le jeter dans une marmite et en faire de la soupe, en ce qui me concerne.

— Pourquoi ton sort devrait-il m'importer le moins du monde ?

Elle parlait d'une voix enjôleuse, et il voulut se retrouver loin d'elle.

— J'ai une femme affectueuse qui m'attend à Venise. Je ferai tout en mon pouvoir pour la rejoindre.

— Elle doit faire l'envie de bien des femmes.

Isaac regarda pour voir si elle avait la bouche recourbée par un sourire ironique, mais elle semblait sérieuse. Il se sentait incroyablement maigre et malheureux, mais peut-être n'avait-il pas perdu toute sa beauté. Il était certain d'avoir tiré une mauvaise conclusion, mais non, elle lui lançait de nouveau ce regard.

Il espérait pouvoir lui faire confiance.

— Je comprends que vous ne puissiez faire semblant d'abandonner votre cœur à Joseph, mais pouvez-vous me trouver un bateau ? Vous devez connaître quelqu'un qui possède une chaloupe. Voyez-vous, avec une barque, je pourrais ramer vers l'un des bateaux ancrés dans le port et, à la faveur de la nuit, me glisser à bord.

Gertrudis secoua la tête.

— Bien des esclaves ont essayé ce stratagème, mais peu ont réussi. Pourquoi ne pas attendre jusqu'à ce que tu sois racheté ?

Il sentit le sang lui monter au visage. Il n'allait pas lui avouer que ses frères juifs ne pouvaient lui venir en aide.

— Quelques *scudi* et une rame ? Ce n'est pas beaucoup demander.

Elle réfléchit.

— Mon cousin a peut-être un bateau dont je pourrais m'emparer mais, en retour, j'ai quelque chose à te demander.

— Si la chose est en mon pouvoir, elle vous sera accordée, dit-il.

— Écris-moi une lettre si belle qu'elle gagnera le cœur de cet homme dont je suis entichée. Et si elle est suffisamment belle, que je la lui donne et qu'il tombe amoureux de moi, je te dénicherai une embarcation solide. Pour prouver ma reconnaissance, je vais payer ton passage sur un vaisseau marchand pour le retour à Venise.

— C'est une offre fort généreuse, répondit Isaac, perplexe. Je crois que vous plaisantez. Vous êtes beaucoup trop bien pour les hommes de Malte, qui, autant que je sache, ne sont pas meilleurs que des chiens non circoncis.

Elle sourit, et il s'en voulut d'avoir mentionné la circoncision. Cela ne lui était jamais arrivé, mais les chrétiennes devaient être curieuses à propos de ces choses. C'était tout naturel.

— Dans une semaine, viens me rencontrer dans la petite anse au sud du port. J'apporterai la chaloupe de mon cousin. Apporte ma lettre et je la donnerai sur-le-champ au destinataire. La lune, les étoiles et une outre de vin feront le reste.

— Puis-je savoir le nom de cet heureux homme ?

Gertrudis mit sa main dans la sienne et la serra d'une façon qui le terrifia.

Chapitre 16

Venise
1575

Pendant que les ombres de l'après-midi s'étiraient sur la table, Hannah et Jessica mangeaient de la soupe au panais. Un sac de laitue et de céleri ramollis était affaissé dans le coin où Jessica l'avait jeté en revenant du marché.

À l'aube, Hannah avait entendu grincer la porte lorsque Jessica était rentrée du théâtre. Sa sœur s'était effondrée de fatigue à côté d'elle dans le lit. Quand Matteo s'éveillait d'un rêve en geignant, Jessica tendait la main et le remuait légèrement jusqu'à ce qu'il se rendorme. Les trois avaient sommeillé de façon intermittente jusqu'à ce que chante le coq d'un voisin. Puis, Jessica avait passé un moment au marché. À présent, de l'autre côté de la table, elle contemplait Hannah, aussi fraîche que si elle avait dormi pendant des heures.

— D'ici au marché du Rialto, dit-elle, rares sont les maisons qui ne sont pas touchées par la peste. Toutes les familles atteintes doivent peindre le signe de la croix sur leurs portes, pour avertir les autres.

— C'est ça, ta brillante idée? demanda Hannah. Qu'on peigne une croix sur la porte? Tu penses que Jacopo sera berné par une telle ruse ? demanda Hannah.

— On ne peut pas rester là à nous tracasser. Dans les rues, on parle de la disparition de Niccolò. Jacopo va venger sa mort. Dépêche-toi de finir ton repas, nous devons nous préparer.

Hannah dégustait sa soupe en essayant d'ignorer le bêlement de la chèvre dans le jardin devant la maison. La nuit précédente, alors que Jessica était au théâtre et que Matteo beuglait comme un veau affamé, Hannah était sortie de la maison pour aller voler une chèvre. Si elle n'avait pas eu la chance de trouver la bête, elle aurait été obligée de donner de la bouillie à Matteo. Après avoir traîné la chèvre à la maison pour la traire, elle avait posé un chiffon trempé de lait sur les lèvres de Matteo. Il avait arrêté de pleurer, ouvert la bouche et commencé à sucer vigoureusement. Lorsqu'il eut bu tout son soûl, un air de contentement était apparu sur son visage. Elle l'avait serré si fort dans ses bras qu'elle avait senti remuer le lait dans son ventre. Il s'était tortillé et elle avait relâché son emprise pour lui frotter le dos en cercles lents et rythmiques, jusqu'à ce qu'il récompense ses efforts par un rot sonore.

Jessica tourna son attention vers le bêlement qui montait du jardin.

— Je sais que les choses doivent sentir ce qu'elles sentent. Les canaux puent les ordures. Les pots de chambre puent la pisse. Quant aux chèvres, elles sentent la chèvre, mais Mère de Dieu que c'est affreux !

Jessica posa son bol et s'essuya la bouche avec une serviette.

— Viens, éloignons-nous le plus possible de cet animal.

Matteo dans les bras, Hannah suivit Jessica dans l'escalier jusqu'à la chambre à coucher.

Des chérubins de plâtre regardaient du plafond avec des yeux ronds et brillants, alors que Jessica mélangeait de la suie grattée dans l'âtre, de l'huile d'olive rance, du curcuma, de l'ail et des oignons. La chèvre nourrice avait, sans qu'on insiste, fourni tout le fumier requis et même davantage. Jessica aligna en ordre ses pots de crèmes, ses teintures capillaires à base de lessive, ses onguents, ses poudres et ses lotions, qui tous faisaient partie de son arsenal d'outils professionnels.

Hannah avait la tête qui cognait.

— Je vais peindre la croix. Pourvu que Dieu ne la remarque pas et ne me fasse pas mourir sur-le-champ !

La ruse n'allait pas réussir, mais mieux valait s'occuper en attendant l'arrivée de Jacopo. Elle courut en bas et, avec un tison de l'âtre, traça une croix grossière sur la porte. Lorsqu'elle retourna à la chambre à coucher de sa sœur, celle-ci, assise sur le lit, annonça :

— Nous allons commencer par Matteo.

Jessica prit le bébé, lui caressa le menton et dit en gloussant :

— Je t'aime mieux maintenant que tu ne pleures pas, mais je ne sais pas qui sent le plus mauvais, la chèvre ou le bébé.

— Il est souillé. Je vais lui enlever ses langes.

Hannah prit des bandes de lin fraîches dans son sac et posa l'enfant sur le lit. Elle défit le tissu souillé et le mit de côté, remarquant, comme toujours, le pénis non circoncis qui reposait tel un ver aveugle entre ses jambes. Alors qu'elle était penchée sur lui, la *shaddaï* pendait à son cou, et il agitait les mains vers elle.

Jessica regardait le bébé nu par-dessus l'épaule d'Hannah.

— Encore quelques jours au lait de chèvre et ses petites joues retrouveront leur rondeur.

Elle sourit à Matteo en le contemplant.

— Pourvu que tu ne commences pas à bêler comme cette misérable chèvre en grignotant mes pivoines, hein? Me le promets-tu, méchant garnement?

— Où commencerons-nous? demanda Hannah.

— Ici même. Nous allons expérimenter.

Hannah plaça un linge propre sous Matteo. Il leva une main recourbée à sa joue, puis gargouilla et gazouilla, bougeant ses jambes et ses bras libérés.

Jessica remua un petit pot de liquide avec un bâtonnet et y ajouta, goutte à goutte, une substance huileuse.

— Voici le pus, dit-elle en tenant le bâtonnet recouvert d'un fluide jaune et visqueux.

— Espérons que Jacopo ne s'approche pas suffisamment pour détecter l'odeur de moutarde.

Hannah fronça le nez de dégoût.

— Je n'ai jamais vu de substance plus convaincante, plus malodorante. Tu es plus douée pour les mixtures que n'importe quel apothicaire de Venise.

Elle se pencha au-dessus de Matteo.

— Je vais lui soulever le menton pour que tu puisses étendre ta pâte sur sa gorge, ses aisselles et ses aines.

Tandis que Jessica appliquait la pâte, Hannah récitait un passage du *Livre de Job* :

— « J'ai cousu un sac sur ma peau ; j'ai roulé ma tête dans la poussière.Les pleurs ont altéré mon visage ; l'ombre de la mort est sur mes paupières. »

— Pour l'amour du Ciel, tais-toi ! dit Jessica. Ce n'est pas ce que je veux entendre.

Au moyen d'une serviette, elle salit le petit corps. Matteo se débattait sous la poigne d'Hannah, agitant les bras pour protester contre la pâte froide.

Tenant ses jambes écartées pour que Jessica puisse lui peindre la région de l'aine, Hannah déclara :

— L'odeur suffit à éloigner l'Ange de la Mort en personne.

Elle détourna la tête vers la fenêtre ouverte pour respirer.

— À présent, de la pâte d'arsenic sur son visage pour le blanchir.

Jessica apporta un nouveau pot et commença à s'occuper des joues roses de l'enfant.

— Ensuite, mets une portion de cette coquille d'œuf sous ses aisselles. Et colle-la avec cette fiente. Ça va ressembler à l'enflure noire causée par la peste.

Jessica produisit pour Matteo des bruits apaisants et se mit à chanter une berceuse.

Obéissant aux directives de sa sœur, Hannah étala de nouveau de l'onguent sur le bébé, puis recula pour admirer son œuvre. Matteo était l'image même de la peste noire. Elle tressaillit Un jour, elle avait vu le cadavre d'un tel enfant jeté sur une barge qui flottait sous le pont delle Guglie, en route vers l'île de Lazaro pour y être enterré.

Jessica arrêta de chanter.

— Hannah, supposons…

— Quoi ?

Jessica hésita.

— Supposons qu'en peignant des bubons sur Matteo, nous lui fassions contracter la peste ? Supposons que l'Ange de la Mort croie que Matteo a vraiment la peste et l'emmène ?

— As-tu abandonné ta cervelle en même temps que ta religion ? Tu penses comme un chrétien.

Hannah déposa le bâton qu'elle avait utilisé pour étendre l'onguent sur Matteo, et regarda Jessica.

— L'Ange de la Mort va croire qu'il est déjà infecté et, en se disant que son œuvre est complétée, va le laisser de côté. Et puis, l'Ange de la Mort est déjà rassasié. Hier soir, les barges ont raclé le fond du rio della Sensa. Elles étaient surchargées de cadavres. Pourquoi se donnerait-il la peine de venir chercher un autre bébé ? Inquiète-toi plutôt de Jacopo.

Hannah prit le seau de lait de chèvre à côté du lit et commença à nourrir Matteo en utilisant la méthode à présent familière qui consistait à tremper le chiffon dans le seau avant de le poser sur les lèvres du bébé. Lorsqu'il eut bu, ses yeux se fermèrent et il ronfla paisiblement, inconscient de son apparence hideuse.

— Un ange en costume de démon, fit-elle remarquer en tirant une couverture sur lui, prenant soin de ne pas perturber les onguents et la coquille d'œuf sur ses aines.

— Il nous faut un couteau, Jessica. Va en chercher un.

Jessica déposa son pot et revint quelques moments plus tard avec un couteau qu'elle tendit à sa sœur.

— Hannah, j'ai fait une carrière lucrative en feignant des émotions que je ne ressens pas et en prononçant des choses auxquelles je ne crois pas. Mais je ne peux pas tuer un homme.

Hannah, se rappelant le raclement du couteau sur l'os dans l'abattoir, se mit à trembler.

— Je vais placer le couteau sous l'oreiller.

Pouvait-elle y arriver de nouveau? Attaquer un homme comme une créature possédée par le démon?

Hannah s'installa dans un fauteuil à côté du lit et tenta de ne pas grimacer lorsque sa sœur s'approcha avec une mixture visqueuse comme un œuf cru.

— Maquille-moi de tes pâtes et onguents, lui dit-elle, puis laisse-moi mariner dans la puanteur.

Pour la première fois, elle remarqua une draperie de soie rouge et or derrière le lit.

— Qu'est-ce qu'il y a derrière ce rideau?

Jessica l'écarta pour révéler une porte à peine assez large pour permettre à un homme d'y passer.

— Une sortie pour ceux qui accordent plus de prix à la discrétion qu'au confort de l'escalier principal.

— Elle mène à la *fondamenta*? demanda Hannah.

— Oui, au canal.

Le visage de Jessica prit une expression concentrée.

— D'abord, tu as besoin d'une couche de cette pâte, qui servira de base, comme du gesso sous une fresque. Elle va durcir sur ton visage, et tu ne pourras pas parler sans la faire se craqueler. Cela va me donner l'occasion de te dire quelque chose. Écoute, mais ne parle pas.

Hannah n'avait pas l'habitude de recevoir des ordres de sa sœur cadette, mais apparemment elle n'avait pas le choix.

— Souvent, Hannah, tu ne veux pas dire les choses. Tu espères que ça se réglera tout seul, mais ce n'est pas le. cas.

Jessica commença à appliquer la pâte ferme avec un bâtonnet de bois, dont l'extrémité était aussi plate que la rame d'un gondolier.

— C'est peut-être ma dernière chance de te dire ma pensée.

Jessica s'affairait, d'abord à appliquer, ensuite à incorporer la crème sur la mâchoire d'Hannah.

— Chacune de nous a tort de critiquer l'autre. Si Jacopo nous tue ou que les *inquisitori* nous torturent à mort, sache que je t'aime.

Hannah tenta de parler, mais Jessica posa un doigt sur ses lèvres et étala la pâte, de la taille d'un pois, sous le nez d'Hannah et sur sa gorge. Elle poursuivit :

— Dans quelques jours, si Dieu le veut, tu retrouveras les parents de Matteo, puis tu vogueras vers Malte et vers ton Isaac – elle marqua un temps d'arrêt – envers qui tu es si dévouée. Tu as de la chance de l'avoir. Pour moi, l'accouplement est un acte commercial. Je sais que tu as vécu des plaisirs que je n'ai pas connus.

Le masque de pâte blanche camouflait ses senti-ments, mais Hannah voulait dire à sa sœur qu'Isaac la faisait rire, qu'il était doux et affectueux, et qu'au lit, il attendait qu'elle soit assouvie la première.

Jessica vit qu'elle essayait de parler et la fit taire.

— Peu importe, je sais ce que tu veux dire.

Elle frotta la pâte sur le front d'Hannah.

— L'amour ne s'explique pas.

Elle poursuivit :

— Tu crois que je suis trop attachée au luxe. Que j'ai vendu mon âme pour de la porcelaine, des tables incrustées et un lit à baldaquin couvert de feuilles d'or.

— Je..., commença Hannah, qui sentit se craqueler la pâte.

Jessica l'embrassa sur le dessus de la tête et lui dit de rester immobile. Elle donna à Hannah un pot d'un onguent gélatineux et malodorant.

— Nous allons nous montrer plus futées que Jacopo. Applique ceci à tes aines et à tes aisselles. Cela va te piquer la peau et la faire rougir, mais sans aucun tort durable. Pour être convaincante, lorsqu'il sera là, tu dois presque te dévêtir et donner l'impression d'une fièvre brûlante.

Hannah n'avait pas envisagé cette partie du stratagème. Elle trempa les doigts dans le pot et poussa un frisson involontaire en étalant le mélange graisseux, comme le lui avait prescrit sa sœur.

— Je t'aime vraiment, même avec cet air affreux.

Avec un peigne, Jessica s'approcha de la chevelure noire d'Hannah et lui donna l'allure d'un nimbe satanique.

Les lèvres presque collées pour ne pas faire craqueler le masque en train de sécher, Hannah dit :

— Suppose que je reste étendue ainsi pendant des jours, à cuire dans cette horrible mixture ?

— Nous allons attendre ensemble. J'ignore si notre stratagème fonctionnera, mais il est notre seul espoir. Nous tracasser n'affectera pas le dénouement.

Jessica tire-bouchonna une dernière mèche. Puis, elle recula d'un pas, fronçant les sourcils, étudiant les traits pâles, les cernes, ainsi que les furoncles sur la poitrine et les bras de sa sœur. Elle renifla l'air.

— Oui, je pense que tu es prête.

Elle prit une glace sur la commode et la tendit à Hannah.

— Regarde-toi.

Hannah tressaillit en voyant son reflet. Elle était l'image même de la peste. Regardant Matteo étendu sur le lit de Jessica, elle était reconnaissante du fait qu'il soit trop jeune pour comprendre le sens du visage qu'elle voyait dans la glace, aussi hagard que celui d'une sorcière, couvert de plaies purulentes, le regard ahuri, les cheveux défaits, le nez déformé et méconnaissable. Elle rendit rapidement la glace à Jessica.

Tendant le bras sous son lit, celle-ci dit :

— Un dernier détail.

Elle farfouilla un moment avant de tirer un paquet emballé dans du tissu.

— Voici un œuf de perdrix qui a été vidé de son contenu et rempli du sang d'une poule. J'en ai une collection à portée de la main, pour mes clients qui préfèrent m'avoir vierge. Garde-le dans ta bouche et, le moment venu, mords-le et laisse dégouliner le sang du coin de tes lèvres.

Jessica l'aida à enlever le reste de ses vêtements et à grimper dans le lit, disposant les couvertures de façon à exposer le pire de l'enflure et du pus. Elle rapprocha Matteo de son côté.

— Une partie de backgammon, pour passer le temps ?

Hannah secoua la tête. Elle ne pouvait penser qu'à une chose : *Jacopo doit venir ce soir*.

Chapitre 17

La Valette, Malte
1575

Isaac était appuyé contre l'olivier de la place, sa planche de pin sur les genoux, lorsque Hector descendit de sa jument et accrocha les rênes au pommeau de sa selle, pour laisser le cheval brouter. Le juif était en train de rédiger une lettre au nom d'un boulanger de la ville de Zabbar, assis près de lui.

— Je serai avec vous dans un instant, *mio amico*, dit-il à Hector.

Isaac s'empressa de terminer la lettre et coinça dans son haut-de-chausse la pièce qu'il reçut en échange. Le boulanger glissa sa lettre dans son sac de cuir à bandoulière et courut en direction de la taverne, de l'autre côté de la place.

Isaac se leva et serra la main d'Hector, même s'il était fâché que cet homme de la Société n'ait rien fait pour l'aider, à part lui offrir un châle de prière. Aujourd'hui, Hector avait un air sombre.

— De quoi s'agit-il, mon ami ? Vous avez d'autres mauvaises nouvelles ? Asseyons-nous à l'ombre, et dites-moi tout ça. Il fit signe à Hector de s'asseoir à côté de lui sur une souche, sous l'arbre.

Hector s'assit comme la dernière fois, et commença à jouer dans la poussière avec un bâton.

— Ça suffit, la cartographie, Hector. Parlez.

— Il s'agit de votre femme, Hannah.

Hector continuait à griffonner avec le bâton.

Isaac sentit son cœur se contracter.

— Oui ? dit-il en s'efforçant d'écarter l'impatience de sa voix.

Hector parlait vite, se dépêchant de sortir les mots avant de perdre son sang-froid.

— Contre les ordres du rabbin, votre femme a mis au monde un bébé chrétien.

On aurait dit qu'Hector lui donnait un coup de poing à la poitrine, la vidant de son air. Après quelques instants, il se rétablit suffisamment pour dire :

— Hannah ne ferait jamais une telle chose. Non seulement c'est contre la loi, mais cela mettrait tout le ghetto en danger.

Il avait beau dire, il savait bien que ça lui ressemblait de prendre des risques pour quelqu'un d'autre.

— Où est-elle, maintenant ?

— Elle habite avec sa sœur…

Isaac le regarda, déconcerté.

— Je ne sais rien d'autre, dit Hector.

— Vous dites qu'elle a quitté le ghetto ? Non, je ne vous crois pas. Qui vous l'a dit ?

— C'est ce qu'écrit la Société, poursuivit Hector d'une voix qui se voulait rassurante. Mais ne vous en faites pas, tout ira bien. On dit qu'elle a sauvé l'enfant d'un comte et de sa femme. Le comte est influent. Il va la protéger.

Isaac se redressa d'un bond et commença à faire les cent pas, malgré les pierres pointues qui creusaient ses pieds nus.

— Non, tout n'ira pas bien.

Comment pouvait-il expliquer le sérieux de la situation à Hector, un goy habitant dans cet affleurement rocheux, en plein néant?

— Vous devez comprendre que lorsqu'un moineau tombe du ciel à Venise, on considère que c'est la faute des juifs.

La gorge d'Isaac se serra, tendue d'inquiétude pour Hannah.

— Vous exagérez, mon ami.

— Un jour, il y a bien des années, dit Isaac, une femme a été trouvée morte juste devant les portes du ghetto. Elle avait été violée et tuée. Personne ne connaissait son identité.

Hector parut mécontent.

— J'ai bien peur que cette histoire ne soit pas agréable.

Il remua sur la souche et remonta son chapeau vers l'arrière de sa tête. Isaac lui fit signe de se taire.

— Les juifs ont tout de suite été accusés. Les prêtres ont exhorté la foule : « Tuez les juifs. Répandez leur sang. » Un massacre était assuré. La foule criait et voulait entrer dans le ghetto pour décapiter les hommes et éviscérer les enfants. Les juifs se sont préparés à fuir. Toute la communauté était sur le point d'être déracinée, de perdre les maisons, d'abandonner les commerces, de laisser derrière elle les malades et les vieux.

Isaac marqua un temps d'arrêt.

— Soudain, un messager est arrivé sur la place. « Ne vous inquiétez pas, frères juifs, annonça-t-il. J'ai une merveilleuse nouvelle. La femme qui est morte était juive! »

Le visage d'Hector se froissa en une grimace malaisée. Isaac se pencha et lui serra le bras.

— Mon Hannah est peut-être morte, alors.

— Isaac, il y a une façon de s'en sortir, si vous voulez bien écouter.

— Comment ? demanda Isaac.

— Le rabbin a enfin pu recueillir l'argent de votre rançon auprès de bienfaiteurs particuliers, mais à une condition…

Hector s'arrêta.

— Laquelle ?

— Que vous divorciez d'Hannah.

Le monde était-il devenu fou ? Isaac empoigna Hector par le col et lutta contre l'impulsion de l'étouffer.

— J'aimerais mieux me couper le bras ! Vous pouvez dire au rabbin que si son aide dépend de cela, il peut prendre ses ducats et les fourrer dans le cul d'un porc !

Il relâcha Hector et se mit à tousser à cause de la poussière soulevée par son mouvement.

Hector, retrouvant son souffle, dit :

— Je suis vraiment désolé.

Il hésita, se préparant clairement à livrer un autre coup.

— On m'a donné l'ordre de ne pas négocier votre rançon tant que vous serez marié à Hannah. Votre femme a horriblement offensé le rabbin en…

— Mettant au monde un enfant chrétien.

— En lui désobéissant.

— Alors, le rabbin est mon ennemi, autant que les chevaliers, dit Isaac.

— Personne ne peut désobéir au rabbin, Isaac. Vous devez vous plier à sa volonté. Divorcez d'elle, et ensuite vous l'épouserez à nouveau.

— C'est impossible. Selon la loi juive, une fois divorcés, un mari et une femme ne peuvent pas se remarier.

Lorsque Isaac aurait signé le *get*, le document officiel de son intention de divorcer, celui-ci serait signifié à Hannah. Ensuite le tribunal rabbinique, un conseil de trois rabbins, pèserait le pour et le contre de l'affaire et confirmerait ou rejetterait le divorce. Sous la présidence du rabbin Ibraiham, l'issue ne ferait aucun doute. Isaac se frotta le visage. Sa main était mouillée. De chaudes larmes de colère ruisselaient sur ses joues.

— Vos lois sont faites pour engendrer le malheur, dit Hector.

Isaac haussa les épaules, trop découragé pour protester.

— Vous avez droit à votre opinion. Pendant des années, le rabbin m'a pressé d'accorder le *get* à Hannah, à cause de sa stérilité. Maintenant, il me possède comme un agneau dans les serres d'un aigle. Lui et moi, nous ne nous sommes jamais entendus sur quoi que ce soit, du prix d'un tonneau de harengs saurs au nombre d'hommes qui viendront à la *shul* pour les prières du matin. Mais là, il va trop loin.

Isaac écrasa de son poing la paume de sa main, et Hector recula. Comme il serait agréable que le rabbin soit assis là à la place du gentil mais inutile Hector ! Isaac imagina joindre les pouces et les appuyer contre la pomme d'Adam du rabbin, jusqu'à ce que la vie quitte son vieux corps desséché. Il fit craquer ses jointures.

— Hector, vous n'êtes qu'un messager. Je n'ai rien contre vous.

Il arpenta le sol rugueux, soulevant la poussière à coups de pieds rudes et calleux. Il ne s'était jamais senti aussi impuissant.

Hector se leva et le prit par le bras.

— Venez vous asseoir, Isaac. Voyez ce qu'il y a dans ma sacoche de selle, dit-il en marchant jusqu'à son cheval. Vous allez peut-être changer d'idée. Il en tira une épaisse liasse de papiers nouée par un ruban. Les feuilletant, il dit :

— Ah ! oui, le voilà ! Avez-vous entendu parler du *Provveditore* ? Voici un reçu pour votre passage sur ce vaisseau. Il est attendu dans une semaine, en provenance de Constantinople, et doit s'arrêter ici pour se ravitailler en eau fraîche, prendre un chargement de peaux, y compris la vôtre, si vous voulez bien signer la déclaration de divorce.

Les papiers voletaient dans la brise.

— J'ai aussi les fonds nécessaires pour verser votre rançon lorsque vous aurez signé le *get*.

Isaac toisa Hector, puis demanda :

— Par curiosité, qui sont mes bienfaiteurs ?

Son frère aîné Leon avait trouvé son épouse dans une famille riche, et il avait peut-être apporté sa contribution.

Hector répondit :

— Je ne peux dire qu'une chose : la somme a été levée par financement privé. Si vous signez, vous serez libre de vous embarquer.

— Jamais.

Hector secoua la tête.

— Qu'est-ce que cela peut bien vous donner de rester ici, à Malte ? Si vous voulez aider votre femme, il vaudrait mieux vous en retourner. Votre entêtement n'est utile à personne, surtout pas à vous.

— Je l'aime.

La voix d'Isaac se brisa.

— Le chagrin de ma femme devrait-il être le prix de mon retour au bercail ?

— Le monde serait médiocre, en effet, si le malheur d'une femme déterminait les actions d'un homme.

Hector se leva, épousseta son haut-de-chausse trop court, et marcha d'un pas nonchalant jusqu'à sa jument, qui broutait à quelques mètres. De la main, il fit un geste d'impatience.

— Être l'esclave d'un homme tel que Joseph, cela ne vous aide pas, ni votre femme. La faim a-t-elle obscurci votre raison ?

Pour la seconde fois, il fouilla dans sa sacoche de selle.

— J'ai aussi un sauf-conduit. Il vous protégera d'une autre capture au cours de votre voyage de retour. Il est signé par le grand maître, qui y a lui-même apposé son sceau.

Hector regarda Isaac dans les yeux.

— C'est votre dernière chance. Voulez-vous signer ?

— Quand toutes mes dents seront tombées et que ma barbe m'arrivera à la taille.

— Alors, mon ami, faites la paix avec votre Dieu sévère. Cette île sera votre tombe.

D'un geste, Hector demanda l'aide d'Isaac. Isaac joignit les mains et se pencha. Hector posa un pied dans ses mains, puis Isaac le fit monter en selle. Hector talonna la jument.

— Si vous changez d'idée, faites-moi signe, dit-il en faisant claquer les rênes.

Il s'éloigna en laissant un panache de poussière dans son sillage.

La saleté recouvrit la barbe d'Isaac et le fit tousser. Cet homme ne lui était d'aucune utilité, se dit-il. La Société – tous ceux-là, du rabbin à cette ordure ashkénaze – devrait se gargariser de semence d'âne.

Il allait s'évader de l'île sans l'aide de qui que ce soit.

Chapitre 18

Venise
1575

Ce matin, Venise était d'un calme surnaturel. Tous ceux qui avaient des parents hors de la ville s'étaient enfuis depuis longtemps, et les barges de la peste continuaient de déborder de cadavres. Hannah était restée au lit pendant des heures, le visage craquelé par le gesso. Les diverses potions fondaient à la chaleur de son corps, lui chatouillant les jambes et les bras.

Pauvre Matteo ! De temps à autre, il attirait ses jambes à son ventre et hurlait d'une façon pitoyable. Était-ce à cause du lait de chèvre, auquel il n'était pas habitué, ou du gesso et des onguents malodorants ? Difficile à dire.

Jessica entra dans la chambre, portant un plateau de fruits.

— Livorna est partie à l'aube pour la campagne, dit-elle. Nous sommes tout à fait seules.

— Je crains fort que Jacopo ne vienne, et je crains aussi qu'il ne vienne pas, dit Hannah en câlinant Matteo du mieux qu'elle pouvait. Le cadavre de Niccolò a peut-être déjà été rejeté sur la rive. Il suffirait à quiconque d'un coup d'œil pour voir qu'il n'est pas mort de la peste.

Avant que Jessica puisse lui répondre, la cloche de l'entrée résonna avec une insistance stridente, brisant le silence. Jessica se leva et fila à la fenêtre.

— Je ne vois que le haut de leurs têtes. De l'autre côté de la *fondamenta*, il y a des soldats au garde-à-vous qui portent des chapeaux bleu vif.

Hannah ne s'était jamais sentie aussi démunie. Elle tira les couvertures sur son corps nu. Les ombres matinales enveloppaient la chambre. Elle voulait devenir invisible.

Jessica dit :

— Est-ce que je devrais les laisser entrer ? Et si je restais tout simplement ici, avec toi ? Peut-être vont-ils abandonner et s'en aller.

— Ils vont entrer de force.

Hannah visualisa les deux fenêtres à battants du rez-de-chaussée. Ils pouvaient les fracasser sans grand effort. Elle était terrifiée. « Nous sommes bêtes de penser tromper qui que ce soi », se dit-elle.

— Te rappelles-tu ce que disait Isaac ? « Lorsqu'on n'a pas le choix, il faut mobiliser l'esprit du courage », dit Jessica.

Puis, elle quitta la pièce, serrant ses jupes d'une main pour ne pas trébucher dans l'escalier.

Hannah tira autour d'elle les rideaux du lit à baldaquin, laissant un petit jour afin de pouvoir jeter un coup d'œil à l'extérieur. Elle toussa, suffoquée par sa propre puanteur. Une seule bougie vacillait sur la table de chevet. À côté d'elle était étendu Matteo, petit ballot enveloppé dans un châle brodé. Elle le rapprocha et sentit le battement régulier de son cœur contre le sien, délicat comme celui d'un oiseau.

De l'entrée en bas, la cloche retentit de nouveau, la corde tirée avec force par la même main impatiente, quatre fois en succession rapide. Hannah entendit la porte s'ouvrir avec un grincement.

— Est-ce la maison de Jessica Levi? demanda une forte voix masculine.

Jessica répondit par des paroles qu'Hannah ne pouvait tout à fait distinguer. La porte se ferma. De lourdes bottes se traînèrent sur les pierres du vestibule.

Allongée sur le lit, espérant que Matteo ne se réveille pas, Hannah entendit trois séries de pas monter l'escalier, deux lourdes, suivies par le pas léger de Jessica. Jessica parlait trop vite, ce qui accentuait son zézaiement.

— Vous mettez vos vies en danger en venant ici. N'avez-vous pas vu la croix tracée sur la porte?

Le bruit des pas augmenta et Hannah entendit la voix de Jessica :

— Ma sœur est atteinte de la peste, monsieur. Votre costume de peste ne vous protégera pas suffisamment.

Ils étaient juste devant la porte. Dans un moment, ils allaient pénétrer dans la pièce. Elle glissa la main sous l'oreiller, cherchant à tâtons la fraîcheur du couteau, tout en prenant soin de ne pas réveiller Matteo. Elle réarrangea ses couvertures de façon à montrer le pire de ses fausses plaies, et attendit, étendue, les yeux mi-clos.

Mais ce ne fut pas le corpulent Jacopo qui entra. Cet homme grand et svelte, affublé d'un masque semblable à un bec d'oiseau, était habillé à la manière d'un médecin de la peste. Hannah posa son poing sur sa bouche. Saisie de panique, elle voulut bondir du lit et se jeter par la fenêtre jusque dans le canal, mais ses jambes étaient pétrifiées. Au cou de l'homme, posé sur son manteau, Hannah remarqua un médaillon d'argent. C'était le magistrat examinateur de l'office des *inquisitori*.

Le pardessus noir du magistrat, qui lui descendait aux pieds, était luisant d'une graisse animale destinée à repousser la contagion. Un chapeau noir à large bord, tiré sur son front, cachait la moindre parcelle de peau sur son cou et sa tête. Le masque au long bec couvrait le haut de son visage. À la lumière tamisée, ses yeux semblaient dépourvus d'iris. L'homme se tourna vers le lit et vit Hannah pour la première fois.

— Regardez-la. Me croyez-vous ? dit Jessica. De toute évidence, elle ne vivra pas longtemps en ce monde. Elle mérite la tranquillité et la paix.

Le magistrat ignora Jessica et s'approcha du lit, s'arrêtant à plusieurs pas. Hannah aperçut alors Jacopo sur le seuil, pressant un mouchoir sur son nez et sa bouche. Avec une longue canne, le magistrat écarta les rideaux du lit. Il prit le bougeoir sur la table de nuit, et le tint en l'air. Soulevant de sa canne un coin de son édredon, il regarda ses jambes et son ventre, puis l'enfant couché, immobile, à côté d'elle.

Il était impossible de deviner l'âge du magistrat. Vieux et voûté, il était peut-être dans la quarantaine. La peau d'Hannah piquait dans le courant d'air froid de la fenêtre. Elle grelotta. Cet homme n'allait pas perdre son temps ni les deniers publics en procès. Les *inquisitori* procédaient à des exécutions secrètes et hâtives, à la faveur de la nuit. S'il le voulait, le magistrat pouvait ordonner qu'on la tue immédiatement.

— Je suis venu enquêter sur le meurtre de Niccolò di Padovani et les accusations portées contre vous, Hannah Levi. Je suis le magistrat Marco Zoccoli.

L'homme lui lança un regard sévère avec des yeux aveugles, l'énorme bec de son masque prêt à l'attaque, et se tourna vers Jessica.

— Je suis également venu envisager des poursuites contre vous.

« Mon Dieu, pas Jessica aussi ! », se dit Hannah.

— Pour quel délit ? demanda Jessica.

— Pour complicité.

— Complicité ? Personne, ici, n'a commis de crime.

— Complicité, dit le magistrat, pour avoir offert l'asile à Hannah Levi.

Du seuil, Jacopo dit :

— Et pour l'enlèvement de mon neveu et le meurtre de mon frère Niccolò.

Un mouchoir encore plaqué sur son visage, il portait une veste couleur de cerises écrasées.

— Il me ferait plaisir de vous voir toutes les deux pendues au *strappado*.

Un moment, il regarda attentivement Hannah et remarqua l'enfant à son côté. Puis, il rangea son mouchoir et claqua des mains.

— Une représentation de virtuoses, mesdames.

Parodiant une salutation à Hannah, il dit :

— La croix sur la porte était une touche brillante. Mais nous ne sommes pas des idiots.

— Ce n'est pas un subterfuge, monsieur, dit Jessica.

— J'ai mon anneau à hyacinthe pour me protéger de la peste, si vous dites vrai.

Jacopo leva la main pour montrer à son pouce un lourd anneau d'or incrusté d'une pierre orange rougeâtre. Tirant de son haut-de-chausse un pistolet à platine à mèche et le pointant dans sa direction, il ajouta :

— Et, au cas où vous mentiriez, j'ai cet efficace instrument à ma disposition. Je me suis exercé à tirer des melons sur le parapet de la ca' di Padovani, et je vous assure qu'il est précis.

— Rangez cela, ordonna le magistrat. Il m'incombe de décider qui est coupable et d'infliger la punition.

Jacopo haussa les épaules et mit le pistolet dans la ceinture de son haut-de-chausse. Il agita la main devant son visage.

— Dieu du ciel, tirez les rideaux et ouvrez grand les fenêtres. La puanteur est insupportable.

— La lumière irrite ses pauvres yeux, dit Jessica.

— Eh bien, cette puanteur irrite les miens. Non seulement cette femme a assassiné mon frère et enlevé mon neveu, mais c'est aussi une sorcière.

Le magistrat restait tout de même à quelques pas du lit. À chaque instant, Hannah sentait fondre à la chaleur de la chambre les bubons soigneusement appliqués à ses aisselles et à son cou. La sueur commençait à infiltrer les draps et lui donnait des démangeaisons.

— On dirait bien une victime de la peste : un teint blanc, presque verdâtre, des yeux et des dents noircis, dit le magistrat.

— Foutaises ! dit Jacopo. Ce n'est rien de plus que le grossier maquillage d'une mauvaise actrice.

À cet instant, Hannah gémit, et mordit l'œuf de perdrix qu'elle avait placé dans sa joue. Le sang dégoulina sur son menton et tacha l'oreiller.

Le magistrat Zoccoli eut un mouvement de recul.

— Mon Dieu ! Si c'est une comédie, elle devrait être sur la scène du Teatro Orsini.

Il regarda Matteo qui dormait dans les bras d'Hannah.

— L'enfant est-il atteint de même ?

Jessica fit un signe affirmatif de la tête.

Le magistrat regarda en direction de Jacopo.

— Monsieur, vous prétendez que ce bébé est l'enfant de votre frère ? Je vais vous demander de l'identifier.

Il fit un signe de la tête à Jessica.

— Tenez l'enfant de façon à ce que nous puissions le voir.

Jessica se rendit jusqu'au lit, enleva doucement Matteo des bras d'Hannah, et le tendit. Matteo avait une pâleur blanchâtre et ses membres tressautaient. Même sans peste, il souffrait vraiment du manque du lait riche et copieux de Giovanna. Les plaies et les escarres que Jessica avait peintes sur lui paraissaient épouvantablement vraies.

— Pouvez-vous dire que cet enfant est, sans aucun doute, votre neveu ?

Jacopo répondit :

— Il est ma chair et mon sang.

Le magistrat dit :

— Cet enfant est si recouvert de bubons que je ne peux dire s'il est humain ou animal. Comment pouvez-vous être si certain qu'il est votre neveu ?

— À sa chevelure rougeâtre. Il la tient de sa mère, la comtesse, dit Jacopo.

— L'enfant est celui de ma sœur, bafouilla Jessica, né il y a des semaines, après des couches longues et difficiles.

Jessica paraissait si convaincante qu'un moment, le cœur d'Hannah bondit. Le magistrat allait-il croire cela ?

— Vous savez très bien que c'est un mensonge, dit Jacopo.

Jessica ajusta le corsage de sa robe, le tirant un doigt plus bas.

— Hannah habite avec moi depuis qu'elle est atteinte. Elle n'a personne pour s'occuper d'elle et de son enfant. Son mari est à Malte.

— Vous savez que les juifs n'ont pas le droit d'habiter à l'extérieur du ghetto, dit le magistrat.

Jessica enveloppa Matteo sous les couvertures.

— Vous avez raison, monsieur. Elle aurait dû obtenir une permission officielle, mais nous sommes dans une situation désespérée, comme vous pouvez le voir. Elle sera bientôt morte et le bébé aussi.

Jessica serra les doigts d'Hannah et une tache de crème mélangée à de l'excrément de chèvre sortit dans sa paume. Aussitôt, elle frotta la main sur l'édredon de soie.

— Je vous en supplie, monsieur, laissez-les mourir en paix.

— Quelles menteuses, ces deux-là ! dit Jacopo.

— Si cette juive est vraiment la mère de l'enfant, il sera tout à fait aisé de le déterminer.

Le magistrat manipula le médaillon qu'il portait au cou.

— Enlevez-lui ses langes. S'il est circoncis, je croirai que l'enfant est à elle. L'incident sera clos.

Jessica se pencha sur l'enfant et commença lentement à dérouler les langes, qui tombèrent en bandes marbrées de jaune et de noir.

Hannah voulut se jeter sur le corps de l'enfant. Bientôt, ils allaient voir le pénis capuchonné de Matteo. Et si elle se levait du lit et fonçait sur eux avec le couteau ? Mais ils étaient deux. Ils allaient lui enlever le couteau et la tuer en moins de temps qu'il n'en faut à une meute de loups pour paralyser une biche. Alors que Jessica se penchait pour soulever l'enfant, Hannah dénoua rapidement le cordon à son cou et posa la *shaddaï* sur Matteo. Lorsque Jessica le présenta pour l'inspection, l'amulette en forme de main de bébé luisait contre la petite poitrine qui montait et descendait.

— Qu'est-ce que c'est ? demanda le magistrat.

— Les juifs appellent cela une *shaddaï*, dit Jessica. C'est une amulette que l'on accroche au-dessus du berceau pour protéger un nouveau-né, mais celle-ci ne lui a pas fait grand bien.

Elle souleva l'amulette et la suspendit entre ses doigts.

— Cette coutume est fort répandue chez les juifs.

Le magistrat se pencha pour étudier les lettres hébraïques gravées sur la *shaddaï*, mais la puanteur épouvantable des excréments le repoussa et le découragea d'inspecter davantage. Il recula.

— Personne n'accrocherait une telle abomination au cou d'un enfant chrétien, dit-il en secouant la tête.

— Je ne vois aucune nécessité de procéder davantage. Le démailloter ne ferait que déchaîner les vapeurs de la peste.

— C'est absurde! dit Jacopo. Ce n'est pas une mère, mais une sage-femme. Mon frère et moi sommes allés la chercher au ghetto, pour qu'elle mette cet enfant au monde. L'amulette est le porte-bonheur de la juive : c'est la preuve qu'elle pratique la sorcellerie. Elle n'a pas plus donné naissance que moi à cet enfant.

Par ses yeux mi-clos, Hannah vit pâlir Jacopo lorsqu'il s'aperçut de ce qu'il venait de dire.

La réplique du magistrat ne laissa à Jacopo aucun doute sur son erreur.

— Vous êtes allé la chercher au ghetto pour qu'elle participe à l'accouchement de votre belle-sœur? Vous savez qu'une telle assistance est contre la loi!

D'une voix étrangement caverneuse à cause du masque, il poursuivit :

— Lorsque vous venez me voir pour chercher justice, monsieur, vous devez avoir les mains propres. Je devrais peut-être vous accuser, le comte et vous, d'avoir enfreint la loi qui interdit aux juifs de fournir de l'assistance médicale à des chrétiens.

Le magistrat se tourna vers Jessica.

— Vous êtes la tante de l'enfant. Si c'est le cas, vous devez être juive, vous aussi. Et pourtant, à voir ce jambon accroché à la fenêtre du rez-de-chaussée et le chapelet que vous serrez avec tant de ferveur sur votre sein, il semble que vous ne le soyez pas.

— Il y a des années, le Seigneur m'a guidée vers l'Église de Rome. Je suis une nouvelle chrétienne, dit Jessica.

Jacopo s'avança vers le lit.

— Magistrat, les juifs nous apportent la peste en empoisonnant les puits, et ensuite, lorsque la ville est dans le tumulte, ils sont effrontés comme des rats, et arrachent des bébés chrétiens à leurs berceaux !

Il désigna Jessica.

— Elle est juive, de même que sa sœur. Ne vous laissez pas tromper par ses accessoires bon marché.

— Il revient à moi d'administrer la justice et non à vous.

Le magistrat se tourna vers Jessica.

— Qu'avez-vous à répondre à cette allégation concernant le meurtre de Niccolò di Padovani ? Êtes-vous impliquées, vous et votre sœur ?

Jessica resta silencieuse un moment, puis répondit :

— Niccolò a été attaqué par des voyous et tué pour sa bourse alors qu'il rentrait soûl à la maison après une soirée à la ca' Venier.

— D'où tenez-vous cette information ?

— Magistrat, dans ma profession, nous sommes toutes au courant d'informations sur certains nobles de Venise. Et les rues ont plus d'oreilles que de pavés. On me dit que Niccolò était tellement ivre qu'il est sorti en titubant dans la rue. Lorsque ses amis l'ont suivi pour l'accompagner chez lui, ils n'ont pas pu le trouver. Tout le monde sait que les voleurs et les voyous ont libre cours dans la ville la nuit. Ma sœur n'a rien à voir avec sa mort.

— C'est une putain et une menteuse ! Mon frère a été découvert flottant sur le dos dans le rio della Misericordia. Mort poignardé par cette juive ! cria Jacopo en pointant le doigt vers Hannah.

Jessica se retourna vers lui.

— D'après certaines rumeurs, Niccolò et vous avez de fortes dettes auprès des prêteurs sur gages. Trop de temps passé dans les casinos. Il serait si commode pour vous que tous les prêteurs juifs soient tués.

Elle marqua un temps d'arrêt.

— Vous vous servez des *inquisitori* pour faire le sale travail à votre place.

Le magistrat regarda Jacopo.

— À quoi voulez-vous en venir ? Osez-vous exploiter mes fonctions ?

— Pourquoi croiriez-vous une putain plutôt qu'un noble ?

— Répondez à la question. Jusqu'ici, le pire crime de cette femme a été de s'occuper de sa sœur malade et du bébé. Vous, par contre, avouez avoir enfreint la loi.

Jacopo, maintenant silencieux, ne semblait trop savoir comment continuer.

— Vous suivez une voie dangereuse, mon ami.

Le magistrat Zoccoli parlait lentement, comme si un scribe consignait ses paroles.

— À ce que je sache, c'est vous, di Padovani, qui avez jeté votre frère dans le canal pour quelque rivalité entre frères. Je vais régler l'affaire ainsi : cette femme est trop malade pour rendre des comptes. Si elle survit, qu'il en soit ainsi. Elle va répondre à mes accusations. De toute évidence, je ne peux la mettre en état d'arrestation sans répandre la peste. Mes soldats vont rester à l'extérieur, et garder la maison pour s'assurer que ni la sœur ni le bébé ne partent. Je reviendrai dans cinq jours. Ou bien ils seront tous morts, et dans ce cas l'affaire sera close, ou bien Hannah Levi sera assez bien portante pour répondre à des accusations et soumettre son témoignage à l'épreuve du *strappado*.

Hannah savait que, les bras derrière le dos, les poignets attachés ensemble, soulevés par la cour-roie jusqu'à ce que ses bras se disloquent, elle allait avouer n'importe quoi.

— Vous laisserez-vous duper par cette comédie ? dit Jacopo.

— Mes soldats monteront la garde vingt-quatre heures par jour, dit le magistrat. On ne perdra rien en retardant la justice de cinq jours.

— Et si ces femmes arrivent à se faufiler entre vos hommes et à quitter la ville ?

Il secoua un pouce en direction d'Hannah.

— Celle-ci a l'intention de s'embarquer pour Malte.

— Venise affronte à présent un plus grand pro-blème que cette juive. Le doge a décrété que, dans deux jours, la ville serait en quarantaine. Aucun navire n'appareillera pour Malte, ni pour nulle part ailleurs.

Le magistrat se retourna.

— Nous allons prendre congé.

Il se dirigea vers la porte, Jacopo à sa suite.

Jessica lança un dernier regard secret à Hannah, une expression de soulagement au visage, et les suivit hors de la chambre et dans l'escalier, jusqu'à l'entrée principale. Hannah, étendue, rigide, atten-dit que Jessica fasse sortir les hommes.

Lorsqu'elle revint à la chambre, Jessica montra sa main à Hannah.

— Regarde comme je tremble. J'ai besoin d'un verre de vin.

Elle regarda Hannah.

— Toi aussi.

— Tu as été magnifique, dit Hannah. Rien de ce qu'ils ont dit n'a semblé le moindrement te confondre. Je n'aurais jamais imaginé que tu en serais capable. Ma petite sœur a plus de courage que je n'aurais jamais pu le prédire.

Jessica se rendit à la fenêtre, écarta le rideau et regarda à l'extérieur.

— Le magistrat est en train de monter dans sa gondole.

— Et les soldats ? demanda Hannah.

Se penchant davantage à la fenêtre, Jessica dit :

— Oui, il y en a deux, de chaque côté de ma porte, avec l'écusson des *inquisitori*. (Elle laissa tomber le rideau et s'appuya contre le mur.) Mon Dieu ! Je suis aussi faible qu'un chaton. Je vais nous chercher ce vin. Nous en avons besoin.

Après le départ de Jessica, Hannah se tourna vers l'enfant. Matteo avait transpiré dans le châle. La pâte et les onguents s'étaient étalés sur son visage et lui donnaient l'apparence d'une effigie de cire qu'on aurait tenue trop près d'une chandelle. Elle posa un baiser sur sa tête, et ses yeux bleus se fixèrent sur son visage.

Jessica revint avec deux verres et un bol d'amandes sur un plateau qu'elle posa sur la table de chevet. Hannah se leva, se rendit à la cuvette derrière le paravent de Jessica, et commença à débarrasser son visage et ses mains de la mixture. Matteo dormait paisiblement. Elle le laverait plus tard.

— Dieu nous a donné un sursis, dit Jessica en prenant l'un des verres.

Elle s'effondra dans un fauteuil, les jambes étalées devant elle et but une petite gorgée de son vin.

— Mais ensuite ? Qu'allons-nous faire maintenant ?

— Nous trouverons bien quelque chose, dit Hannah en séchant ses mains sur une serviette et s'asseyant au bord du lit.

Elle était épuisée et n'arrivait pas à réfléchir.

— Nous sommes prisonnières de ta maison, tout aussi sûrement qu'Isaac est prisonnier à Malte.

Elle décortiqua une amande, puis regarda Jessica.

— Qu'est-ce qu'il y a ? Tu as une idée, je le devine à ton expression.

Jessica avala une gorgée de vin et sourit.

— Ils ne sont pas si laids que ça.

— Qui ? demanda Hannah. Les soldats des *inquisitori* ?

Elle se rendit à la fenêtre et regarda les soldats, qui engloutissaient des morceaux de pain et de fromage tout en se passant une outre de vin.

Hannah sentit monter les couleurs à son visage.

— Regarde-les se goinfrer, les brutes !

Jessica se plaça derrière elle et regarda par la fenêtre.

— Montre-moi comment un homme se comporte à table, et je te dirai comment il se comporte au lit. Ces deux-là seront rapides.

Tout en donnant à Hannah un petit coup dans les côtes, elle dit :

— Ce n'est pas si difficile. Ferme les yeux et fais semblant de rouler de la pâte à biscuits *hamantashen* pour la fête de Pourim. Quand ils seront épuisés et allongés, la bouche ouverte, en train de ronfler sur le divan, nous nous enfuirons.

— Je ne pourrai jamais, murmura Hannah, craignant que les deux soldats n'entendent et ne lèvent les yeux.

— À quoi bon, maintenant? Tu dois faire quelque chose pour t'échapper, sinon cet enfant ne sera pas rendu à sa mère et le *Balbiana* appareillera sans toi.

Jessica mit une amande dans sa bouche au moment même où Matteo se mettait à bouger.

— Regarde, notre magnifique garçon se réveille.

— Je l'aime davantage chaque jour, dit Hannah. Je vais avoir de la peine à le rendre à ses parents.

L'enfant se mit à gémir.

— Va chercher le lait de chèvre. Je vais le nourrir, dit Hannah en essuyant de son visage les derniers morceaux de gesso séché.

D'un coup de pied, Jessica enleva ses chaussures, des talons hauts à semelles de bois conçus pour donner une apparence gracieuse, mais pas pour se déplacer rapidement. Elle marcha jusqu'à l'embrasure de la porte et se retourna.

— Pense à ce que j'ai dit. Une caresse rythmique et, en moins de deux…

Hannah entendit Jessica rire en descendant l'escalier, déchaussée.

Elle s'appuya contre les coussins du lit, tenant devant elle Matteo dont les jambes battaient l'air. Après trois jours passés avec lui, Hannah s'était souvent surprise à s'imaginer avec son propre enfant. Elle voulait cesser de se demander à quoi ressemblerait Matteo plus vieux, si ses yeux allaient rester d'un bleu ardoise ou devenir foncés, si ses cheveux allaient rester roux, et même s'il serait un étudiant doué.

Au bout d'un moment, Hannah se demanda ce qui pouvait bien retenir Jessica. Lorsqu'elle entendit retentir une déflagration, en bas, elle se rappela les explosions qui se produisaient parfois lors d'incendies dans les chantiers navals de l'*Arsenale*. Elle déposa Matteo sur le lit et se précipita au rez-de-chaussée. Par une fenêtre, elle vit les deux soldats, leurs chapeaux bleus de travers, qui fonçaient sur la *fondamenta* à la poursuite de quelqu'un. Elle ouvrit toute grande la porte du cellier.

Jessica était étendue par terre, le visage appuyé contre la porte. Le sang qui sortait d'un trou dans sa poitrine formait une tache sur sa robe de velours.

Chapitre 19

La Valette, Malte
1575

Isaac traînait le pas sur le chemin longeant la côte, l'œil sur le *Provveditore* qui dansait sur l'eau au bout de ses amarres. Il ne se souciait pas de la douleur à ses jambes et des ampoules à ses pieds. « Ça ne sert à rien », se dit-il en posant, las, un pied devant l'autre. Il n'était pas plus près qu'à son arrivée à Malte d'être libéré, ni de retrouver Hannah à Venise. Hector lui avait clairement dit que la Société ne pourrait pas l'aider. Ses efforts de rédaction de lettres au nom de Joseph avaient misérablement échoué. Épris de Gertrudis, Joseph était un Icare qui volait trop près du soleil avec des ailes de cire, sauf que c'était Isaac qui allait s'écraser au sol.

Gertrudis persistait à ignorer Joseph et, par conséquent, le dos d'Isaac était couvert des marques de coups de fouet. Au lieu de maigres restes, Joseph ne lui donnait presque plus rien. S'il restait plus longtemps, il allait mourir de famine ou de sévices. Son seul espoir d'évasion reposait maintenant sur Gertrudis, qui avait accepté de lui trouver une barque afin qu'il puisse quitter le port à la rame et se glisser sur un bateau. Tant pis si les sentinelles le surprenaient et jetaient par-dessus bord ce passager clandestin. Au moins, il allait mourir vite. Il se dirigeait vers la plage, mais d'abord, il avait des biens à récupérer.

Lors de sa capture et de son asservissement par les chevaliers, Isaac avait perdu presque tous ses ducats. S'il arrivait à retourner à Venise, il n'aurait rien à offrir à Hannah. Il allait donc retrouver son seul bien au monde, même s'il savait que c'était pure folie que de risquer sa vie pour quelques cocons pas plus gros que des noix de Grenoble.

Du port, Isaac voyait les marins, de la taille de souris à cette distance, hisser à la hâte les voiles carrées et les arrimer solidement aux mâts. Le lendemain matin, le *Provveditore* allait partir à la faveur des brises du sud pour les côtes de l'Afrique du Nord. Avec un peu de chance, il serait à bord.

De la place publique, il entendit les cloches de l'église sonner six fois. Il était temps d'aller chez Assunta. Il allait se faufiler durant les vêpres, reprendre son petit sac derrière la brique de l'âtre et se sauver avant qu'elle ne le sache.

Son sac à bandoulière cognait contre son épaule avec les quelques objets qu'il avait acquis à Malte : une chemise de rechange, une ceinture, ses plumes d'oie et son parchemin. Il entra sur le domaine du couvent. Pas une âme dans l'oliveraie, ni dans la cour. Elles étaient vides, heureusement. Tout le monde était à la chapelle.

Il ouvrit la porte de la cuisine et avança sur la pointe des pieds vers l'âtre massif à l'autre bout de la pièce. La brique était du côté gauche, deuxième série du haut. Surveillant d'un œil fatigué l'arrivée possible d'Assunta, il se précipita, à demi baissé. La brique allait bouger aisément. Il allait tendre le bras dans le creux et, en un clin d'œil, placer le sac d'œufs en sécurité sous sa chemise.

Mais, en se glissant vers l'âtre, Isaac trébucha sur une pile de branches de mûrier entassées sur le tablier de la cheminée. Il était sur le point de contourner les rameaux lorsqu'une série de légers mouvements attira son attention. Il se pencha pour examiner une branche.

Une multitude de vers grouillants et fourmillants rampaient et se bousculaient pour occuper une position, en se gavant de bouts de branchettes et de feuilles. Ô Roi de l'Univers, sois loué! Les œufs avaient éclos! Elle ne les avait pas donnés à manger au coq. Il voulut lever les bras au ciel et danser la *hora*. Quelques vers, dépassés par leur gourmandise, leur corps blanc et cylindrique couvert de fins poils, tombaient au sol. Chacun d'eux avait la taille approximative d'un doigt d'homme et était constitué d'une série de douze anneaux. La partie située derrière leurs mandibules était gorgée de nourriture. Il était à la fois repoussant et captivant d'observer l'orgie de ces corps qui se tordaient et se retournaient en tous sens. Le bruit collectif de leur mastication ressemblait au doux bourdonnement d'un chantre. Il n'arrivait pas à détourner les yeux.

Mais ses épaules s'affaissèrent et toute la joie le quitta lorsqu'il s'aperçut d'une chose. Il ne pouvait emmener ces vers nulle part, surtout pas lors d'une traversée en mer. Il n'avait aucun moyen de les cacher, ni de les nourrir tous les jours de feuilles fraîches de mûrier. Quelle sotte idée il avait eue d'aller les reprendre! Hannah allait devoir l'accepter sans le sou, comme le jour où elle s'était retrouvée avec lui sous la tente de mariage.

Alors qu'il se rendait à la porte, son pied heurta quelque chose et il baissa les yeux. Au plancher se trouvait un panier rempli à ras bord de cocons, plus blancs et fragiles que des œufs de caille. Il se détourna des branches et enleva son sac de son épaule. Les vers, elle pouvait les garder, et que Dieu la bénisse. Il allait fourrer les cocons dans son sac et s'en aller.

Au moment même où il se penchait pour en verser plusieurs dans son sac, une voix cria à la porte :

— Charmant, n'est-ce pas ?

Isaac se retourna, la main figée en l'air. Sœur Assunta entra d'un pas vif, une branche de mûrier dans les bras. Sa guimpe était de travers, et les jupes de son habit, remontées, faisaient des plis autour de ses genoux.

— Je t'ai entendu entrer, tu fais un bruit métallique avec ton fer à la cheville. Tu es venu voler mes vers, hein ?

Elle fit pivoter son torse afin de voir au-delà de sa guimpe.

— Étonné qu'ils aient survécu ? Grâce à Dieu, les œufs ont éclos. À présent, j'ai une masse de vers qui exigent d'être nourris.

Elle mit le mûrier sur le plancher et posa quelques vers sur ses branches.

— J'en ai cueilli jusqu'à avoir mal aux bras, mais ces bestioles ne me laissent pas en paix.

Isaac perçut un regain de vitalité chez la sœur qui se sentait de nouveau utile. Elle semblait plus jeune, plus vivante. Elle se tenait plus droite, agitait les bras, marchait rapidement dans la cuisine en chassant les poules, et observait les vers comme un général en visite passe en revue des soldats lors d'une parade.

— Laissés à tes soins, ils n'auraient pas éclos. Tu es un marchand. Qu'est-ce que tu connais aux vers à soie ?

— Vous êtes pleine de surprises, ma sœur. Quand je vous ai laissé mes œufs, vous méprisiez l'idée de la soie. Vous disiez que la laine suffisait à tout le monde sur l'île, nobles ou paysans. Pour illustrer votre argument, vous m'avez lancé une peau de mouton à la tête.

— Sommes-nous assez riches, au couvent Sainte-Ursule, pour perdre l'occasion de convertir des arbres rabougris en ducats d'or, qui nous permettront d'acheter de la nourriture et de la donner aux pauvres ?

Si elle avait la grâce de se sentir confuse à cause de l'abrupt renversement de son opinion, elle le camoufla.

— Sœur Caterina, l'une des novices, m'a raconté une histoire. Ces vers sont une chance que Dieu nous envoie de faire prospérer notre couvent.

— Je n'ai pas le temps de l'entendre.

Il se glissa vers le panier de cocons au plancher.

— Je dois m'en aller.

Il posa son sac à côté.

— Assis, dit-elle à Isaac, sur le même ton que si elle parlait à un chien.

Isaac prit place sur le banc de planches. Il devait partir maintenant s'il voulait avoir le temps de s'embarquer sur le *Provveditore* avant qu'il n'appareille.

— Je vais préparer du thé à la citronnelle et tu vas écouter mon plan.

— S'il vous plaît, ne vous donnez pas cette peine.

Elle prit une bouilloire accrochée à la crémaillère de l'âtre et versa de l'eau chaude dans deux tasses, qu'elle posa bruyamment sur la table. Elle s'assit devant lui, tout en jetant un coup d'œil au vers. L'un d'entre eux tomba sur le plancher, et elle bondit avec un gloussement de sympathie pour le replacer sur le rameau.

— Il y a des centaines d'années, commença sœur Assunta, l'empereur byzantin Justinien 1er, qui était jaloux de la domination chinoise sur l'industrie de la soie, a envoyé deux moines en Chine pour découvrir les secrets de l'industrie. Les moines ont étudié l'éclosion des œufs, la formation de la chrysalide.

Elle s'arrêta, visiblement fière d'avoir utilisé ce mot, jusqu'à ce qu'il fasse signe qu'il avait compris.

— La chrysalide est une merveille de la nature, dure et résistante. Les moines ont bien fait leur travail et, sans qu'une âme les soupçonne, sont retournés à Constantinople avec un certain nombre d'œufs camouflés dans leurs bâtons de marche. C'est ainsi qu'ils ont sorti leur cargaison de la Chine et introduit la soie en Occident.

Elle donna sur la table une tape si forte que leurs tasses rebondirent.

— Un bon stratagème, hein ?

Elle s'empressa de poursuivre.

— Dieu m'a parlé en rêve. Il veut que je change Sainte-Ursule en un atelier de fabrication de la soie. C'est un processus simple, du début à la fin, mais il exige une grande main-d'œuvre et, grâce à Dieu, j'en ai une.

Isaac regarda le coq picorer des restes dans le coin. Voir une femme, surtout de la taille de sœur Assunta, déborder d'excitation, cela le gênait. Isaac préférait l'ancien caractère acariâtre d'Assunta à cette ardeur nouvelle.

— Ma sœur, écoutez-moi. Vous m'avez rendu un grand service, mais maintenant je dois reprendre mes cocons et m'en aller.

— Où ? Ne me dis pas qu'on a versé ta rançon ?

Elle le scruta un moment, puis prit un air entendu.

— Oh ! je comprends ! Tu as l'intention de te sauver sur un bateau quelconque. Avant de sortir du port, ils vont te jeter par-dessus bord comme la pisse du pot de chambre d'hier.

— Ma sœur…

Sous prétexte de se pencher pour chasser une poule, Isaac fourra en douce dans son sac plusieurs des cocons du panier resté ouvert sur le plancher.

— Isaac, pour un juif, tu es un homme de valeur. J'ai de l'affection pour toi. Je ne permettrai pas que tu risques ta vie ainsi, pas plus que je te laisserai risquer celle de ces vers que j'ai gardés dans un sac à mon cou pour qu'ils restent au chaud.

— Je dois partir.

Isaac se leva, glissa le sac sur son dos et prit la direction de la porte.

Assunta lui barra la route.

— Si tu veux risquer ton propre bien-être sur un quelconque vaisseau minable, c'est ton affaire, mais tu vas d'abord me rendre ces cocons qui sont dans ta sacoche.

S'il se contentait de se sauver en courant, elle allait appeler les soldats pour le faire arrêter. Les chevaliers allaient le faire battre jusqu'à ce que son dos soit à vif, et le laisser mourir de faim dans le donjon du palais du grand maître.

— Discutons de cela entre personnes raisonnables, dit Isaac.

— Il n'y a pas de discussion possible, dit Assunta.

— Avec le plus grand des respects, ma sœur, vous faites erreur. Avec les juifs, il y a toujours une discussion possible.

Le lendemain matin, le *Provveditore* allait appareiller, les voiles gonflées au vent, l'ancre levée, la large poupe rapetissant alors qu'il disparaissait vers l'horizon.

— Vous voulez ouvrir un atelier ? Vous ressemblez au fou qui vend la peau du lion avant de l'avoir tué. Qui achètera votre beau fil de soie pour en tisser des draperies et du tissu à vêtements ? Vous avez besoin d'expertise. Et les marchés ? Les chiens ignorants qui vivent ici ? Ils utiliseraient votre soie pour s'essuyer le derrière ou nettoyer leurs porcheries.

— J'écoute, dit-elle.

— J'ai des contacts parmi les tisserands de Venise.

C'était un mensonge, mais le hochement de tête de la religieuse montra qu'elle le croyait.

— Vendez-moi votre fil, tout ce que vous pouvez produire, et je le revendrai à des tisserands de Venise qui produisent de la soie imprimée et du velours.

Pour ce qu'il en savait, cela pourrait même fonctionner.

— Alors… – il se racla la gorge – je vais prendre les cocons. Les vers vont rester ici pour alimenter votre entreprise.

— Comment puis-je savoir, dit Assunta, que tu vas respecter ta part de l'entente ? Tu pourrais bien disparaître et ne plus jamais revenir.

— Vous aussi. Dans ce cas, où achèterais-je mon fil ?

Plus il parlait, improvisant à mesure, plus il s'apercevait qu'il avait eu une brillante idée.

— Vous pouvez produire du fil à un coût plus bas ici que dans les ateliers de Venise, ou même de Bellagio, car vos religieuses reçoivent l'amour de Dieu en gages.

Le large visage de la sœur se détendit.

— Avant que tu partes, donnons-nous une étreinte pour sceller notre entente.

Isaac était content d'avoir son accord, mais hésitait à la toucher. Un homme ne touchait pas une femme sans avoir de lien de famille avec elle. Mais Assunta n'était pas une femme. Pour s'en apercevoir, on n'avait qu'à regarder ses pieds immenses. Il lui fit une accolade :

— *Shalom*, ma sœur. Bonne vie, et prospérité.

— Toi aussi. Porte-toi bien. Que notre union soit longue et prospère.

Il glissa son sac sur son dos.

— Je ne pourrais imaginer meilleur partenaire commercial que vous, fit-il.

Au moins, c'était la vérité. Sur ce, il traversa en courant la cuisine, puis les cloîtres où marchaient des religieuses, leur chapelet accroché à la taille, et se dirigea vers le port.

Si, plût au ciel, il avait la bonne fortune de retrouver Hannah, de la tenir dans ses bras et de lui faire l'amour, il allait évoquer l'image d'Assunta exactement telle qu'elle lui était apparue ce soir dans la cuisine du couvent : les bras musclés croisés sur son ample poitrine, les jambes épaisses et écartées et les mâchoires serrées. Chez les juifs, il était bien connu que les chances de concevoir un enfant mâle s'amélioraient si le mari retardait son moment de paroxysme et attendait que sa femme atteigne le sien. Cette vision d'Assunta allait assurer la conception d'un fils.

Il chassa cette pensée fantasque de son esprit en entendant le clocher de la place sonner huit fois. Gertrudis et sa barque l'attendaient. Il courut vers l'anse.

Chapitre 20

Venise
1575

S'agenouillant, Hannah prit Jessica dans ses bras et écarta sa chevelure de ses yeux. Le sang qui coulait sur la jupe de Jessica se répandait sur le plancher. Le coup de pistolet avait rempli le rez-de-chaussée d'une odeur de poudre et de fumée si épaisse qu'Hannah étouffait, et que ses larmes brouillaient la silhouette de Jacopo qui s'estompait sur la *fondamenta*.

— Fais-moi monter à l'*altana*, dit Jessica. Ensuite, suis les soldats et cours après ce salaud. J'ai un pistolet dans le tiroir de ma table de chevet.

— Jessica, essaie de ne pas parler. Il serait imprudent de poursuivre Jacopo.

Il allait tirer sur elle aussi et, ensuite, qui pourrait prendre soin de Matteo ? Hannah empoigna son jupon, en déchira une bande et l'appuya sur la blessure de Jessica. Cela ne fit pas grand-chose pour l'étancher, et le tissu devint bientôt une boule rouge et trempée.

— Ne meurs pas, Jessica, dit Hannah.

Mais sa sœur perdait rapidement son sang.

— Je t'aime, Jessica.

Alors que ses yeux se fermaient lentement, Jessica murmura :

— Tu sais que je t'ai toujours aimée, Hannah, même quand je ne t'aimais pas. Comprends-tu ?

Elle s'efforça de respirer.

— Oui, moi aussi, dit Hannah.

— Laisse-moi, Hannah, souffla-t-elle. Il est trop tard pour moi. Prends Matteo et cours. Ta chance est venue. Prends-le pendant que les soldats pourchassent Jacopo.

— Je ne peux pas te laisser seule.

Les larmes d'Hannah tombèrent sur les joues de sa sœur. Elle berça Jessica tout comme elle l'avait bercée enfant, lorsqu'elle était incapable de dormir. Elle la soutint jusqu'à ce qu'elle respire une dernière fois et que tout son corps se relâche.

Après tant d'années de séparation, elle avait retrouvé sa sœur, mais de nouveau l'avait perdue. C'était insoutenable.

Jessica paraissait si légère. Hannah aurait dû la laver, envelopper son corps dans un linceul et l'enterrer avant le crépuscule. Elle aurait dû rester assise en *shiva*. Mais elle ne pensait qu'à une chose : la mort de Jessica était sa faute. Jacopo avait pressé la détente du pistolet, mais si Hannah avait cherché refuge ailleurs, Jessica serait encore là-haut en train de rire, d'appliquer ses paillettes et de s'accrocher à la colonne du lit tandis que sa servante laçait sa robe de soie.

Hannah ne savait que faire, à part rester assise sur le plancher, la tête de Jessica sur ses genoux, à caresser les boucles noires tout en les écartant de son visage, à mesure que la chaleur quittait le corps de sa sœur. Elle serait restée là pendant des heures, mais de l'étage arrivèrent les cris de Matteo. Elle n'avait pas le temps. Jessica aurait compris. Elle passa une main sur le visage de sa sœur en lui fermant les paupières. Hannah devrait attendre pour faire son deuil.

De l'extérieur, elle entendit les cris d'autres soldats et le bruit sourd de leurs bottes alors qu'ils couraient sur la *fondamenta*. Ils allaient bientôt arriver.

Elle courut à l'étage dans la chambre à coucher de Jessica et sortit le costume de page de son *cassone*. À la hâte, elle fourra ses cheveux sous une *berretta* verte et se ceignit les seins d'un bandeau. Quelques minutes plus tard, lorsqu'elle sortit de derrière le paravent de Jessica et qu'elle se regarda dans la psyché, sa main monta à sa bouche. Dans le reflet, elle vit un garçon aux yeux noirs avec un pâle visage ovale. Elle se sentait libre : ni femme, ni juive, ni une petite souris de ghetto.

Elle n'avait pas le temps de laver Matteo. Les onguents et les bubons lui couvraient encore le visage. Elle le prit dans ses bras et l'enveloppa complètement, en lui couvrant le visage avec sa couverture de naissance. Après avoir attrapé sur la table de chevet un flacon de lait de chèvre et le sac contenant ses ducats et les cuillers d'accouchement, elle se glissa par l'escalier arrière jusqu'au canal en bas, aussi vite que pouvaient la porter ses jambes habillées de satin glissant.

Elle héla une gondole qui passait et monta à bord. L'homme lui lança un regard perplexe, et, au départ, elle se dit qu'il avait déjoué son déguisement. À la réflexion, elle comprit qu'il était confondu devant ce jeune page qui sortait sur les canaux au crépuscule, un ballot dans les bras.

La gondole avançait en douceur à travers les immondices du rio della Sensa. Hannah tira les rideaux de la *felze* autour d'elle. Ses mouvements réveillèrent Matteo, serré dans ses bras aussi inconfortablement qu'un bébé dans le bassin de sa mère au cours de l'accouchement. Elle avait sauvé Matteo mais, à présent il l'avait sauvée, elle. Sans lui, elle aurait été paralysée par le chagrin et serait restée dans le cellier, la tête de Jessica sur ses genoux, jusqu'à ce que les soldats viennent la chercher. Il était maintenant inutile d'y penser, mais Hannah espérait que Jessica avait au moins une fois goûté au plaisir qu'elle avait connu en s'accouplant avec Isaac. Hannah avait voulu le lui demander, sans pouvoir s'y résoudre. À présent, il était trop tard.

Elle glissa la main sous la couverture de Matteo et lui caressa la joue en chuchotant :

— Tu es un joli garçon, Matteo. Te souviendras-tu de moi quand tu seras devenu un bel homme, avec tous les avantages que tes parents pourront te donner ?

En réponse, il lui prit le doigt et le coinça entre ses lèvres, le mastiquant de ses gencives roses et dures.

— Non, bien sûr que non.

Elle se mit à fredonner, tout bas, une vieille berceuse hébraïque, mais s'arrêta après quelques couplets, la voix brisée. C'était une berceuse qu'elle chantait à Jessica lorsqu'elle était bébé.

La gondole tangua, heurtée de côté par le sillage d'une barge à fond plat, chargée de fruits et de légumes. Du lait de chèvre éclaboussa ses pantoufles de satin ; elle ne se donna pas la peine d'écarter ses pieds de la mare.

Sur le Grand Canal, la gondole accosta entre les poteaux d'amarrage familiers, vert et or, de la ca' di Padovani. Matteo s'agita lorsque le gondolier le tint d'un bras et, de l'autre, aida Hannah à traverser le plat-bord de l'embarcation. Lorsqu'elle débarqua sur la *fondamenta*, le gondolier lui tendit le bébé avec le lait, en traînant son regard sur le gilet brodé d'Hannah et la *berretta* qui lui couvrait les yeux.

— *Grazie, signore*, dit-elle. Ne m'attendez pas. Je rentrerai tout seul.

Elle lui tendit un ducat d'or, espérant que cela suffirait à acheter son silence et que les *inquisitori* n'apprendraient rien sur ce passager, le page à la taille svelte qui portait sur sa poitrine un bébé chrétien.

— *Prego*, répondit-il.

À quelques pas, un jeune sanglier fouillait des ordures. Avant de partir, le gondolier souleva sa rame du *forcolo* et frappa l'arrière-train du sanglier, qui s'éloigna d'un pas pesant. Replaçant la rame dans la dame de nage, il cria :

— *Buona fortuna !*

Et il s'éloigna de la rive en poussant la rame.

Pendant un moment, Hannah s'attarda devant le *palazzo*. Si le comte et la comtesse n'étaient pas chez eux, elle n'avait aucune idée de ce qu'elle ferait de Matteo.

Lorsque la gondole eut disparu de son champ de vision, elle se retourna, Matteo dans un bras, son sac dans l'autre, et dit :

— Attends que ta maman te voie. Elle sera ravie !

Lorsque Matteo gargouilla et gazouilla, une larme tomba de la joue d'Hannah et roula dans les replis bien gras du cou du bébé. Malgré les faux bubons et l'odeur affreuse, Hannah blottit son visage dans la couverture de laine.

— Comment vais-je expliquer ton apparence au comte ?

Si seulement elle avait eu le temps de le laver !

Le soleil couchant était d'un orange terne, si plat et immense qu'il semblait avoir été découpé dans du parchemin. Ses rayons se reflétaient sur les fenêtres de la façade. Mais aucune lumière ne provenait de l'entrepôt ni du bureau au rez-de-chaussée. Le *fondaco*, où la famille dirigeait ses affaires, était plongé dans les ténèbres, et l'entrée était déserte. Aucun signe de vie, aucun bavardage, aucune servante en train de secouer des couvertures de lit, aucune odeur de cuisson venue des deux étages où habitait la famille.

Hannah hésita. Une couronne noire était accrochée à la porte. Avant même de songer à sa signification, elle tendit le bras vers le cordon de la sonnette et tira. Après un moment, la porte s'ouvrit d'un coup et Giovanna apparut devant elle. Elle fixa Hannah un instant, le regard dérouté.

— Giovanna, c'est moi, Hannah. Dieu merci, il y a quelqu'un ici.

Giovanni la scruta un moment avant de la reconnaître.

— J'ai besoin de voir le comte immédiatement.

Giovanna secoua lentement la tête.

— Vous ne pourrez pas le voir. Pas en cette vie-ci. Le comte est mort. Et ma maîtresse avec lui.

Elle fit le signe de la croix et regarda la couronne sur la porte.

— La peste. Nous avons reçu la nouvelle de Ferrare, hier.

Hannah pensait habituellement que seuls les pauvres souffraient et que les gens riches et bien nés étaient à l'abri du chagrin. À présent, elle savait que c'était une erreur. La pauvre Lucia n'avait pas vécu assez longtemps pour tenir son fils dans ses bras une dernière fois.

— Je suis tellement désolée d'entendre cela. J'ai ramené Matteo. Il était…

Elle fut sur le point d'expliquer maladroitement pourquoi elle tenait l'enfant, mais elle s'arrêta.

— Depuis que vous êtes entrée dans cette maison, la malchance afflige la famille, dit Giovanna. Maître Jacopo a disparu et je crains qu'il ne soit mort. Un pêcheur de hareng a trouvé le cadavre de Niccolò hier soir, flottant sur le ventre dans la lagune. Il avait été poignardé.

Giovanna s'essuya les mains sur son tablier.

— Mais l'enfant est vivant. Que vais-je faire de lui ?

Hannah lissa les cheveux roux de Matteo et le brandit.

Giovanna renifla et se pencha au-dessus du bébé. Lorsqu'elle vit les bubons, elle poussa un cri et se retira dans l'embrasure de la porte.

— Êtes-vous folle ? Sortez-le d'ici ! Il a la peste ! Si je l'attrape, qui s'occupera de mes enfants ? Allez-vous-en !

— S'il te plaît, écoute-moi. Ce n'est pas ce que tu crois.

Prenant une bolée d'air, elle tenta de ralentir sa respiration en dépit des bandes qui enserraient sa poitrine.

— L'enfant est en bonne santé.

Giovanna recula, la main sur la porte, prête à la fermer.

— Partez avant que j'appelle les *inquisitori*, dit-elle.

Et elle claqua la porte. Un instant plus tard, Hannah entendit le grincement du verrou de fer qui glissait en place.

Elle resta là sans savoir que faire, puis Matteo se mit à geindre. Elle le berça dans ses bras, encore debout devant la porte verrouillée.

Avait-elle tout risqué seulement pour voir le bébé orphelin et abandonné ? Elle songea au portrait pieux dans la chambre de la comtesse, la Vierge Marie avec l'Enfant sur ses genoux. Elle sentit un élancement de douleur pour la comtesse, qui s'était battue si vaillamment pour mettre Matteo au monde, avant de périr de la peste.

Sentant sa panique, l'enfant la regarda dans les yeux, le front plissé, comme par sympathie. Il tendit une main pour lui toucher le visage. Elle l'adorait, cette exotique petite créature. Elle aimait ses yeux bleus et sa peau pâle, si différente du teint foncé des bébés du ghetto.

En penchant la tête pour lui embrasser la joue, Hannah se rendit compte d'une chose : Matteo n'était pas orphelin. Elle était sa mère, aussi vrai que si elle lui avait donné naissance. Peu importait ce qui allait arriver, elle le protégerait. Matteo n'avait personne d'autre au monde.

Chapitre 21

La Valette, Malte
1575

Isaac marchait d'un pas lourd le long du port, les pierres meurtrissant ses pieds calleux. Le dessin de Gertrudis était roulé et serré contre son cœur, à côté de son sac de cocons de vers à soie. Pour se porter chance, il jouait avec le ruban bleu qui le fermait. Il restait tête baissée, une *berretta* tirée sur son front. Il n'avait nul désir d'attirer l'attention des soldats du grand maître qui patrouillaient, mousquet sur l'épaule, à l'affût de la contrebande et des esclaves en fuite.

L'offre de Gertrudis était providentielle : la barque de son cousin. Même si elle n'avait pas consenti à feindre l'amour envers Joseph, un exploit que peu de femmes auraient réussi, c'était une personne gentille et une artiste douée. Son portrait d'Isaac était si finement exécuté et si flatteur que n'importe quelle femme, en le voyant, l'aurait trouvé beau. Il allait l'offrir à Hannah à leurs retrouvailles.

La veille, ils s'étaient de nouveau rencontrés sur la place publique, où Isaac lisait un contrat à un marchand qui voulait vendre des peaux de mouton au capitaine d'un navire en route vers le Levant.

Gertrudis s'était assise sur la souche, les jupes relevées sur une cheville fine, en attendant qu'Isaac ait fini et ait empoché les cinq *scudi* du marchand.

— Je vais t'expliquer rapidement, avait-elle dit. Je vois que tu as une longue file de clients impatients.

Elle plaisantait. La place était déserte. Le marché était fermé pour la journée, et les vendeurs étaient occupés à boire leurs profits à la taverne.

— La barque de mon cousin t'attendra sur la plage demain soir. Tu es nigaud, mais loyal, et j'aime cette qualité chez un homme. Je vais récompenser ta loyauté.

Elle parlait sans rancœur, comme s'ils discutaient des conditions d'un contrat.

— Cette barque est vieille, mais capable de prendre la mer. Lorsque tu seras arrivé au bateau, donne une bonne poussée à la barque en direction de la rive. Les marées la ramèneront à la plage et mon cousin ira la récupérer.

Sans barque, il était impossible de monter à bord d'un bâtiment ancré à bonne distance du port. Isaac était bon nageur, mais les navires étaient trop loin. Impossible aussi d'embarquer sur un vaisseau à quai. Trop de débardeurs chargeaient et déchargeaient des marchandises. De Sardaigne : des oranges, des dattes, du vin, de l'écorce. De Roumanie : de l'alun, du plomb et des robes de pèlerins. Les hommes en sueur, le front marqué par les courroies de transport, vacillaient ici et là sous leurs immenses fardeaux. Frôlant et bousculant les porteurs, des marins retournaient au navire en titubant, abrutis par l'alcool, des putains accrochées aux bras. Impossible de passer inaperçu dans une telle foule.

Même s'il était soulagé qu'elle n'ait pas retiré son offre de lui prêter la barque de son cousin, Isaac poussa un soupir de regret, comme tous les hommes qui avaient contemplé ses yeux bleus et sa peau blanche.

Isaac poursuivit son chemin en direction de la barque du cousin. La soirée était chaude, même si le soleil s'était couché. Des filets de sueur lui coulaient dans le dos et entre les fesses. La lune, suspendue telle une perle au-dessus du port, semblait étrangement mûre et féminine sur cette île de mousquets et d'épées brandis par des hommes batailleurs. Les charpentiers avaient calfaté les ponts d'un navire nouvellement arrivé de Gênes, d'après le drapeau qui flottait à son mât de misaine. Sa coque lui envoya une subtile odeur de résine et de copeaux.

Dans le ciel, les goélands, fatigués par la chaleur, avaient cessé leurs cris insistants et s'étaient perchés, les ailes repliées, sur les vergues d'un galion turc de Constantinople et sur une frégate génoise. Par décret du grand maître, les gardes fouillaient chaque bateau avant son appareillage, piquant et frappant, avec de longues perches munies de grappins, la cargaison, le dessous du pont, et les recoins derrière les échelles et sous les marches. Le malheureux passager clandestin capable de monter à bord devait prendre garde à ne pas glapir sous la poussée du grappin.

Plus loin de la côte, à l'entrée même du port, devant les falaises les plus élevées, Isaac vit le

Provveditore, un galion de haute taille qui dérivait à l'ancre. C'était le bon. En clignant des yeux, il distinguait le cher pavillon vénitien, un lion aux ailes d'or sur un champ écarlate, ondulant au mât de misaine dans la lumière argentée de la lune. Le galion était magnifique, avec sa coque robuste et ses voiles serrées, et prêt pour le départ. À le voir danser sur les vagues, haut et fier, on devinait qu'il ne transportait pas une pleine cargaison. Il restait suffisamment de place dans la cale pour un homme qui ne craignait ni les rats grignoteurs ni les coups de crochet.

Le navire était beaucoup trop loin pour qu'il l'atteigne à la nage. En partant à la rame dans la barque de Gertrudis, guidé par le clair de lune, il pouvait grimper l'amarre à deux mains et s'élancer sur le flanc, avec l'agilité d'un singe. Il se faufilerait devant le marin de quart et, à condition de ne pas trébucher sur le treuil et l'amarre, trouverait une cachette avant l'aube et l'arrivée en force de tous les hommes de l'équipage.

Pour partir, il n'avait qu'à trouver la barque et les rames. Il se hâta d'arriver à l'anse, à plusieurs centaines de pas au sud du port, en trottant malgré les pierres coupantes.

Il finit par arriver à l'anse, aussi plate et régulière que la moitié d'une tarte. L'eau brillait, reflétant la lumière d'étain de la lune. La côte était dépouillée, à l'exception de ses souches de pin en décomposition. On avait depuis longtemps abattu les arbres pour en faire des mâts. La désolation de l'anse lui permettait de voir à une bonne distance dans toutes les directions.

Près d'un morceau de bois, de l'autre côté de la baie, une petite barque flottait, à l'endroit même où Gertrudis l'avait promis. Isaac s'y dirigea, son désarroi grandissant à chaque pas. La barque à demi submergée, qui avait la longueur d'un homme de grande taille, était défoncée à la barre, et il lui manquait une planche à la poupe. Isaac enleva un caillou entre ses orteils et laissa au-dessus de la ligne de marée haute le sac de cocons, de même que son portrait signé Gertrudis.

Il avança dans l'eau. Le sel lui mordait les pieds. Il saisit la barque par les côtés et la secoua d'avant en arrière. Prenant au fond un cordage effiloché et gluant d'algues, il l'enroula autour de sa taille et tira l'embarcation de quelques pas vers la rive. Il entendit pénétrer l'eau entre les membrures de la coque. La barque accosta sur la plage avec un craquement. Une rame était posée sur le sable. Isaac chercha dans l'anse quelque chose pour écoper, mais il n'y avait que des pierres et des algues. Puis, il se rappela : son portrait.

En guise de cadeau, Hannah allait devoir se contenter de lui en personne plutôt qu'en dessin. Dénouant le ruban enroulé autour du dessin, il forma un entonnoir avec la toile. En écopant le fond de la barque, il vit son portrait se délaver et se dissoudre en laissant un contour spectral.

Avec effort, Isaac retourna la barque pour en inspecter la poupe. Elle déversa encore de l'eau sur la plage, et du menu fretin se débattit sur le sable en se recourbant comme des croissants frémissants. Isaac grogna. Gertrudis croyait-elle vraiment que cette épave imbibée d'eau allait rester à flot suffisamment longtemps pour lui permettre d'arriver au *Provveditore*? Ce devait être sa revanche sur lui, pour avoir résisté à ses charmes.

Isaac ramassa le menu fretin et, sans se donner la peine de rincer le sable, souleva la tête et l'avala. Il retourna son attention vers la barque. Il pouvait peut-être la réparer, même si le fond était incrusté d'algues et d'anatifes. Avec une roche effilée, Isaac arracha quelques crustacés, suçant le contenu salé de chaque coquille. Jadis, on avait calfaté la coque avec de l'étoupe, sans succès. Des parcelles de la substance étaient tombées entre les planches et flottaient maintenant dessus, en se tortillant comme des vers blancs sales. Dans cet état, la barque flotterait autant que la cage thoracique d'une vache morte.

Sur le point de déchirer son portrait pour en bourrer l'espace entre les planches, il entendit des voix et des pas lourds provenir de l'est de l'anse. Il leva les yeux et vit deux soldats de l'office du grand maître, avec leurs hauts-de-chausses en toile brute, leurs larges ceintures et des mousquets en bandoulière. Ils marchaient dans sa direction, entre les souches.

Isaac souleva le côté de la barque et se glissa en dessous. Cela puait le bois trempé et le poisson mort. Des roches pointues lui meurtrissaient le postérieur. Isaac resta sur place, respirant aussi calmement que possible dans l'air salin, attendant que les hommes partent. Mais les pas se rapprochaient toujours, les bottes raclant la plage caillouteuse.

— Ici, Luigi, dit une voix traînante.

L'un des soldats s'affala sur la coque de la barque, qui reçut son poids avec un craquement de protestation.

— Prends du vin. Elle va arriver à tout moment.

— En es-tu certain ? demanda l'autre.

— As-tu déjà vu une putain refuser un verre ou quelques *scudi* ?

La coque de la barque ployait maintenant sous le poids du premier homme, puis des deux. Isaac s'inquiétait : à tout moment, le bois pouvait se fendre en éclats.

Il entendit bientôt le ricanement d'une femme, et une voix cria :

— Salut !

— La voilà. Gardons-lui une gorgée de vin. Ne bois pas tout.

Le dénommé Luigi dit à son compagnon :

— Va donc faire une promenade.

Isaac sentit les membrures de la barque craquer de soulagement lorsqu'un soldat se leva et s'éloigna.

— Viens ici, ma chérie : Voyons ce que tu as sous ta jolie robe.

Isaac se roula en boule sous la barque, les mains sur les oreilles, tandis que la putain amenait Luigi à un plaisir de plus en plus grand. La barque tremblait sous leurs efforts, et Isaac était certain que le couple en pleine action allait passer à travers la coque pourrie sous laquelle il se trouvait. Mais, par quelque miracle, les planches tinrent bon et, après avoir longuement supplié Jésus-Christ, la Vierge Marie et sainte Ursule, Luigi poussa un cri et glissa de la coque, tombant lourdement sur le sable.

Par une fissure dans les lattes, Isaac apercevait la plage assombrie, même si la lune s'était glissée derrière un nuage. Il y avait le scintillement d'un feu à plusieurs *braccia* de là, sur la plage, et l'odeur du poisson flotta dans sa direction. Il entendait presque rire Gertrudis de le voir humilié.

Le deuxième soldat revint et donna une claque au derrière de la catin, annonçant son tour d'une voix forte. Il lui fit prendre position sur la coque.

« Ô Roi de l'Univers, pensa Isaac, ces goys forniquent comme des chats de ruelle. » Bientôt, gémissements et braillements retentirent à ses oreilles. On aurait dit que le deuxième soldat, au lieu d'être monté par une catin, se faisait torturer par le grand inquisiteur.

Soudain, il entendit un craquement et la coque faillit céder, jetant le soldat et sa putain, encore accouplés, sur les rochers en dents de scie. Avec des bruits mouillés, ils se découplèrent et, le cul nu, foncèrent en hurlant vers la mer.

Isaac souleva la barque et en sortit en roulant sur le sable. Il allait s'enfuir lorsque les trois revinrent en riant et en se passant une bouteille. Avant qu'ils ne le voient, Isaac courut de côté à plusieurs pas de la plage, pour se recroqueviller derrière un rocher. Il y resta tapi si longtemps que son mollet droit commença à souffrir d'une crampe. Il le massa et sa jambe se détendit. Il songea à Gertrudis. Il aurait éprouvé tant de plaisir à tordre son long et adorable cou! Il s'efforça d'écarter cette pensée. Sa furie pouvait attendre.

Isaac regarda les alentours. La seule embarcation était celle de Gertrudis, maintenant abandonnée par les soldats et leur *puta*, qu'il vit flâner sur la plage en direction de la ville. Il n'avait pas le choix. Il retourna en courant à la barque effondrée. Il trouva son portrait piétiné par les soldats et le fit claquer contre sa cuisse pour en enlever le sable.

Le *Provveditore* allait lever l'ancre à l'aube. Il s'affaira avec frénésie. Il était à découvert, sans buissons pour l'accueillir, ni même un bosquet de grêles peupliers où il pouvait tirer la barque pour y travailler. Il déchira l'esquisse en bandes et, préparant un mélange de sable, d'algues et d'écorce de souches de pin, il radouba la barque, qui ressemblait maintenant davantage à un radeau. Après quelques heures, il était prêt à la haler. Elle vacillait, instable. Elle prenait l'eau, mais ne coulait pas. Ce serait peut-être suffisant. Isaac regarda au loin dans le port, où le haut galion se balançait au bout du câble de l'ancre, si près et si loin à la fois, avec quelques flambeaux de pin allumés à sa proue.

Le ciel s'obscurcit de nuages de pluie. Il se mit bientôt à pleuvoir. Le vent soufflait si fort que sa bouche était remplie de sable. Les vagues du port se soulevaient aussi haut que les murailles du fort Saint-Elme. La lune était invisible ; il ne restait plus qu'une ou deux heures avant la première lueur. Devait-il courir le risque de partir dans cette embarcation qui prenait l'eau ? Ces paroles du philosophe Maïmonide résonnèrent dans sa tête : *Le risque d'une mauvaise décision est préférable à la terreur de l'indécision.* De toute façon, quel choix avait-il ?

Tandis qu'il se demandait anxieusement comment se glisser à bord sous les yeux attentifs des sentinelles, il lui vint une idée. Isaac prit dans ses bras un tas d'algues et de brindilles séchées et les jeta à la proue de la barque, le seul endroit susceptible de rester à sec. Lorsque la barque fut presque arrivée dans l'eau, il prit les rames sur la plage et monta à bord. Il commença à ramer, les muscles de son dos tendus par l'effort. Au départ, la barque tourna en rond mais, lorsqu'il ralentit et s'efforça de ramer avec une force égale des deux côtés, il suivit la trajectoire qu'il s'était fixée, vers le *Provveditore*. Il eut l'impression de se démener pendant des heures tellement il avançait lentement. À l'est, le soleil commençait à manifester sa présence en jetant une lueur rouge sur l'eau. L'aube faisait son apparition. Bientôt, il y eut assez de lumière pour voir, à l'extrémité de la vergue, les marins qui levaient les voiles. Comment pouvait-il se faufiler à bord sans être vu ?

Soudain, un son le remplit de désarroi : le grognement métallique du treuil. L'équipage du *Provveditore* levait l'ancre, prêt à appareiller. Il était trop tard.

Chapitre 22

En mer

Sur le pont du *Balbiana*, Hannah s'accrocha à la rambarde, habillée en chrétienne dans l'une des robes de soie bleue de Jessica. C'était le seul vêtement pudique qu'elle avait pu trouver dans le *cassone* de Jessica. La robe dégageait le parfum familier de citron et de bergamote de sa sœur. Hannah avait envie de pleurer.

Après avoir quitté le *palazzo* di Padovani sous le couvert de la nuit, elle était revenue en catimini chez Jessica. Dans une valise de vêtements, elle avait fourré ses cuillers d'accouchement et ses ducats, ainsi que de la nourriture emballée. Des deux cents ducats du comte, il en restait environ cent cinquante après qu'elle eut payé sa traversée vers Malte et acheté des provisions. Elle ne savait absolument pas si cela suffirait pour la rançon d'Isaac.

Si seulement elle avait pu amener la chèvre sur le bateau ! Elle ne savait pas comment elle allait nourrir Matteo au cours de ce long voyage, de deux mois ou même trois, selon les vents. Mais elle n'avait pas le temps d'être chagrinée ni de réfléchir : elle se contentait d'agir. À l'aube, elle avait trouvé un gondolier qui, contre une somme assez substantielle pour assurer sa discrétion, l'avait transportée aux quais avec Matteo pour l'appareillage du *Balbiana*. Ils furent les derniers à quitter le port de Venise. Par ordre du Conseil des Dix, la ville était maintenant en quarantaine.

Du lait, se dit-elle alors que le pont du bateau se soulevait et retombait sous ses pieds. Elle devait trouver du lait pour Matteo. Sa réserve décroissante de lait de chèvre allait le garder en vie une autre journée, pas plus. Il n'avait pas pleuré depuis l'appareillage, peu de temps auparavant.

Si seulement Jessica avait été là, elle aurait su quoi faire. Mais Jessica allait bientôt reposer dans une fosse commune de *Lazzaretto Vecchio*, avec des centaines d'autres victimes de la peste. Ici, sur ce pont agité par le tangage, aucune nourrice, pas même une chèvre, ne pouvait nourrir un enfant.

Ses compagnons de voyage, des Grecs, des Arméniens, des Turcs, des Persans et des Juifs, en plus des Vénitiens, s'agglutinèrent à la rambarde pour voir s'en aller les piliers de Saint-Marc. Debout près d'Hannah se trouvait un homme âgé, un Arménien drapé dans un caftan flottant, accablé d'une toux catarrheuse. Hannah monta sur un rouleau de cordage de chanvre pour regarder les flancs élevés du galion. Tenant d'une main la rambarde, Matteo serré contre elle, elle regarda la basilique Saint-Marc s'effacer au loin.

À travers la cacophonie des bavardages, les cris des mouettes et le raclement des cordages contre les voiles, les cloches distantes de la *Marangona* sonnèrent les six heures, signalant le commencement du jour. À l'est, la boule en feu du soleil commença à se soulever de la mer, s'élevant au-dessus des pinacles, des dômes et des tours. Arrivée aux fleurons de Saint-Marc, elle s'arrêta un moment et cligna tandis que l'eau clapotait. À l'ouest, telles l'échine d'un monstre marin, les vagues s'arquaient et se brisaient sur les rives de l'île de Guidecca. La lagune vénitienne était agitée. Le vent taquinait l'eau azurée en y semant des vaguelettes blanches.

Au-dessus, les trois voiles carrées du *Balbiana* se gonflaient, puis retombaient mollement, au gré des rafales irrégulières. La brise fouettait sur sa bouche les extrémités de son écharpe rouge. Elle les écarta et, tirant parti de sa hauteur sur le rouleau de cordage, se retourna pour examiner la foule.

Matteo geignit.

— Je t'ai sauvé à ta naissance et je t'ai sauvé de tes oncles. Maintenant, je me demande si je pourrai te sauver une autre fois.

Il était pâle. Ses jambes étaient si minces et ses bras si flasques qu'ils retombèrent, inanimés, lorsque Hannah le fit passer d'un bras à l'autre. Elle lui mit au cou la *shaddaï* qu'elle portait encore. Après tant d'efforts pour le sauver, allait-elle le voir mourir d'inanition ?

La main en visière, Hannah scrutait les femmes et les excluait tour à tour. De l'autre côté du pont, elle remarqua une dame, une Vénitienne à en juger par sa robe de velours et ses cheveux blonds coiffés en double diadème, qui portait un objet menu dans ses bras. Hannah lâcha la rambarde, descendit du rouleau de cordage et se fraya un chemin jusqu'à elle. Au moment où allait poser une main sur le bras de la femme, un regard plus attentif lui révéla que le ballot était un épagneul brun enveloppé de mousseline blanche. Elle recula et marcha sur les pieds d'une autre femme, qui tendit la main et prit Hannah par l'épaule pour la stabiliser.

Cette femme était vêtue d'une longue pelisse de soie, verte et iridescente comme la poitrine d'un colibri. Son visage était recouvert d'un voile qui ne laissait voir que ses yeux noirs.

Lorsque Hannah sourit et s'excusa, la femme répondit :

— *Maallah*.

Après qu'Hannah eut repris pied et l'eut saluée à son tour, la femme voilée se pencha pour examiner Matteo. Elle le chatouilla sous le menton. Voyant que le bébé ne réagissait pas, elle dit :

— Votre enfant est malade, *hanim effendi*. Il bouge à peine.

— Je n'ai pas de lait.

— Qu'Allah ait pitié de lui ! Où est sa nourrice ?

— Mieux vaut ne pas vous raconter l'histoire. Pour faire court, je n'ai qu'une bouteille de lait de chèvre en train de surir. C'est assez pour une journée, pas plus.

— Un garçon ?

Lorsque Hannah fit un signe affirmatif de la tête, la femme dit :

— On vous a fait un cadeau.

Elle eut un léger haussement d'épaules.

— À mon regret, je n'ai engendré que des filles. Six filles belles mais inutiles.

Hannah s'émerveilla de sa parfaite maîtrise du vénitien, que cette femme parlait avec juste un soupçon d'accent ottoman.

— La prochaine fois, peut-être.

La femme tapota son ventre et haussa les épaules.

— Mais comment échapper à la volonté d'Allah?

Elle inclina la tête et dit :

— Mon nom est Tarzi.

Un coup de vent souffla sa robe contre son corps, et Hannah remarqua qu'elle était abondante, à la façon potelée et sensuelle des Turques qu'elle avait aperçues dans l'un des marchés du Dorsoduro.

— Je m'appelle Hannah.

— Pardonnez-moi, Hannah *effendi*, mais ne croyez-vous pas avoir été insouciante en vous embarquant pour un tel voyage sans nourrice?

— Je n'avais pas grand choix.

— Dans l'état où il se trouve, une légère fièvre ou une grippe pourrait l'emporter.

Hannah eut envie de répondre : « Me croyez-vous assez idiote pour ne pas y avoir pensé? » Elle dit plutôt :

— Je l'ai allaité jusqu'à il y a quelques jours, puis mon lait s'est tari. Il était alors trop tard pour trouver une nourrice convenable pour nous accompagner.

Le mensonge lui vint aisément. En vérité, elle n'avait eu le temps de rien planifier, à part la façon de faire monter Matteo sur le *Balbiana* avant que les soldats des *inquisitori* retournent chez Jessica pour s'emparer d'eux.

— Vous l'avez allaité vous-même? demanda Tarzi, abasourdie.

Jessica aurait su comment traiter avec une femme pareille. Un petit coup d'éventail sur le bras massif de la femme, et Tarzi serait devenue moins hautaine.

— Il y a un mois, j'ai accouché de ma fille Gülbahar.

— Donc vous avez une nourrice ?

— Bien sûr, dit Tarzi. Hatice est une *ikbal*, une esclave circassienne des montagnes. Mince, mais robuste comme un fauve.

Tarzi noua les extrémités de son voile derrière sa tête pour les empêcher de battre au vent. Au-dessus d'elles, les voiles cognaient lorsque le vent les gonflait.

— Mon mari m'a donné Hatice à la naissance de ma fille aînée.

— Vous avez de la chance, dit Hannah.

Personne dans le ghetto ne pouvait se permettre des esclaves ; personne dans le ghetto ne portait de bijoux aussi gros et aussi parfaits que ceux de Tarzi.

— Vous n'avez pas de temps à perdre.

Tarzi balaya du regard la foule à la rambarde. Elle montra du doigt, à quelques mètres de là, un homme corpulent d'une cinquantaine d'années, qui parlait au vieil Arménien crachant des mucosités dans un bout de tissu.

— Le sultan a nommé mon mari gouverneur de la province d'Üsküdar. Je n'avais pas d'autre choix que de l'accompagner pendant ce voyage, et d'emmener mes filles.

Hannah ne put s'empêcher de remarquer que Tarzi avait dessiné des croissants sur ses sourcils foncés et souligné ses paupières avec du khôl. L'effet était saisissant.

— J'ai désespérément besoin d'une femme pour allaiter mon enfant. Peut-être votre nourrice serait-elle disponible ?

— J'ai de la sympathie pour vous, ne vous méprenez pas, mais ma Gülbahar a une soif féroce, répondit Tarzi. Si Hatice devait allaiter deux bébés, les deux seraient en péril.

Quelle motivation Hannah pouvait-elle offrir à l'épouse de ce pacha vêtue d'une robe de soie, avec au cou un rubis de la taille d'un œuf de pigeon ? À ce moment même, le bateau dévia par rapport à la direction du vent, et Hannah tomba contre elle. Tarzi l'entoura de ses bras pour la remettre d'aplomb. Hannah craignait à tout moment d'éclater en larmes. Elle n'avait pas le choix, elle implora la femme.

— S'il vous plaît ! Je vous en supplie. Je ne peux pas regarder mon fils mourir de faim.

— Il n'y a rien à faire pour ce bébé. Vous allez porter d'autres enfants. Chaque fois que mon Ahmet et moi nous nous étendons ensemble, un enfant arrive quelques mois plus tard.

Elle tapota le bras d'Hannah.

— C'est la volonté d'Allah. Pour ma part, je préférerais que ce soit différent.

— Différent de quelle façon ? demanda Hannah.

Elle se pencha à l'oreille d'Hannah et baissa la voix.

— J'espère ne pas devenir grosse une autre fois. Mes couches sont difficiles. Des vomissements pendant des mois, la fatigue et l'insomnie. Puis, la douleur de l'accouchement et les saignements, que ma sage-femme craint de ne pas pouvoir étancher la prochaine fois. Et qui s'occuperait de mes filles ? Qui veillerait à ce qu'elles fassent un mariage convenable si je n'étais plus là ?

Hannah baissa les yeux vers Matteo et s'affaira avec sa couverture. Peut-être avait-elle quelque chose à offrir à cette femme, après tout. Au ghetto, on disait du coït interrompu que c'était « vanner le grain en dedans et le battre au-dehors ». C'était une technique médiocre. Une boule d'or spécialement conçue pour être insérée dans le passage féminin pour sceller l'entrée de l'utérus ? Impossible à obtenir sur le *Balbiana*. Une douche vaginale avec une infusion de feuilles de gaïac ? C'était difficile sur ce galion qui tanguait. Il y avait aussi l'abstinence. Elle regarda le mari de Tarzi, qui se trouvait encore à plusieurs pas, en train de bavarder avec le vieil Arménien. Aucun homme ne veut qu'on lui refuse les joies du lit conjugal, surtout pas celui-ci, à voir sa lèvre inférieure charnue et sa fourche bombée.

Une vague aussi haute que l'un des piliers de Saint-Marc poussa le bateau d'un côté. Des embruns salés frappèrent Hannah au visage. Elle trébucha, tomba à genoux et faillit laisser tomber Matteo. S'essuyant le visage avec sa manche, elle décida d'offrir à cette femme une connaissance interdite.

— Je suis sage-femme. Je connais bien des façons d'aider à la conception, en faisant infuser du fenu-grec ou des semences de rue sauvage broyées, par exemple. « Et je les ai presque toutes essayées », aurait-elle pu ajouter, mais elle dit plutôt :

— Mais je connais aussi des façons de prévenir la conception.

Tarzi la regarda et dit, d'une voix calme :

— Si vous avez un remède, je vous donnerai ce que vous voulez.

Elle posa une main sur son collier de rubis.

— Prenez ceci, si vous voulez.

Le sac de lin d'Hannah contenait des herbes destinées à provoquer les contractions, à soulager les douleurs, à arrêter les prodigieux saignements qui suivent parfois l'accouchement. Elle avait même du baume de Fatima, une crème anatolienne qui guérit les vergetures. Mais elle n'avait pas apporté d'herbes destinées à empêcher la conception.

Hannah réfléchit au dilemme de Tarzi. Elle se rappela une pratique bédouine du désert du Néguev.

— Je peux vous aider, mais ce sera douloureux.

Hannah regarda Matteo, ses paupières veinées de bleu et sa bouche tombante.

— Votre rubis ne m'intéresse pas. Mon prix, c'est votre nourrice. Elle doit allaiter Matteo.

— Et mon bébé à moi ?

— Je vais donner à votre nourrice des herbes qui stimuleront sa lactation.

— Aussi abondamment que la fontaine des eaux douces d'Asie ? demanda Tarzi.

Hannah fit un signe affirmatif.

Tarzi dit à l'oreille d'Hannah :

— Je viendrai vous voir tôt ce soir. Je connais mon Ahmet et je sais comment il voudra célébrer la première nuit en mer.

Ce soir-là, tandis qu'Hannah langeait Matteo sur la minuscule paillasse qu'elle s'était taillée parmi les autres passagers, elle remarqua que la peau du bébé était ridée et asséchée faute de lait. Ses yeux paraissaient ternes ; ses membres pendaient mollement. Elle lui donna de l'eau bouillie et le reste du lait de chèvre, qui avait suri. Un filet de lait s'échappa de sa bouche. Il se mit à pleurer. Hannah l'essuya avec un coin de la couverture et posa le bébé contre son sein, espérant lui procurer un certain réconfort, sans toutefois le nourrir. Il téta doucement à quelques reprises, puis retomba dans ses bras, détendu dans la sécurité de leur étreinte.

— N'abandonne pas, mon fils. L'aide s'en vient. Bientôt, tu boiras le meilleur lait maternel.

Comme le bateau tanguait, Hannah trouva plus sûr de progresser à quatre pattes dans son petit espace, au pied d'une échelle, que de rester debout et de tomber à genoux lorsque le bateau heurtait une vague. Ce mouvement lui révulsait l'estomac, et elle gardait une cuve à sa portée pour le cas où elle vomirait. Sur le pont, le tangage était tout aussi affligeant, mais l'air était plus frais.

À l'heure dite, Tarzi descendit l'échelle et arriva à la paillasse d'Hannah au moment même où celle-ci enveloppait Matteo dans son édredon. Hannah l'avait rapidement appris, il n'y avait pas moyen de s'isoler sur le bateau. Les passagers, même riches, accomplissaient leurs ablutions à la vue des autres. Hommes et femmes passaient devant la minuscule paillasse située sous les marches entre les deux ponts. Hannah avait étendu une couverture de laine sur la corde où séchaient les vêtements de Matteo, et cet abri de fortune formait un triangle d'intimité. Le bord de la couverture, qui traînait sur le pont, devenait collant à cause de la résine qui suintait entre les planches.

— Bonté divine, c'est un trou de souris ! Et l'air !

Tarzi agita une main devant son visage.

— Cette précieuse ressource ne me parvient pas beaucoup ici, en bas, dit Hannah.

Tarzi avait un air d'appréhension.

— Comment allez-vous empêcher tous ces bébés de venir au monde sans invitation ? Accordez-moi rapidement votre remède, et ensuite je veux me baigner et me parfumer pour Ahmet.

Elle poussa un soupir et marmonna :

— Commençons maintenant pour finir tôt. Je sens que ce ne sera pas agréable.

Hannah décrivit l'opération. Tarzi parut effrayée, mais Hannah lui toucha le bras.

— N'ayez crainte. J'ai les mains douces. Je ne vous ferai pas mal.

— À ma façon, je suis aussi désespérée que vous, dit Tarzi. Finissons-en avec cette chose désagréable.

— Étendez-vous là.

Hannah fit un geste vers sa paillasse.

— Et enlevez les vêtements du bas.

Après avoir retiré en se tortillant sa culotte bouffante et remonté sa chemise, Tarzi se mit en place sur la paillasse qui servait de lit, les jambes croisées devant elle. Elle utilisait le sac de voyage d'Hannah en guise d'oreiller.

— Lorsque j'aurai fini, nous irons tout de suite voir votre nourrice avec Matteo. Il n'y a pas de temps à perdre.

Hannah posa Matteo dans un hamac fait d'un châle qu'elle avait tendu sous une poutre au-dessus.

Dans ses bras, son corps paraissait aussi flasque qu'une taie d'oreiller. Elle s'accroupit sur ses talons à côté de Tarzi et lui caressa la joue pour qu'elle se détende.

— Vous serez brave.

Mais elle se disait que Tarzi ne serait pas brave, qu'elle allait gémir, se tortiller et rendre d'autant plus difficile cette procédure inhabituelle. Hannah se lava les mains dans un seau d'eau fraîche et savonneuse. Elle avait déniché sans peine un caillou lisse et petit. Il n'y avait qu'à chercher sur le pont pour en trouver en grand nombre, coincés entre les planches. La pierre, à peu près de la taille d'un pois sec, paraissait douce entre ses doigts lorsqu'elle la récura dans l'eau.

— Ouvrez les genoux comme les pétales d'une fleur.

Hannah parlait avec assurance pour soulager l'inquiétude de Tarzi.

— Vous n'allez pas me faire mal ?

— J'espère que non. Vous devez rester calme et respirer par la bouche.

— C'est ce que vous avez l'intention d'utiliser ?

Tarzi montra du doigt le caillou.

— Je ne comprends pas.

— L'an dernier, un juif sépharade, un marchand de cochenille, est revenu du Levant. Il a raconté à mon mari une anecdote à propos des nomades bédouins. Ils insèrent un caillou dans la matrice de leurs chamelles pour les garder stériles au cours des longs voyages à travers le désert.

Lorsque Isaac lui avait répété l'histoire, Hannah n'arrivait pas à comprendre. À présent, en y repensant, elle se disait que le caillou placé dans la matrice détruisait peut-être la semence mâle en écrasant sa fragile coquille protectrice, de la même façon qu'un pilon broie un grain de poivre. Hannah avait discuté de l'histoire des Bédouins avec d'autres sages-femmes. Aucune d'entre elles n'avait entendu dire qu'une telle technique avait été tentée sur une femme.

— Mais je ne suis pas une chamelle! dit Tarzi qui commença à remettre sa culotte et à se lever.

— Et je ne suis pas une Bédouine, dit Hannah en versant une goutte d'huile d'amande dans ses mains et la frotta sur ses doigts et sur le caillou.

— Regardez.

Elle brandit le caillou de façon que Tarzi puisse le voir.

— Vos perles sont plus grosses. Ne vous tracassez pas. C'est sans danger.

Hannah tentait de s'encourager par ses propres paroles mais, en vérité, l'insertion d'un corps étranger, comme de la cendre dans l'œil, pouvait causer douleur et purulence.

De plus, puisque Tarzi avait récemment donné naissance, Hannah devait prendre garde que le caillou ne perturbe la guérison de l'utérus en provoquant un nouveau et copieux saignement. Déjà, il aurait été dangereux de tenter une telle procédure sur la terre ferme, alors sur ce galion qui ne cessait de plonger et de remonter… On aurait dit que Dieu lui-même faisait semblant d'être un prestidigitateur malhabile, et lançait leur petit bateau d'une main à l'autre en un jeu de jonglage exubérant.

Tarzi écarta les genoux. Hannah glissa deux doigts dans le passage, et sentit l'ouverture du ventre maternel. Bientôt, elle s'aperçut qu'elle ne pourrait pas insérer le caillou par la simple manipulation. Il lui fallait voir le passage pour vérifier si une telle opération était même possible, ou si l'embouchure du ventre, maintenant serrée, empêchait toute intrusion. Peut-être les cuillers d'accouchement allaient-elles être utiles. Elle les sortit de son sac de lin. Avec tout ce qui lui était arrivé depuis qu'elle les avait récupérées des mains de Jacopo, elle n'avait même pas songé à les nettoyer. Les liquides sécrétés à la naissance de Matteo adhéraient encore aux cuillers. Tournant le dos à Tarzi, elle les remua dans le seau d'eau pour les nettoyer et les essuya soigneusement avec un tissu propre. Elle posa une serviette sur les genoux repliés de la femme, pour que celle-ci ne voie pas la procédure.

Après avoir enduit les cuillers d'huile, elle les inséra dans le passage de Tarzi, et les ouvrit très doucement. Maigre consolation, elle voyait maintenant que l'embouchure de ce ventre était encore malléable depuis la naissance de Gülbahar.

Des pas s'approchèrent. Tarzi poussa un grognement. Elle entendit une lourde paire de bottes hésiter, puis grimper rapidement les marches. Jessica avait raison : les hommes n'ont aucun intérêt envers la vie des femmes. À la pensée de Jessica, Hannah se sentit larmoyer. C'était trop demander, après toutes ces années, que de porter un enfant, mais si un jour Dieu lui souriait et qu'elle avait une fille, elle l'appellerait Jessica.

Hannah plaça l'autre main sur le ventre de Tarzi, essayant de jauger la position et la taille du fond de l'utérus.

— Vous avez les mains tendres, Hannah, mais malgré cela, c'est douloureux. Ce n'est peut-être pas une bonne idée.

— Essayez de rester immobile et n'oubliez pas de respirer.

Hannah était contente qu'elle ne tente pas de se redresser, car elle ne serait pas restée debout dans le bateau qui tanguait. Une soudaine élévation du galion la projeta dans le coin, et elle faillit se cogner la tête au hamac de Matteo. Tarzi poussa un cri de douleur. Le brusque mouvement avait arraché les cuillers de la main d'Hannah.

Il ne fallait pas contrecarrer la volonté de Dieu en empêchant la conception. Était-ce là sa façon de le signifier ?

Hannah reprit sa position, s'agenouillant à côté de Tarzi, la main entre ses jambes. Une fois les cuillers d'accouchement en place, elle pinça le caillou entre l'index et le médius et le poussa par le col de l'utérus jusque dans ce dernier. Puis, elle retira doucement les cuillers d'accouchement. En moins de temps qu'il n'en faut pour réciter les prières du shabbat, la tâche était terminée.

— Soyez sage. Étendez-vous et reposez-vous.

Hannah se lava les mains dans le seau tout en y plongeant rapidement les cuillers, à l'insu de Tarzi.

— Je suis tellement contente que ce soit fini !

Tarzi se reposa un moment, haletant légèrement, et Hannah ne pouvait dire si c'était de soulagement ou de douleur.

— Vous saignez encore un peu depuis la naissance de Gülbahar, alors vos organes sont souples et le caillou est bien entré. Vous devez prendre garde qu'il n'en sorte. Étendez-vous et prenez le temps de vous habituer à ce corps étranger. Espérons que votre ventre ne l'expulsera pas.

— Votre caillou magique va-t-il fonctionner ?

— Nous verrons, dit Hannah.

Des mouches s'étaient rassemblées autour des yeux de Matteo, attirées par l'humidité. Hannah les écarta du revers de la main. Après quelques minutes, elle dit :

— Venez, emmenez-moi voir votre nourrice. Matteo doit être mis au sein pendant qu'il a encore la force de téter.

Après avoir aidé Tarzi à se rhabiller, elle prit Matteo et le sangla à son dos avec sa couverture croisée entre ses seins, de façon à pouvoir grimper, une main après l'autre, l'étroit escalier qui menait au pont. Elle avait à l'épaule son sac de lin, qui contenait du fenugrec et du chardon bénit pour la nourrice.

En atteignant l'air salin et frais, elle respira profondément. Tarzi la guidait et, bras dessus bras dessous, elles traversèrent le pont. Elles enjambèrent la trappe de la soute, une grille par laquelle s'élevait la puanteur des peaux d'animaux et du poisson séché.

— Il ne faut pas demander à Hatice des nouvelles de son propre bébé, dit Tarzi. Il est mort à la naissance, et elle est si endeuillée qu'elle n'a plus de larmes.

Un bébé mort. Pauvre femme! Avoir un bébé puis le perdre, n'était-ce pas pire que de ne jamais avoir donné naissance?

Hannah suivit Tarzi le long d'une échelle et dans un couloir. Tarzi ouvrit la porte de chêne poli de sa cabine, munie d'un grand sabord qui laissait entrer l'air et la lumière. L'endroit était meublé de coussins rebondis et de tapis de soie. Dans les murs étaient encastrées plusieurs paillasses.

— Hatice redonnera sa santé à votre fils en un rien de temps, dit Tarzi.

La chambre sentait les langes. Dans le coin, une fille était blottie contre un traversin. Elle avait la taille d'une enfant de dix ans. Lorsqu'elles entrèrent dans la pièce, elle resta étendue et ne répondit pas à la salutation de Tarzi. Au départ, Hannah la prit pour l'une des filles de cette dernière, mais lorsque ses yeux se furent ajustés à la faible luminosité, elle distingua un bébé qui se tortillait et se débattait pour être nourri au sein. Après avoir essayé en vain pendant un moment, le bébé cracha le mamelon, poussa un cri de frustration et s'y accrocha à nouveau. Comme la plupart des Circassiennes, Hatice était blonde, et si pâle qu'elle semblait avoir été laissée trop longtemps couverte de sangsues.

— Hatice, voici Hannah. Elle a un problème et nous devons l'aider.

Elle fit un geste en direction de la forme immobile posée sur le dos d'Hannah.

— Son bébé a besoin de lait.

Hatice garda la tête baissée. D'une main, elle tenait le bébé de Tarzi, les jambes et le derrière sans appui, indifférente au fait que l'enfant tète ou non. Hannah huma l'air et reconnut l'odeur de vomi dans la cabine. L'autre main d'Hatice tapotait la tête d'une petite fille d'environ deux ans, qui somnolait à côté d'elle. On aurait dit qu'elles étaient toutes affectées par le tangage du bateau.

Plusieurs autres filles d'âges divers étaient étendues sur les luxueux coussins, si entassées qu'on avait peine à les distinguer.

— Hatice, dit Tarzi d'une voix forte.

Comme la nourrice ne levait pas la tête, Tarzi dit :

— Elle est paresseuse. Je vais la réveiller.

— Cette pauvre fille vomit, elle aussi. Le mouvement du bateau la rend malade.

Hannah s'approcha d'Hatice et posa une main sur son front.

— Elle est moite.

Prenant Gülbahar de ses bras sans résistance, elle la souleva pour la montrer à Tarzi.

— Voyez, votre enfant aussi est en train de s'affaiblir.

— Ce matin, à l'embarquement, Hatice était en bonne santé. Elle batifolait avec Gülbahar, jouait de la flûte, chantait pour mes autres filles.

— Il lui faut une infusion revigorante.

Tarzi prit un *loukoum* collant à même un plateau posé sur le plancher. Elle offrit le bonbon à Hatice et, devant son absence de réaction, demanda à Hannah :

— Que faire ?

— Nous devons nous occuper d'elle afin qu'elle guérisse.

Hannah ouvrit l'écoutille. Une brise fraîche entra dans la cabine.

— Pauvre fille! Déjà malade au crépuscule du premier jour du voyage.

Il n'y avait pas d'homme et Tarzi avait posé son voile sur ses épaules, comme un châle.

Tarzi et Hannah emmenèrent les enfants de Tarzi à leurs propres paillasses et installèrent Hatice sur une autre, séparée. Hannah aida Hatice à enlever son *feredgé* de soie brodée.

— Tarzi, j'ai du fenugrec et du chardon bénit. Prenez-les dans mon sac et préparez une infusion avec de l'eau chaude. Cela va lui donner de la force.

Quelques minutes plus tard, Tarzi revint avec une tasse de tisane odorante. Elle la porta aux lèvres d'Hatice.

— Bois, ma chère. Cela t'aidera à recouvrer la santé.

Lorsque Hatice eut bu son soûl, elle s'endormit et resta ainsi pendant près d'une heure, pendant que Matteo s'agitait et que les filles de Tarzi restaient immobiles. Lorsqu'elle se réveilla, elle était largement rétablie, et l'hébétude fit place à la reconnaissance lorsqu'elle regarda Hannah. Elle était prête à nourrir Matteo. Hannah lui passa le bébé. Hatice mania gauchement son sein et, après une tentative ratée, Matteo suçota à quelques reprises, et sembla s'endormir.

— Allons, n'abandonne pas.

Hannah lui chatouilla le dessous des pieds. Matteo recommença, cette fois en prenant une plus grande partie du mamelon et de l'aréole dans sa bouche. Hannah se pencha le plus possible sans les déranger. Sur les lèvres et les joues du bébé, une bulle de salive allait et venait, et sa bouche restait serrée sur le mamelon d'Hatice. Après avoir sucé à quelques reprises encore, Matteo se relâcha et s'endormit. Hannah fut ravie de voir un filet de lait s'accumuler au coin de sa bouche.

Chapitre 23

La Valette, Malte
1575

Lorsque la barque percée d'Isaac arriva au *Provveditore*, l'aube pointait, envoyant ricocher des traits rouges à travers le brouillard du matin. Les débardeurs sortis d'une barge à large fond trimaient dur pour décharger leur cargaison de blé et de bois de construction.

« Dieu merci pour le délai, se dit Isaac. Ma chance est peut-être en train de tourner. » Le capitaine marchait à grands pas sur bâbord, surveillant les hommes qui peinaient dans l'air froid.

La sueur piquait les yeux d'Isaac, et il avait de la difficulté à serrer les rames, les mains endolories par ses ampoules récentes. L'eau pénétrant par la poupe, il restait un seul coin sec, sous la proue. Même si la brume enveloppait le port dans une lumière grise, elle n'était pas suffisamment dense pour le rendre invisible. Il se dirigea vers le côté mer du vaisseau, le plus loin possible des débardeurs. S'il s'y prenait rapidement, il pouvait atteindre le bateau avant qu'on ne le remarque du haut des ponts. C'était sa seule chance, car le capitaine et l'équipage étaient occupés avec la cargaison. Les débardeurs criaient et juraient en soulevant des poutres et des sacs de blé. Même si le dialecte local lui était familier depuis des mois, il lui paraissait aussi sifflant que si l'on avait effacé toutes les voyelles.

Il tira si fort sur une rame qu'elle se brisa au moment même où il accostait bord à bord. Les mains tendues, il s'agrippa au revêtement du bateau pour empêcher la barque de cogner sur le flanc du *Provveditore*.

La petite embarcation semblait minuscule à côté de l'immense vaisseau. Pour Isaac, ce dernier paraissait aussi grand que la basilique Saint-Marc. Du haut des ponts supérieurs, lui-même devait avoir l'air d'une épave flottante. Demeurant du côté mer du navire, Isaac allongea le cou pour observer les ponts avant et arrière, qui grouillaient de dizaines d'hommes, tous aussi affairés que des fourmis. Un marin penché par-dessus bord lança une miette à une mouette à tête noire. L'oiseau la saisit au vol puis, comme il n'en venait plus, partit tenter sa chance avec un vaisseau ancré plus loin dans le port. Juste au-dessus de sa tête et cognant contre les flancs de chêne au rythme des vagues, Isaac repéra une échelle fabriquée avec des douves de baril et du cordage. En se redressant, il n'aurait qu'à saisir l'échelon du bas et à se hisser.

Mais, avant tout, il devait rassembler les débris au fond de la barque et assurer un apport d'air dans toutes les couches de bois et d'algues. Les doigts tremblants, il frotta ensemble deux bâtons au-dessus de quelques brins d'herbe sèche. Lorsqu'il fut récompensé par l'arrivée d'une étincelle et d'une fine colonne de fumée montant de l'herbe, il ajouta les cônes de pin desséchés et les algues fibreuses qu'il avait ramassés sur la plage. Il attendit que le feu couve, puis souffla dessus jusqu'à ce qu'un épais rouleau de fumée s'élève du bois humide de la coque. Lorsque les flammes jaillirent dans les détritus, Isaac poussa la barque du pied et grimpa tant bien que mal l'échelle.

Une main après l'autre, il monta, les orteils écrasés contre le flanc du bateau à chaque échelon. Arrivé au sommet, recroquevillé pour ne pas être visible du pont, Isaac regarda en bas, jusqu'à la ligne de flottaison. Des flammes orange s'élevaient de la barque, qu'elles changeaient en torche flottante. Du gréement vint le cri d'un homme :

— *Al fuoco !* Tous les hommes sur le pont !

Il y en avait partout. C'était le branle-bas. Les marins, jusque-là occupés à lancer des sacs à voiles et des marchandises dans la cale, à régler le gréement, à épisser des cordages et à réparer de la toile déchirée avec des aiguilles courbes couraient maintenant vers le bord pour regarder la barque en feu qui cognait contre la coque du *Provveditore*. Deux hommes eurent la présence d'esprit de remplir des seaux pour les verser en direction de la barque.

Ils formèrent bientôt une brigade et lancèrent de l'eau par-dessus bord sur l'embarcation en feu. Personne ne vit Isaac lorsqu'il se hissa sur la rambarde, détala sur le pont et descendit dans la cale sombre. À quatre pattes, il tomba sur quelque chose de mou et élastique : le cadavre d'un rongeur. Il rampa entre les piles de poutres et les sacs de haricots secs, guidé jusqu'aux sacs de voiles par l'odeur familière de la pisse de mouton qui servait à fortifier les tissus. Il tâtonna jusqu'à ce qu'il arrive au plus grand, qui contenait probablement la voile principale de rechange, et en ouvrit l'embouchure. Il s'y creusa tant bien que mal un espace, y entra et resserra l'ouverture autour de sa poitrine. Il la referma plus ou moins autour de sa tête, comme un capuchon. La toile malodorante lui rappelait Joseph.

Du pont lui parvenaient les grognements des marins qui remplissaient des seaux pour les larguer sur la barque en feu. Certains criaient en vénitien, d'autres en maltais.

Il tâta le sac gonflé de cocons accroché à son cou. Ceux-ci étaient au sec et en sûreté. Ses pensées se tournèrent vers des questions plus pressantes. S'il avait trop bien fait et que le navire prenait feu ? Après de longs moments de cris et de vacarme, il entendit le bruit d'une barque que l'on chargeait d'hommes et les ponts devinrent étrangement calmes. Isaac sortit du sac et, avec précaution, passa la tête par l'écoutille.

Le pont était désert. Des hamacs, qui auraient dû être remplis d'hommes au repos, se balançaient, vides, entre les canons et les pièces d'artillerie mobile à la proue. Il rampa jusqu'au bord et regarda. L'équipage se disputait l'espace dans une immense barque remplie de tonneaux d'eau, et Isaac comprit qu'on les rapportait sur la côte pour les remplir d'eau potable. Son plan avait mieux fonctionné que prévu. Les hommes accostaient pour se ravitailler en eau, et peut-être prendre un dernier verre rapide à la taverne avant d'appareiller.

Il retourna à la cale, dans l'espace sombre et exigu qui serait le sien pendant des semaines. La nuit, les marins allaient dormir sur le pont. Il devrait passer tout son temps dans ce sac, l'écoutille toujours fermée au-dessus de lui, sinon les hommes allaient trébucher et tomber dans la cale en allant pisser. Même lorsque le cuisinier descendrait chercher des provisions, Isaac, au fond du sac, n'aurait pas droit au moindre éclat de lumière. Pendant tout le voyage, il allait passer ses jours et ses nuits dans l'obscurité.

Avec un bout de bois, il garda l'écoutille ouverte et balaya rapidement son nouveau refuge du regard. Entre des rouleaux de soie bien enveloppés de grossière toile étaient coincés des contenants de cannelle, de poivre, de gingembre et de muscade qui, tous, valaient plus que la vie d'un marin. De l'Arabie provenaient les odeurs de l'ambre gris, du musc et de l'essence de rose. Cachés à fond de cale, il devait y avoir de l'or, des diamants indiens, des perles de Ceylan et des opiacés. Isaac fourra son nez dans un sac de sel portant l'insigne d'Ibiza peinte au pochoir, et en prit une pincée entre le pouce et l'index. Il avait bon goût sur sa langue, vif et pointu comme un baiser. Un soupir de contentement s'échappa de ses lèvres. Il allait peut-être survivre. Il allait peut-être rester en vie et revoir Hannah. Il se servit une autre pincée.

Il était sur le point de la porter à ses lèvres lorsqu'il entendit un cri. Au départ, il crut qu'un cormoran s'était coincé dans le gréement, mais le cri revint, plus strident cette fois. Peu à peu, il se rapprocha de l'écoutille et allongea le cou. Il ne voyait que le haut du mât de misaine.

Il grimpa quelques barreaux et leva la tête. Le cri venait d'en haut, de sous le nid de pie, la vigie circulaire du haut de laquelle, dans trois mois, si le voyage était réussi, un marin allait crier :

— Terre !

Un mousse, les cheveux balayés par le vent, était agrippé à l'extrémité de la vergue perpendiculaire au grand mât. Isaac vit l'expression terrifiée du garçon qui agitait violemment les jambes en donnant des coups dans le vide. Alors qu'il se débattait pour maintenir son emprise, un cordage s'enroula autour de sa cheville. Plus le garçon se démenait, plus la corde se serrait.

Après avoir lutté pendant un long moment, le garçon perdit sa prise, glissa de la vergue et tomba. Isaac eut le souffle coupé, anticipant un bruit sourd sur le pont avant. Toutefois, le garçon n'alla pas s'écraser sur le pont, car le cordage enroulé à sa cheville interrompit sa chute et le retint fermement. En se balançant, il poussa un cri de douleur long et sinistre.

Horrifié, Isaac vit ce garçon de onze ou douze ans, tout au plus, se balancer la tête en bas. À chaque coup de roulis du bateau, sa tête cognait contre le mât.

Le cœur battant, Isaac regarda autour de lui sur le pont, prêt à disparaître lorsque l'une des sentinelles entendrait le mousse et se précipiterait à son aide. Il s'accroupit derrière la pompe de sentine, mais pas une âme n'apparut. Le marin de garde s'était endormi, ivre, ou était parti sur la côte avec le reste de l'équipage.

Les gémissements du garçon faiblirent jusqu'à n'être pas plus forts que ceux d'un nouveau-né.

On pouvait aisément les prendre pour les cris d'un goéland, ou la plainte du treuil qui servait à soulever l'ancre. Isaac savait qu'il devait retourner à son confortable sac à voiles et replier la toile sur ses oreilles pour étouffer ces cris d'agonie. Il avait une chance raisonnable de rester caché jusqu'à l'arrivée du bateau à Venise. Devait-il sacrifier sa seule possibilité de liberté pour cet enfant qui n'était ni un ami ni un proche ?

La Torah enseigne que lorsqu'on tue un homme, ce n'est pas seulement lui que l'on tue, mais tous ses héritiers et descendants sur des générations à venir. Le contraire était-il vrai ? En sauvant le garçon, Isaac allait-il épargner toute sa progéniture ? Quoi qu'il en soit, Isaac ne pouvait retourner à son sac à voiles. Il se rendit à la base du mât. Le gréement ressemblait à une trame élaborée qui avait pris le garçon au piège comme une araignée retient une mouche.

Isaac se mit à grimper avec les mains et les pieds, et même à l'aide de ses dents pour garder son emprise sur le gréement. Une main après l'autre, il monta tant bien que mal en écorchant ses paumes et ses pieds couverts d'ampoules. Le vent se leva et, en réaction, le bateau commença à se balancer. Il poursuivit son ascension, les yeux rivés sur la silhouette du garçon qui oscillait là-haut.

Ses paumes calleuses rendues glissantes par la sueur, Isaac craignait de perdre sa prise et de dégringoler jusqu'au pont, loin en bas. Ses mains et ses pieds tremblaient sous l'effort. Pas moyen de se cacher. Si les marins revenaient, il serait aussi visible à leurs yeux que le drapeau rouge de Venise qui flottait là-haut.

Pour tromper son vertige, Isaac garda les yeux fixés sur le mousse qui se débattait contre le cordage solidement enroulé autour de sa cheville. Le garçon tenta de se redresser en se pliant à la taille et en saisissant le cordage.

— Ne bouge pas, *figlio*. Arrête de te démener.

Figlio. Mon fils. Le mot lui était venu naturellement.

— Comment t'appelles-tu ? cria Isaac au garçon.

— Jorge, répondit ce dernier, d'une voix si faible qu'Isaac l'entendit à peine par-dessus le croassement des corbeaux.

Lorsque le garçon pivota en direction d'Isaac, il saignait par les yeux et la bouche. S'il ne voulait pas risquer sa vie pour un cadavre, Isaac devait se dépêcher de l'atteindre.

Le garçon était sur l'extrémité éloignée de la vergue, à au moins dix pas du mât. Isaac grimpa le gréement et, arrivé au nid de pie, il s'y hissa. Attachée à la rambarde se trouvait une cage de bambou renfermant deux corbeaux noirs, des oiseaux attirés par la terre, qu'on libérait pour prendre la route la plus directe vers la côte. Le vent soufflait moins fort, maintenant, même si le mât continuait d'osciller comme pour effacer le soleil.

— Jorge, sois brave, cria-t-il au garçon. Nous allons attendre que le bateau penche à tribord, et alors, tu ressembleras à un pendule. Le cordage va te faire balancer vers le mât. Je vais te hisser et te soulever jusqu'au nid-de-pie. Peux-tu tenir bon quelques moments de plus ?

Soudain, la voix d'Isaac paraissait étrangement forte dans l'air. Le vent était tombé.

— D'accord, dit le garçon d'une voix à peine audible.

Il était tout près, à quelques bras de distance à peine en bas. Isaac attendit que le vent reprenne. Rien.

Le soleil se levait dans le ciel, et Isaac se dit que s'il lançait la corde au garçon, celui-ci pourrait l'attacher à son torse. La corde, le mât et la vergue formeraient un triangle parfait et Isaac le hisserait dans le nid-de-pie. Le garçon avait-il la force de se livrer à une telle manœuvre?

— Jorge? M'entends-tu?

Le garçon ne répondit pas. Il pendait, accroché au cordage.

Il n'y avait pas d'autre solution. Isaac devait ramper sur la vergue et, en tirant la corde une main à la fois, hisser le garçon inconscient jusque dans ses bras. Puis, il devait trancher le cordage pour libérer la cheville du garçon. C'était possible s'il pouvait se faufiler de nouveau le long de la vergue, en portant le garçon sur son épaule jusqu'au grand mât. Si le garçon, pris de panique, se débattait, ils allaient tous les deux trouver la mort en s'écrasant sur le pont.

L'eau était si calme qu'il voyait à plusieurs brasses vers le fond. Regardant vers la côte, il vit la barque remplie de marins fendre les vagues en direction du navire. Isaac s'arrêta. Ils allaient arriver dans quelques instants. Pourquoi ne pas attendre qu'ils viennent sauver le garçon? Quelques instants de plus ou de moins, quelle importance?

Le mousse gémit, les cils en sang. Son pied nu, cassé à la cheville et maintenu par le cordage, était bleu. Il fallait le dégager tout de suite, sinon il allait le perdre.

Isaac projeta une jambe par-dessus la rambarde du nid de pie, un bras autour du mât, et descendit sur le gréement. La barque cognait contre le flanc du bateau, et Isaac entendit les hommes grimper à bord.

Il évita de regarder trop longuement le pont qui se remplissait de dizaines de marins dont certains titubaient, emportés par l'ivresse. Au moment même où il arrivait à la jonction de la vergue et du mât, quelqu'un cria :

— Regardez là-haut !

Il entendit un chœur de voix l'acclamer en hurlant. Personne ne l'avait félicité, ni même remarqué, depuis longtemps. La force se déversa dans ses bras et ses jambes et il sourit. Il pouvait réaliser cet impossible exploit. La suite n'avait aucune importance. Ce qui comptait, c'était de sauver le garçon.

En bas, Isaac vit des marins courir à tribord. Bientôt, des hommes se penchèrent en arrière par-dessus bord pour maximiser l'effet de leur poids. Le bateau réagit en s'inclinant légèrement à tribord. Le garçon se balança vers lui. Hélas ! il était encore suspendu hors de sa portée. Isaac tendit un bras et, serrant le mât entre ses jambes, il étira suffisamment son corps pour saisir le cordage qui retenait le garçon. Il le prit du bout des doigts, puis d'une main. Il tira la corde à laquelle le garçon était toujours accroché. Heureusement, Jorge était mince, à peine plus lourd qu'un enfant de huit ans. Lorsque le garçon fut suffisamment proche, Isaac tira sur le cordage, une main à la fois, remonta la tête de Jorge au même niveau que la sienne et vit la peur dans les yeux du garçon.

— Reste calme et arrête de te débattre. Tu dois grimper sur mon dos comme un bébé singe sur sa mère, et t'accrocher à moi pendant que je descends lentement.

Le garçon grogna, mais fit ce qu'on lui avait dit, s'allongeant sur le dos d'Isaac et s'accrochant à son cou. Les membres tremblants, Isaac descendit de quelques pas jusqu'à ce que son pied entre en contact avec le gréement.

Des applaudissements montèrent du pont, ainsi que des sifflets et des cris d'encouragement. Une énergie nouvelle parcourut le corps d'Isaac. Avec Jorge encore accroché à lui, il parvint à se redresser et à grimper le mât jusqu'au nid de pie. Il se hissa sur la rambarde, le garçon si fermement agrippé qu'il se sentit presque étranglé. Il tendit le bras en arrière pour lui saisir la cheville. Il tâtonna d'une main pour dénouer le cordage, mais celui-ci était trop enfoncé dans la chair. Il devrait attendre d'arriver au pont. Le garçon était encore accroché, immobile, à son dos. Évanoui ou mort, il ne savait pas. Isaac murmura les mots que lui avait dits sa propre mère, tant d'années auparavant :

— Quand il te poussera les ailes d'un ange, *figlio*, tout sera possible. Jusque-là, reste sur la terre ferme.

C'était peut-être son imagination, mais il crut voir passer un sourire sur le visage du garçon.

Lorsque l'étroite poitrine du garçon se mit à monter et à descendre, Isaac fut rempli de soulagement. Il était sur le point d'entamer sa descente lorsqu'il vit un soldat, un rouleau de cordage à l'épaule, s'avancer vers lui sur le gréement.

— Vous êtes brave, dit le soldat en regardant la cheville cerclée de fer d'Isaac. Mais vous êtes bête. Donnez-moi le garçon.

Le soldat, qui paraissait à peine plus âgé que le mousse, prit Jorge dans ses bras.

— Désolé, mon ami. J'ai reçu l'ordre de vous ramener aux cellules du grand maître.

— Occupez-vous du garçon. Il saigne beaucoup.

Le soldat étendit Jorge sur ses épaules et entama sa descente. Isaac détourna le regard, incapable de supporter la vue de la tête ensanglantée. Sur le pont avant, les autres hommes observaient, attendant qu'il descende, qu'il soit arrêté et jeté dans les cellules situées sous le palais du grand maître.

Isaac allait décevoir tout le monde. Il allait décevoir Hannah. Il allait décevoir Dieu. Il ne pourrait plus jamais vivre en esclave. Il regarda l'eau. La mer était lisse, mais même une mer calme pouvait noyer un homme.

Sur son corps, l'air marin avait asséché la sueur, qui formait une carapace de sel. Les anciens Hébreux salaient leurs morts avant de les enfouir dans le sol. Regardant vers l'étendue d'eau, il vit un autre galion entrer dans le port, voguant sous le drapeau familier, avec un lion ailé sur champ écarlate. Il avait le vent en poupe et, sur le mât de misaine, la voile latine était à demi gonflée par le vent.

S'il attendait un peu, le sillage de cet élégant navire allait faire s'incliner le sien, et il pourrait se jeter du mât et plonger dans l'eau sans s'écraser sur le pont. Il grimpa sur la rambarde du nid de pie pour attendre son approche. Les soldats lui criaient d'en bas, lui ordonnant de descendre, mais il les ignora, et regarda le galion fendre les vagues en laissant un sillage d'écume verte et turbulente.

Lorsque le *Balbiana* fut à un jet de pierre du côté sous le vent, Isaac relâcha sa prise sur le mât, ouvrit les bras et sauta. Pour la première fois depuis son arrivée à Malte, il se sentit libre.

Chapitre 24

Certaines nuits, les vents soufflaient si fort sur le *Balbiana* que même les marins ne pouvaient tenir debout. Ces nuits-là, Matteo reposait dans les bras d'Hannah, afin que les bourrasques ne puissent le projeter contre les flancs du bateau. Après le passage des rafales, la jeune femme restait étendue sur sa couche, sans force, trop malade pour écarter ses cheveux de ses yeux lorsqu'elle vomissait dans une cuvette.

La mélancolie la suivait tel un fantôme et la gardait dans son étreinte moite. Elle était consumée par la pensée que Jessica était morte par sa faute. Aussi, la certitude de la mort d'Isaac grandissait et prenait racine dans son esprit. Certains matins, terrassée par les cauchemars dans lesquels elle voyait mourir Isaac, épuisé, noyé ou pendu elle trouvait à peine l'énergie nécessaire pour se lever. Lorsque le *Balbiana* arriva dans le port de La Valette, elle était certaine de se faire dire qu'Isaac avait été jeté dans une fosse sans nom et oublié.

Elle demeurait allongée, le bébé serré dans ses bras, tandis que des pensées étranges et décousues lui rappelaient Jessica. Seule la nécessité de faire téter Matteo l'obligeait quitter de sa paillasse froide et humide pour se rendre à la cabine de Tarzi. Souvent, lors de ces sorties, elle apercevait du coin de l'œil un éclair de soie rouge, un pied bien chaussé ou une petite main gantée de dentelle. Elle se dirigeait de ce côté, pensant un bref instant que sa sœur était à bord. Puis, elle se rappelait Jessica ensanglantée dans ses bras et, triste, se repliait.

Ses souvenirs allaient-ils toujours être aussi pénibles? se demanda-t-elle. Ou son désir de revoir Jessica allait-il diminuer avec le temps? Ces pensées l'assaillaient surtout le matin lorsque, encore affaiblie par une nuit de cauchemars, elle se jetait sur l'une des robes de Jessica, maintenant raidies par le sel des vents, mais encore imprégnées de son parfum de jasmin.

Heureusement, la vie en mer convenait bien à Matteo. On aurait dit que le dieu Poséidon était son père et Aphrodite, sa mère. Le soulèvement du bateau, le battement morne du vent dans les voiles, l'air chargé de sel et les cris des oiseaux, tout cela le faisait hurler de rire. Il gazouillait dans le hamac de fortune qu'elle avait fabriqué et accroché aux membrures de la coque. Lorsqu'elle levait les yeux de sa couche, elle le voyait envoyer la main, tentant de saisir de ses poings dodus des grains de poussière qui flottaient dans l'air.

Oui, se dit-elle, elle avait gardé Matteo en vie. Mais lui aussi l'avait gardée en vie. Ce besoin qu'il avait d'être nourri, câliné, aimé, c'était tout ce qui la gardait remplie d'espoir. C'est ainsi qu'elle s'était accrochée à lui durant l'interminable voyage, de plus en plus maigre, tandis que ses joues à lui se gonflaient et passaient du gris au rose.

Après quelques semaines en mer, elle vit que Matteo la regardait plus attentivement. Il ne la lâchait que le temps d'être allaité par Hatice. Les yeux brillants du bébé suivaient les filles dans la cabine, et un regard joyeux animait son visage lorsque les filles de Tarzi se penchaient une à une pour l'embrasser et lui chatouiller les orteils. Lorsqu'il avait bu tout son soûl, Hannah retournait rapidement avec lui à sa paillasse sous les marches.

À mesure que les mers se calmaient et que son estomac se stabilisait, Hannah s'amusait à lui fabriquer des jouets simples. Un jour, dans un rouleau, sur le pont, elle trouva un écheveau de cordage et le noua en forme de poupée. Avec du charbon, elle esquissa rapidement un visage et des oreilles, et attacha un chiffon avec des cordes pour en faire un tablier. Elle se cacha le visage derrière, la faisant danser sur lui, comme une marionnette. Les rubans du tablier chatouillaient les joues du bébé.

— Bonjour, jeune homme, chanta-t-elle d'une voix aiguë et ridicule. Es-tu un bon garçon ? Es-tu bien nourri ? Qu'est-ce que tu as pris au petit déjeuner, ce matin ?

Lorsque la marionnette fut fatiguée, elle tomba sur la poitrine de Matteo et se laissa agripper par le bébé qui la tira dans sa bouche.

Enfin, après presque trois mois, alors même qu'Hannah avait abandonné l'espoir de voir un jour la terre ferme, elle entendit jaillir du nid de pie le cri « Terre ! Terre ! ».

Elle tira Matteo de son hamac et se mêla aux autres passagers sur le pont. Le bébé dans les bras, elle se pencha contre la rambarde, et les autres la bousculèrent dans leur hâte d'apercevoir le port de La Valette. Elle songeait à Isaac à mesure que l'île se rapprochait. Lorsque les côtes de Malte furent en vue, si mornes et désolées, si dépourvues de grâce ou de beauté, elles ressemblaient à du cuir raclé. Le *Balbiana* allait jeter l'ancre pour quelques jours, le temps que les pourvoyeurs ravitaillent le bateau, et Hannah descendrait à terre pour trouver Isaac.

Tarzi, le visage fouetté par son voile sous la brise de l'après-midi, s'approcha aussi de la rambarde et passa un bras autour d'Hannah. Elle n'avait pas raté un seul repas de tout le voyage et elle était devenue dodue à force de manger des *loukoums* et des *dolmasi*.

Elle murmura à l'oreille de son amie :

— Je suis une bonne chamelle, après tout, et vous êtes une brillante sage-femme. Je jouis des plaisirs du lit conjugal, et j'ai toujours mes menstrues.

Elle étreignit Hannah.

— Depuis l'époque de Beyazit II, les Ottomans ont été bons envers les juifs. Ahmet est un conseiller en qui le sultan a confiance. Si vous venez avec moi à Constantinople, il vous assurera une position de sage-femme au harem du sultan. Mais oubliez vos cailloux. Le sultan est un homme qui aime récolter là où il a semé.

— Nous parlerons de mes projets ce soir, quand je reviendrai sur le navire.

« Avant de penser à l'avenir, se dit Hannah, je dois savoir si j'ai encore un mari. »

Tarzi regarda Matteo.

— Laissez-le-moi pendant que vous serez partie à la recherche de votre Isaac.

Hannah secoua la tête. Si Isaac était vivant, il devait rencontrer Matteo. Elle devait savoir comment il allait réagir à l'enfant que le sort lui avait jeté dans les bras. Et si elle devait choisir entre Isaac et Matteo ? Elle refusait d'y penser. Si elle repartait sans Isaac, Hannah allait dire à Tarzi que son mari était mort, que ce soit vrai ou non. « Dieu me pardonne, se dit Hannah, mais j'aimerais mieux être veuve que de savoir qu'Isaac ne m'aime plus. »

Une légère pellicule de transpiration se forma sur la lèvre supérieure d'Hannah. Tarzi lui essuya le visage avec une serviette.

— Je souhaite que tout aille pour le mieux. Ce voyage a été terrible pour vous. Vous l'avez bravement supporté.

— Mon fils n'aurait pas survécu sans votre aide. J'ai envers vous une dette impayable, dit Hannah.

Deux marins tournèrent la manivelle du treuil et, avec force grognements et tension des haussières, ils baissèrent l'ancre. Le *Balbiana* dériva sous le vent jusqu'à ce que l'ancre touche le fond de la mer. Les cordages se tendirent, le bateau résista, et s'arrêta finalement avec une forte secousse. Quelques jeunes garçons agiles grimpèrent sur le gréement, rentrèrent les voiles du grand mât et du mât de misaine, et serrèrent fortement les ris.

La main en visière, Hannah examina les autres bateaux dans le port bondé. Les mâts d'un navire du Levant basculaient d'un bord à l'autre contre le ciel, l'aveuglaient, puis lui faisaient de l'ombre. La plupart n'étaient pas d'élégants galions comme le

Balbiana, mais des vaisseaux larges et puissants, des trois-mâts à deux ponts, avec suffisamment d'espace pour la cargaison et les passagers.

Une embarcation accosta pour amener des voyageurs à la rive. Hannah se fraya un chemin jusqu'à l'avant de la foule, et tendit Matteo et son sac de lin à un rameur qui les prit. Puis, elle descendit l'échelle de cordage, qui claquait contre la coque du bateau. Elle s'installa sur un banc tandis que les autres s'attroupaient. À côté d'elle, un marin assez jeune pour n'avoir qu'un duvet aux joues regardait les autres bateaux avec une lunette d'approche.

Leur embarcation filait à la surface de l'eau, les rameurs mourant d'envie autant que les passagers de toucher la terre ferme. Quelques minutes plus tard, lorsque l'embarcation tamponna le quai de La Valette, elle sursauta et faillit laisser tomber Matteo. Les autres firent des pieds et des mains pour descendre, fous de joie d'arriver sur une surface qui ne tanguait pas. Beaucoup s'agenouillèrent sur le sol pour l'embrasser. Un jeune homme de l'endroit attrapa la bouline, l'attacha à un taquet d'amarrage sur le quai, et offrit sa main à Hannah pour l'aider à débarquer.

Lorsqu'elle lui demanda où aller pour trouver un prisonnier nommé Isaac Levi, il répondit :

— Demandez à le voir sur la place publique, à la vente aux enchères d'esclaves. Tôt ou tard, tous les esclaves aboutissent là.

Hannah prit une charrette à cheval jusqu'à la place et se fraya un chemin à travers la foule d'hommes qui assistaient à l'achat et la vente d'esclaves.

Le sol refusait de rester ferme sous ses pieds. Il lui semblait tanguer aussi vigoureusement que le pont du *Balbiana*. La foule se massait trop près d'elle et elle crut devoir se débattre pour continuer à respirer. Plusieurs hommes enchaînés étaient alignés sur l'estrade : des Turcs, de Nubiens et des Maures, tous décharnés, les yeux ternes. Isaac ne pouvait être l'un d'eux, si vidés de corps et d'esprit qu'ils semblaient indifférents à la voix du commissaire-priseur et à la chaleur cuisante du soleil matinal. À côté d'elle, elle entendit deux spectateurs parler d'un esclave qui avait sauté dans la mer pour échapper au marteau du commissaire-priseur. « C'est compréhensible, se dit-elle. J'aurais fait la même chose. »

Les gardes, fouet à la main, amenaient d'autres esclaves qui clignaient des yeux, aveuglés par la lumière soudaine, enchaînés en file, découragés. Allait-elle même reconnaître Isaac s'il était parmi eux ? Elle allongea le cou et fit passer Matteo sur son autre bras. Vers l'arrière, un homme barbu portait une chemise en lambeaux. C'était le seul du groupe à qui il semblait rester du cran. Il avait les épaules rejetées en arrière et le menton bien haut, semblant ainsi défier les gardes de lever le fouet sur lui. Elle se frotta les yeux avec l'extrémité du lange de Matteo et le regarda de nouveau. Il était grand et encore beau ; plus maigre, oui, mais avec des yeux noirs et une forte mâchoire. Le soulagement l'envahit.

C'était Isaac. Il était vivant.

Elle cria :

— Isaac ! Isaac !

La foule se tourna vers elle. Mais pas Isaac. Elle était trop loin. Il ne l'entendait pas.

Tenant bien fort Matteo, Hannah grimpa les marches de l'estrade de vente aux enchères. Elle serra la rampe, car ses jambes, habituées au tangage, menaçaient de céder sous elle. L'un des gardes lui saisit le bras et tenta de la retenir. Il lui parla, mais elle ne comprit pas et l'écarta d'un mouvement brusque.

— S'il vous plaît, arrêtez la vente !

Se tournant vers le commissaire-priseur, elle s'écria, désignant Isaac :

— J'ai la rançon de cet homme !

Isaac regarda autour de lui, essayant de la localiser et, lorsqu'il la vit, son visage fondit en une expression de joie et d'étonnement. Elle tenta de grimper les quelques dernières marches pour le rejoindre, mais les gardes la retinrent.

— Vous ne pouvez interrompre la vente, *signora*. De toute façon, cet homme n'est pas à vendre. Nous le gardons jusqu'à ce que son propriétaire vienne le réclamer, c'est tout. Ce matin, les soldats l'ont repêché dans le port, il tentait de s'évader.

Le commissaire-priseur parlait un dialecte grossier qu'elle comprenait à peine, mais elle interpréta son expression sévère.

— Mon mari n'est la propriété de personne !

— Vous devrez en parler à Joseph. Le voici qui arrive.

Elle était si proche d'Isaac, à présent, à seulement quelques pas, et pourtant, la distance entre eux semblait grande. Elle n'allait pas s'arrêter pour le regarder, pas avant qu'il soit délivré en toute sécurité de ses ravisseurs.

L'homme appelé Joseph, trapu, à la forte carrure, marcha à pas pesants jusqu'à l'estrade du commissaire-priseur, dépassant Hannah en la bousculant.

— Rendez-le-moi, dit-il au commissaire-priseur. Je sais comment traiter les fuyards. Il y a une galère qui part demain et qui a besoin de rameurs. Bon débarras.

Il se retourna pour faire face à la femme qui se trouvait sur les marches inférieures. Hannah tendit la main et la posa sur le bras de Joseph.

— C'est mon mari. Je vais vous le racheter.

— Jamais de la vie. Il m'a déjà causé trop de problèmes. Je ne vais pas le récompenser en vous le vendant. J'ai d'autres intentions en ce qui le concerne.

— Il m'a causé beaucoup de problèmes aussi, dit Hannah. C'est dans sa nature. N'aimeriez-vous pas plutôt vous débarrasser de lui à bon prix ?

— Je veux qu'il meure lentement et péniblement sur une galère.

— Vous vous priveriez d'argent comptant pour le plaisir de le voir souffrir ? Vous êtes sûrement plus intelligent que cela. Songez un instant, monsieur. Boiriez-vous du poison en espérant que votre ennemi meure ?

— Hannah ! s'écria Isaac.

Un murmure s'éleva de la foule.

— Entendez-vous ? dit Joseph. Maintenant qu'il vous a vue, son tourment sera encore plus pénible.

Comment traiter avec ce rustre ? Hannah aurait voulu jeter sa bourse avec tous ses ducats au visage de l'homme, s'emparer d'Isaac et courir, mais elle dit :

— Qu'est-ce que le capitaine de la galère vous donnera en échange ? Je vais vous donner autant, et même plus.

Joseph se renfrogna et fut sur le point de répondre, lorsque deux hommes de la foule se mirent à le huer.

— La dame a besoin d'un père pour cet enfant, Joseph. Sois un gentilhomme.

D'autres se joignirent à eux avec des remarques similaires, jusqu'à ce qu'ils soient unis dans un chœur de désapprobation.

— Donnez-moi dix ducats, dit Joseph. Même le pire des maris vaut bien ça.

Après avoir payé son passage sur le *Balbiana*, il lui restait cent cinquante ducats, mais elle n'allait pas donner à cet animal un *scudo* de plus qu'il ne fallait.

— Vous l'avez durement utilisé, monsieur. Voyez comme il a maigri. Lorsqu'il est parti de Venise, il était beau et avait toutes ses dents.

— Il peut encore remplir votre lit, madame, et vous fournir un frère pour ce gamin qui est dans vos bras.

— Ne lui offrez pas plus que deux *scudi* ! lui cria une voix.

Hannah baissa les yeux et vit une religieuse corpulente en habit brun, qui serrait un chien blanc sous son bras.

Joseph répondit :

— Donnez-moi cinq ducats et il est à vous.

Hannah plongea la main dans son sac, trouva la bourse de ducats et en tira cinq. Elle lui lança les pièces avant qu'il puisse changer d'idée. Il les attrapa adroitement et les fourra dans son haut-de-chausses.

Les gardes déverrouillèrent les fers, qui tombèrent avec un bruit métallique du cou et des poignets d'Isaac. D'un pas mal assuré, ce dernier parcourut lentement la plate-forme pour aller rejoindre Hannah. Ensemble, ils descendirent les quelques marches de l'estrade.

Toutes les choses qu'elle était censée lui dire, tous les discours qu'elle avait répétés pendant toutes ces nuits où elle n'arrivait pas à dormir parce qu'elle avait envie de lui, tous les mots d'amour qu'elle avait gardés pour lui... elle avait tout oublié.

En bas des marches, elle resta debout et se contenta de le contempler. Isaac se tourna vers elle, ses yeux sombres éclatants de joie. Son sourire était si large qu'elle voyait qu'il avait toutes ses dents, encore fortes et blanches malgré toutes les privations qu'il avait dû endurer.

— Tu existes donc pour de vrai, murmura-t-il. J'avais peur que tu sois l'une de ces visions que j'ai à force d'être privé de nourriture et d'eau.

Ils marchèrent jusqu'au coin tranquille de la place, sous l'olivier où il était resté assis à écrire tant de lettres. Il l'aida à s'asseoir sur la bûche et prit place à côté d'elle. Il se pencha en avant et retira un coin de la couverture.

— Un enfant ? Comment l'as-tu trouvé ?

Matteo se tortilla dans les bras d'Hannah.

— Isaac, dit-elle les yeux fixés sur l'enfant, je t'ai amené un fils.

— Mon Dieu... l'avons-nous conçu pendant notre dernière nuit ?

Isaac étant parti près d'un an plus tôt, il supposait que l'enfant était le sien. Il valait peut-être mieux le lui laisser croire, au risque de le perdre une seconde fois. Mais un mariage fondé sur un mensonge n'est pas plus solide qu'une maison construite sur du sable. Elle respira profondément.

— Je lui ai sauvé la vie, mais, non, je ne l'ai pas porté.

— Qui sont ses parents ? demanda Isaac.

— Sa mère et son père sont morts.

Isaac semblait vouloir poser une autre question, mais Hannah l'interrompit.

— Je ne suis pas sa mère. Je ne pourrais jamais être déloyale envers toi.

Il attendit qu'elle parle davantage.

— Isaac, j'ai tant de choses à te dire, à t'expliquer, mais avant, dis-moi que tu accepteras cet enfant comme si c'était le tien.

Isaac parut pensif un moment.

— Comment a-t-il survécu au voyage ?

— Grâce au sort et à l'intervention de Dieu.

Isaac manipula la *shaddaï* accrochée par son cordon rouge au cou de Matteo.

— C'est un enfant juif ?

— Lorsque tu le verras pour la première fois sans ses langes, tu sauras que c'est un goy.

Elle marqua un temps d'arrêt.

— Mais nous pouvons l'élever comme nous voulons. L'accueillir parmi nous. Nous le ferons circoncire. Nous nous immergerons tous les trois. Ici, à La Valette, si tu veux, avant notre départ.

Sa voix était ferme.

— Il n'a personne d'autre au monde.

Il la fixait avec une expression d'étonnement, et elle se demanda si c'était à cause de ses paroles ou de la vigueur qu'elle y mettait. Elle s'obligea à se taire, et l'adjura intérieurement de prononcer les paroles qu'elle voulait entendre.

Enfin, il ouvrit la bouche.

— Nous avons rêvé si longtemps d'avoir un fils, toi et moi. Peut-être Dieu a-t-il enfin entendu nos prières.

Il regarda l'enfant et se mit à rire avec délice lorsque Matteo lui prit le pouce en le suçant.

— Il est magnifique.

Il enleva Matteo des bras d'Hannah et dénoua son bonnet de dentelle, dévoilant des mèches ondulées. Il prit la tête de l'enfant d'une main, lissant de l'autre les cheveux rougeâtres de son front. Les yeux d'Isaac se remplirent de larmes.

— Je vais l'élever comme si c'était le mien. Il sera mon propre fils, comme s'il venait de ma chair.

Hannah se sentit se détendre, l'air pénétra loin dans ses poumons et, pour la première fois depuis longtemps, elle respira profondément.

— Mais comment en es-tu arrivée à avoir cet enfant ?

— Plus tard je te raconterai tout, dit Hannah. Rien ne presse.

Elle tendit la main vers le sac de lin posé à ses pieds.

— Il y a autre chose.

Elle en sortit la bourse de ducats et les montra à Isaac.

— Tu m'as épousée sans dot, mais maintenant j'en ai une. Ce que nous n'avons pas à verser aux chevaliers pour ta rançon servira à commencer notre nouvelle vie.

Isaac dit :

— Les chevaliers vont me libérer pour cinquante ducats. Depuis mon arrivée, je ne leur ai causé que des problèmes.

— Tu n'as pas changé. Partout où tu vas, tu es un empoisonneur.

Isaac s'arracha les yeux de Matteo et la regarda.

— Tu n'es pas la seule à avoir un trésor.

Il lui rendit Matteo, puis défit un sac accroché à son cou et lui en montra le contenu : une vingtaine de cocons durs et blancs, plus lisses et légèrement plus grands que des œufs de merle.

— Qu'est-ce que c'est ?

— Des cocons de vers à soie d'une souche en bonne santé. Encore quelque chose pour nous aider à recommencer.

Isaac referma le sac et l'accrocha à son cou.

— La soie est fort appréciée partout… sauf sur cette île aride, dit-il en riant. Mais cela pourrait changer. Tu sais, la religieuse corpulente que tu as vue à la vente aux enchères, c'est sœur Assunta, ma nouvelle partenaire commerciale. Que Dieu me vienne en aide.

— Le rabbin a dit que tu serais mort avant mon arrivée, dit Hannah.

— Et la Société des Captifs m'a offert ma liberté il y a des mois si je signais un divorce. Mais sans toi, à quoi m'aurait servi d'être libre ?

Il caressa le visage d'Hannah.

— Et te voilà. Tu n'es plus ma petite souris de ghetto.

Hannah posa sa main sur celle d'Isaac.

— Nous ne pouvons retourner à Venise.

— Alors, où irons-nous la commencer, cette nouvelle vie remplie de ducats ? demanda Isaac.

— Partout où il naît des bébés.

Avec ses cuillers d'accouchement pour attirer les bébés devenus trop satisfaits dans le ventre de leur mère, elle pouvait se rendre partout dans le monde.

— Tu es celle qui apporte la vie, mon Hannah.

— Tu blasphèmes. Seul Dieu peut le faire.

Elle s'appuya contre lui, sentant la chaleur de son corps le long du sien. Elle avait passé tant de temps sans lui !

— Tu demandes où je veux aller, dit-elle. Les Ottomans traitent bien les juifs. À Constantinople, nous pourrions avoir n'importe quelle sorte de commerce, pas seulement de vêtements usagés ou de prêts sur gages comme à Venise. Nous pourrions acheter un terrain, habiter dans n'importe quel quartier de la ville, travailler comme bon nous semble.

Isaac réfléchit à ces paroles. Puis, il fit lentement un signe de tête affirmatif. Une idée se développait.

— Nous pourrions lancer un atelier de tissage…

Il lui parla du couvent, ainsi que de sœur Assunta et de ses plans de fabrication de fil de soie.

— Dans quelques jours, dit Hannah, le *Balbiana* va voguer vers Constantinople. Cela veut dire bien d'autres semaines de roulis et de tangage, mais avec toi tout sera supportable.

— Et l'enfant ? Qui l'allaitera ?

— Je l'ai gardé en vie jusqu'ici. Je trouverai bien un moyen, dit Hannah.

Elle sourit, puis baissa les yeux et remarqua la lésion causée par les fers sur la cheville d'Isaac. Lorsqu'ils seraient seuls, elle l'enduirait d'huile d'amande. Cela guérirait avec à peine une cicatrice, tout comme, avec le temps, son souvenir de la mort de Jessica deviendrait moins pénible.

C'était impudique, mais elle l'attira à elle et l'embrassa en dépit de la foule qui se trouvait sur la place. Le corps pressé contre le sien, elle se sentit réchauffée d'une façon qui n'avait rien à voir avec le soleil couchant qui tombait sur sa tête nue. Elle sentit ses mains jadis si douces maintenant calleuses et tachées d'encre. Elle lui caressa les côtes.

— On dirait des barreaux de chaise ! Ma tâche est toute tracée : ramener la viande sur tes os.

— Et toi ? Tu n'es pas tout à fait grasse.

Entre eux, sur leurs genoux, ils tenaient l'enfant qui cria pour protester contre la pression. Ils s'écartèrent, mais à peine. Les mains toujours serrées, à trois, ils formaient un cercle intime.

Note de l'auteur

J'ai eu l'idée d'écrire sur Hannah alors que je flânais à Venise. Un jour, j'ai terminé ma promenade par un *corretto* et des biscuits *hamantashen* dans le ghetto juif, à Cannaregio. J'ai été frappée de voir à quel point cette petite île ressemblait à un plateau de tournage, avec sa place ouverte, dont la plate étendue n'était interrompue que par un puits, et des édifices étroits, en lame de couteau, qui entouraient le *campo* sur trois côtés.

Dans les années 1500, alors qu'un nombre de plus en plus grand de juifs arrivaient du nord de l'Europe, de l'Espagne et du Portugal, les minuscules appartements rétrécirent encore davantage à mesure qu'ils étaient partagés en domiciles exigus, comme un gâteau que l'on tranche en morceaux de plus en plus petits à mesure qu'arrivent des invités inattendus. On ajouta des étages, et le gouvernement de la ville permit finalement aux juifs de s'étendre jusqu'à deux îles supplémentaires, Ghetto Vecchio et Ghetto Novissimo.

En essayant d'imaginer ce qu'avait dû être la vie quotidienne, j'ai pensé aux femmes qui élevaient de grandes familles dans des conditions de surpeuplement. Cela m'a amenée à penser à la profession de sage-femme et, de là, à la notion des cuillers d'accouchement. J'ai alors dû imaginer comment on se servait de ces cuillers d'accouchement et qui les manipulait. C'est ainsi que naquit l'idée de *La Sage-femme de Venise*.

Cette sage-femme a-t-elle existé ? J'aime le croire, même si, dans ma recherche, je n'ai jamais trouvé de référence à une telle femme, sans doute parce que l'histoire des femmes, de leur force et de leurs réalisations, est écrite sur l'eau.

Remerciements

J'ai écrit *La Sage-femme de Venise* pour le plaisir. Je voudrais adresser mes remerciements aux nombreuses personnes qui m'ont aidée tout au long de sa conception, de sa longue gestation et de sa naissance :

À ma merveilleuse agente, Bev Slopen, source d'encouragement et de conseils depuis tant d'années. Je la remercie pour sa persistance, sa sagesse et son intuition.

À Nita Pronovost pour être le genre de réviseure littéraire à l'ancienne que je croyais perdue comme les livres aux pages de garde marbrées et à la typographie manuelle. Elle a donné la fessée à ce manuscrit, et pas seulement une fois, jusqu'à ce qu'il respire et rosisse. Au lieu des cuillers d'accouchement, elle a eu recours à un soutien chaleureux et à une attention méticuleuse aux détails. Ses fines observations m'ont montré où aller, comment y arriver et comment savoir quand j'étais enfin arrivée.

À Rhoda Freidrichs, professeure d'histoire européenne et médiévale au Douglas College, mes remerciements particuliers pour avoir suggéré non seulement des références universitaires, mais aussi des idées d'intrigue ; à Minna Rozen, professeure d'histoire juive à l'Université d'Haïfa, pour avoir répondu à mes questions sur la loi et les coutumes juives ; et à Lee Saxell, qui enseigne la profession de sage-femme à l'université de la Colombie-Britannique, pour m'avoir expliqué comment les bébés viennent au monde.

À tous les nombreux professeurs d'écriture avec qui j'ai eu le plaisir d'étudier au fil des années : William Deverell, John Fielding, James N. Frey, Jonathon Furst, Elizabeth Lyons, Bob Mayer, Barbara McHugh, Kim Moritsugu, Anne Rayvals, Peter Robinson et John Stape.

À mon groupe d'écriture : Carla Lewis, Sandy Constable et Sharon Rowse.

À mes amis : Katherine Ahenburg, Lynne Fay, Shelley Mason, Jim Prier, Gayle Quigley, Elana Zysblat, Gayle Raphanel et Guy Immega, pour leur aide et leur appui.

À ma très chère fille et lectrice perspicace, Martha Hundert.

À ma belle-fille et éditrice de talent, Kerstin Peterson.

Et à ma grande amie et aimable critique, Beryl Yong.

À la direction artistique de Random House/ Doubleday, pour avoir envoyé mon bébé dans le monde avec un si beau visage, et à Bhavna Chauhan, pour avoir pris fait et cause pour mon livre et avoir offert son appui éditorial.

Enfin, à Ken, mon mari et meilleur ami, qui a toujours su comment garder la marmite sur le feu, les enjeux élevés et son incrédulité volontiers suspendue.

Achevé d'imprimer par GGP Media GmbH, Pößneck
en août 2013
pour le compte de France Loisirs,
Paris

N° d'éditeur : 73969
Dépôt légal : août 2013

Imprimé en Allemagne